D1665271

DÖRLEMANN

# Anita Siegfried

# Die Schatten ferner Jahre

Roman

*23. Juli 2010*

*für fissi Rööthi*

*herzlich*

*Anita Siegfried*

DÖRLEMANN

Die Autorin dankt der Zuger Kulturstiftung Landis & Gyr
und der Fachstelle Kultur Kanton Zürich für die
Unterstützung ihrer Arbeit.

Die Veröffentlichung des Romans wurde durch einen
Druckkostenbeitrag des Präsidialdepartements der
Stadt Zürich unterstützt.
Die Autorin und der Verlag bedanken sich hierfür.

I

# I

Ein rascher Schnitt. Das Packpapier wurde der Länge nach aufgeschlitzt, klaffte auseinander, zwei Hände zerrten es von dem Rahmen.

Ada schaute aus dem Fenster. Der Park versank in der flachen Abenddämmerung. Über dem Fluß lagen Nebelbänke, es war Samstag, der 10. Dezember, ihr 21. Geburtstag. Sie hatte einige mineralische Gesteinsproben geschenkt bekommen, ein Teleskop und einen Kaschmirschal mit Blumenmuster.

Jetzt stand der Höhepunkt des heutigen Abends bevor.

Eine Überraschung und der eigentliche Grund für die Einladung, hatte die Mutter gesagt.

Sie stand am Kamin, schmallippig, dunkel gekleidet. Ein glanzloses Schiefergrau, seit über zwölf Jahren trug die Witwe keine Farben. Der Schnitt des Kleides erlaubte sich auch nicht die kleinste Frivolität. Mit einer Handbewegung bedeutete sie William, das Gemälde umzudrehen.

Er stellte es mit der Rückseite zur Lehne auf einen Stuhl, zerknüllte die Verpackung und warf sie ins Feuer.

Ada sah zu, wie die Flammen am Papier leckten. Ihr fragender Blick glitt zu William, zur Mutter und wieder in die Ferne. Über den Augen pochte der Schmerz, sie hatte den ganzen Tag gearbeitet.

Und jetzt das. Fürwahr eine Überraschung.

Ada erinnerte sich vage. In einem der Gedichtbände,

7

den sie einst in der Fensternische des Salons wie achtlos liegengelassen vorgefunden hatte, war zuvorderst ein schwarzweißes Porträt ihres Vaters abgedruckt, nicht viel größer als ein Medaillon. Noch nie aber hatte sie ein lebensechtes Abbild von ihm gesehen.

Das Gemälde, das in ihrer frühesten Kindheit im Salon des großelterlichen Anwesens in Kirkby Mallory gehangen hatte, war mit einem schlammfarbenen Samttuch verhüllt gewesen. Es zeigte ihren Vater in jungen Jahren, das hatte ihr Miss Lamont verraten. Ein einziges Mal war Ada auf den Kaminsims geklettert und hatte klopfenden Herzens einen Zipfel des Vorhangs angehoben. Verwirrt und maßlos enttäuscht hatte sie festgestellt, daß das Bild darunter umgedreht war.

Eines Tages war die Wand über dem Kamin leer. Ein helles Rechteck zeichnete sich auf der Tapete ab.

Die Mutter rückte den Stuhl zum Fenster, wo noch etwas Zwielicht hinfiel. Der Hintergrund des Gemäldes verschwamm im Dunkel der Täfelung, aber die fremdländische Tracht, die der junge Mann trug, leuchtete in warmen Rot- und Goldtönen. Er schaute nach links, den Blick auf ein unbekanntes Ziel gerichtet, das Gesicht umrahmt von einem Turban aus einer rot und blau gestreiften Schärpe, das fransige Ende fiel lose auf die Brust. Die Hände, lässig vor dem Körper übereinandergelegt, waren zu feingliedrig, um das Krummschwert führen zu können, das, halb verdeckt durch einen dunkelblauen Umhang mit Goldborte, in der linken Armbeuge lag. Die Krempe des Turbans, die Neigung der Schulter, die rote Kordel über der Brust und das Schwert bildeten vier schräg verlaufende Parallelen.

Das also war er, dessen lasterhafter Ruf die Londoner Salons durchwehte wie der Name einer ansteckenden Krankheit, wie der Duft eines zu schweren Parfums, sinnenbetörend und giftig, und auch nicht haltmachte vor den Kammern der Bediensteten, die das ihnen Zugetragene allzu bereitwillig weitergaben. Wortfetzen, dunkel im Klang und beunruhigend, waren durch Flure und Zimmer geschwirrt, die kleine Ada hatte sich unsichtbar gemacht und angespannt gelauscht, wenn über ihren Vater gesprochen wurde. Der Sinn der Worte blieb ihr verschlossen, aber sie ahnte, daß sich dahinter Abgründe verbargen und Geheimnisse, die die Ursache waren für den Ausdruck von Abscheu und Haß auf dem Gesicht der Mutter und ihr den Mund versiegelten, wenn Ada Worte wie Griechenland oder Poesie in den Mund nahm.

Niemand sagte ein Wort. Das rhythmische Stampfen eines Mörsers aus der Küche. Ein Knacken im Feuer. Verkohlte Papierfetzen entschwanden schaukelnd in der Schwärze des Kamins.

– Und, mein Vögelchen, sagte die Mutter erwartungsvoll, und?

Die Stimmung draußen war umgeschlagen, das fahle Dezemberlicht im Westen von einem messingfarbenen Streifen durchbrochen, die Bäume zeichneten sich davor in scharfen Konturen ab.

Ada wandte ihren Blick wieder zu dem Bild. Nur keine unbedachten Worte jetzt.

Die regelmäßigen Züge. Der laszive Mund. Die Haarsträhne, die sich über der Stirn lockte. Die hellen, von dichten Wimpern überschatteten Augen.

Kein Wunder ging das Gerücht, die Mütter hätten ihre Töchter, wo immer er auftauchte, hastig hinter eine Ecke gezogen oder ihnen mit dem Fächer die Augen verdeckt.

– Er ist … er war verheerend attraktiv, sagte Ada endlich, ohne das Porträt aus den Augen zu lassen. Das Gemälde von dir ist im gleichen Stil gemalt, Liebster, nicht wahr? Nur, daß dort das Schwert auf die andere Seite gerichtet ist.

– Du hast recht, antwortete William, außerdem trage ich die ionische Tracht, diese hier ...

– ... stammt aus Albanien, fiel ihm die Mutter ins Wort. Er hat sie von einer seiner Reisen mitgebracht. Das Bild gehört dir, Ada, du kannst es mitnehmen. Deine Großmutter hatte es vor ihrem Tod abhängen lassen und im Testament verfügt, daß du es bekommen sollst, wenn du volljährig wirst. Ein Geburtstagsgeschenk. Ein Weihnachtsgeschenk. Was dir lieber ist.

Ada spürte, wie ihr das Blut in die Wangen schoß.

Mitnehmen. Die Quelle ungezügelter Phantasien und einer unstillbaren Sehnsucht unter den Arm nehmen und nach Hause tragen.

Alt genug. Sie schluckte leer.

– Es ist von Thomas Phillips, wie auch das andere Porträt von Lord Byron, nicht wahr? sagte William. Wann wurde es gemalt?

– Im Jahr bevor wir geheiratet haben, antwortete die Mutter. Die beiden Bilder sind fast zur gleichen Zeit entstanden.

– Und wann ... ich meine, wann habt ihr geheiratet?

– 1815. Am zweiten Januar, um genau zu sein, sagte die Mutter ungehalten, ein Zucken um den Mund.

Sie legte von plötzlichem Schmerz überwältigt die Fingerspitzen an die Schläfen und rannte laut weinend aus dem Zimmer, noch auf der Treppe löste sie die Bänder und riß die Haube weg, knöpfte das Kleid auf, hörte nicht, wie Ada hinter ihr herrief.

– Mama, was ist mit dir, es tut mir leid.

Es tut mir leid.

Das Teleskop, ein Binokular, schwenkbar, wurde in einem mit braunem Samt ausgeschlagenen Kasten aus poliertem Rosenholz verwahrt. Adas langgehegter Wunsch war in Erfüllung gegangen. Staunend hatte sie im vergangenen Herbst die Spur des für November 1835 angekündigten und pünktlich erschienenen Halleyschen Kometen am Nachthimmel verfolgt und sich gewünscht, den Schweif und seine Beschaffenheit deutlicher sehen zu können. Sie freute sich. Die nutzlos durchwachten Nächte am Fenster gehörten der Vergangenheit an. Sie würde die räumliche Anordnung der Sternbilder entschlüsseln, den Rand des Sonnensystems nach dem achten Planeten absuchen und ferne Galaxien entdecken, die Ringe des Saturns und den Mond beobachten, damit er seine Geheimnisse preisgebe, die ihr mit bloßem Auge verborgen blieben, die Natur seiner Oberfläche, den Übergang zwischen den wechselnden hellen und dunklen Segmenten. Die Astronomie war eine perfekte Wissenschaft, weil sie einen zwang, alles aus der Ferne zu betrachten.

Der Biß war kaum schmerzhafter als ein Mückenstich. Der Blutegel hielt sich mit dem hinteren Saugnapf fest, mit dem vorderen tastete er nach einer geeigneten Stelle, knapp unterhalb des Bauchnabels wurde er fündig, winzige Zähnchen senkten sich ins weiße Fleisch. Die Mutter hieß Tracy, ihr eine kühlende Kompresse und einen zweiten Egel zu bringen. Das Mädchen beugte sich über die Wanne und hob mit einem kleinen Glas eines der satt glänzenden Tiere aus dem Wasser. Es wurde knapp neben dem ersten plaziert. Die Mutter wartete, bis sie den kleinen Einstich spürte, dann schickte sie Tracy weg, erhob sich vom Stuhl und ging ins Schlafzimmer. Mit einem unterdrückten Schluchzen ließ sie sich auf den Diwan sinken. Sie neigte den Kopf nach hinten und legte das Tuch auf die Stirn.

Von unten drangen Stimmen herauf, der heftige Disput ging unvermittelt in einen gedämpften Wortwechsel über, Williams ruhige Zusprache, Adas unterdrückte Stimme.

Mein Vögelchen.

In Leidenschaft gezeugt, zumindest was sie betraf, das Kind der Lieb und doch in Sturm gesäugt und Bitterkeit.

Es ist ein kalter Morgen, der Himmel wolkenverhangen, die Nordsee liegt petrolfarben zu Füßen der Klippen. Der Bräutigam ist drei Tage zuvor verspätet und mit abgekauten Fingernägeln in Seaham Hall eingetroffen. Kurz vor der Trauungszeremonie ist er verschwunden. Man findet ihn schließlich im Park, wo er mit einer Pistole auf einen Handschuh feuert. Die Vermählung wird in aller Stille und ohne jede Feierlichkeit im Salon vollzogen, der Bräutigam gibt sich unbeteiligt, den Blickwechsel zwischen ihm und seinem Freund und Trauzeugen beim Jawort weiß die Braut nicht zu deuten. In der Kutsche, die sie für die Flitterwochen nach Halnaby Hall bringen soll, wartet schon das Gepäck mit den Hochzeitsgeschenken, unter anderem die komplette Ausgabe seiner Gedichte in gelbes Saffianleder gebunden. Die Neuvermählte verläßt Seaham Hall im Schneegestöber unter Glockengeläut und Musketensalven und der Vorahnung eines sich anbahnenden Unheils. Halnaby Hall liegt tief verschneit, die Fenster sind wolkig von Eisblumen, Anna Isabellas Hände sind klamm, sie umwickelt die Linke mit einem schwarzen Band, damit der Ehering nicht vom Finger rutscht. Ihr Gatte gibt sich abwesend. Seine Ironie und die rätselhaften Anspielungen über seine Vergangenheit machen sie ratlos. In Swynford Paddocks, wo sie ein paar Tage bei seiner Halbschwester Augusta verbringen, gilt seine ganze Aufmerksamkeit der Gastgeberin und deren kleiner Tochter Medora, die, kaum hat das junge Paar die Londoner Stadtwohnung in unmittelbarer Nähe des Green Park bezogen, wieder auftaucht und, mit Unterbrechungen, ein ständiger Gast ist. Er nennt sie mein Gänschen. Anna Isabella wirbt um ihre Freundschaft, um ihre Nähe, aber das Gefühl, in dem lauten, viel zu großen Haus überflüssig und fehl am Platz zu sein, weicht im Verlauf der Monate einem Zustand verzweifelter Verlassenheit. Das Geflüster auf den Fluren. Die heimlichen Blicke. Türen, die sich zur Unzeit öffnen und wieder schließen. Die Eskapaden mit seinen Saufkumpanen. Lärmende Abendgesellschaften, an denen sie nicht teilnimmt. Die nagenden Geldprobleme. Er haßt es, einer Frau beim Essen zuzuschauen, und speist, wann ihm beliebt, sofern er sich nicht gerade wieder einer seiner zwanghaften Soda-und-Crackers-Diäten unterwirft. Sie ist in einem Zustand lähmender Verwirrung und schwanger. Während sie ihr erstes und einziges Kind zur Welt bringt, es ist der zweite Advent, ist ihr Mann außer Haus, er vergnügt sich im Drury Lane Theater mit einer Tänzerin – oder vielleicht ist es die kleine Komparsin, die neulich ihre Anstecknadel in seiner Kutsche vergessen hat?, und der nächtliche Aufruhr im Salon nach seiner Heimkehr rührt von der bizarren Angewohnheit her, die Hälse der Brandyflaschen mit dem Schürhaken abzuschlagen, wenn er sich betrinkt. Noch im Wochenbett faßt sie einen Entschluß. Das Kind soll sie in nichts an seinen Erzeuger erinnern, abgesehen vom Namen und den physiognomischen Ähnlichkeiten, die sich wohl früher oder später in der einen oder anderen Art offenbaren werden. Sie wird alles in ihrer Macht

Stehende tun, um die gemeinsamen Neigungen und Veranlagungen aus seinem Wesen zu tilgen. Das Kind wird getauft auf den Namen Augusta Ada, legitime Tochter von Anna Isabella Byron, geborene Milbanke, und George Gordon Byron, dessen einzige besorgte Frage den Füßen des Neugeborenen gilt. Sie ist mittlerweile überzeugt von seiner Geisteskrankheit, eine Erkenntnis, die ihr nicht ungelegen kommt und die vom konsultierten Arzt bestätigt wird. Alles ist damit erklärbar – seine Schamlosigkeit, das rätselhafte Verhalten, die Wutausbrüche. Ihre Ärzte, die besten in London, werden sich darum kümmern. Eines Tages jedoch wird ihr vom Zimmermädchen hinterbracht, es sei beim Saubermachen im Zimmer des Hausherrn auf eine geladene Pistole, einen Brief von Augusta und ein Buch gestoßen, *Die neue Justine* von einem gewissen Marquis de Sade. Das genügt. Was man sich in den Londoner Salons hinter vorgehaltener Hand über dieses Machwerk erzählt, übersteigt das Vorstellungsvermögen eines jeden zivilisierten Menschen und widerspricht allen moralischen und religiösen Grundsätzen Lady Byrons. Ihr Mann ist nicht wahnsinnig, schlimmer noch, er ist durch und durch und unheilbar verderbt. Das ist die Wahrheit. Ihr Vorhaben ist gescheitert. Die wohlbedachten und sorgfältig abgewogenen Argumente, mit denen sie ihn sachte, aber beharrlich zurechtbiegen und auf den segensreichen Weg der Vernunft und der Sittlichkeit bringen wollte, sind ungehört verhallt wie kleine Leuchtpetarden, die lautlos in der Schwärze der Nacht verpuffen. Mitte Januar fährt sie mit dem Baby nach Kirkby Mallory zu ihren Eltern. Byron ahnt nicht, daß der Abschied endgültig ist, die briefliche Ankündigung der Trennung Anfang Februar trifft ihn unerwartet. Nur wenige Wochen später ist die Scheidung aktenkundig und London, einmal mehr, um einen Skandal reicher, als im *Champion* vom 14. April zwei Gedichte von Byron erscheinen, die den Lesern die Tränen über die Herzlosigkeit seiner Frau in die Augen treiben, ja, alle haben sie sich geweidet an der Schmach …

Lady Byron spürte, wie die Tiere von ihrem Unterleib fielen. Sie stand auf, schubste sie in das Glas und kippte sie in die Wanne, sie sanken, um das Dreifache ihrer Größe angeschwollen, langsam auf den Grund und blieben reglos liegen. Aus den sternförmigen Bissen trat Blut, Lady Byron krümmte sich über ihren Unterleib, betupfte die Wunden mit Perubalsam, sie würden noch während einiger Stunden bluten, und legte ein Stück Leinen darüber.

Sie rief nach Tracy, ließ sich von ihr wieder ankleiden und das Haar richten. Sorgfältig band sie die Haube, drapierte die Schleifen unter dem Kinn und ging in den Salon hinunter.

Nach wenigen Augenblicken bat der Butler die drei an den gedeckten Tisch.

Karottensuppe. Gebackener Kabeljau. Hammelragout mit Kapernsauce und Steckrüben. Bratkartoffeln. Die Mutter wartete nicht auf die dargereichte Platte, sie griff herzhaft zu, zerrte die von glänzenden gelben Fettadern durchzogenen Stücke mit Messer und Gabel auseinander.

Die Rüben schob sie zur Seite, sie waren nicht gar gekocht. Die Köchin würde einen Rüffel erhalten. Hatte ihr Spatzenhirn es denn noch immer nicht begriffen? Das Gemüse sollte gar gekocht, es sollte durch und durch weich gesotten sein. Rohes Obst und Gemüse schadeten den Verdauungsorganen, davon hatte man sich fernzuhalten, sie verursachten Blähungen, die Lady Byron bisweilen zwangen, sich mit dem Boot auf den kleinen See hinausrudern zu lassen, um sich dort zu erleichtern, während sich der

Bootsmann, taktvoll vor sich hin pfeifend, in die Riemen legte.

Das Fleisch erwachsener warmblütiger Vierbeiner hingegen war allen anderen Gerichten vorzuziehen. Lady Byron hielt sich eisern an die Vorschriften des Arztes.

Der penetrante Geruch nach Perubalsam vermischte sich mit dem Honigduft der Kerzen.

Ada brach endlich das Schweigen.

Die Musik. Das Kind. Unverfängliche Themen.

– Heute habe ich drei Stunden Harfe gespielt. Ich mache täglich Fortschritte. Und gestern bin ich mit Byron ausgeritten. Aber er gibt nie einen Laut von sich. Ich weiß nicht, ob ich mir darüber Sorgen machen soll?

Die Mutter schüttelte den Kopf.

– Er ist etwas bockig, das stimmt, aber du mußt mit ihm reden, immer mit ihm reden, die Wahl der Worte sorgfältig bedenken und ihm deren Bedeutung klarmachen. Hingegen finde ich, du solltest besonnener sein, was das Reiten betrifft. Er ist doch erst sechs Monate alt.

– Sieben, Mutter, nächste Woche wird er sieben Monate. Er liebt die Bewegung im Freien, die frische Luft tut ihm gut. Ich finde, er wird immer hübscher. Die Herzogin von Kent hat auch gesagt, wie süß er sei. Ich habe sie neulich getroffen, als sie mit ihrer Tochter in einem hübschen kleinen Phaeton in unserer Nachbarschaft spazierengefahren ist. Vor ein paar Tagen habe ich ihr meine Karte schikken lassen.

– Victoria ist inzwischen bestimmt auch schon siebzehn, nicht? Falls nicht noch ein Wunder geschieht, wird sie unsere nächste Königin sein.

– Ein Wunder? Mama, du glaubst doch nicht im Ernst, daß der König noch ein Kind zustande bringt. Ein legitimes, meine ich.

Sie kicherte.

– Ada, ich bitte dich, wie sprichst du über den König! sagte William in scharfem Ton. Im übrigen bin ich der gleichen Meinung wie deine Mutter, was das Reiten mit dem Kind betrifft. Byron ist noch zu klein.

Ada widersprach, ein Streit drohte aufzuflammen, aber da kam Lady Byron auf die bevorstehenden Feiertage zu sprechen.

– Hat Babbage eigentlich zugesagt, Weihnachten bei euch zu verbringen?

– Ja, antwortete Ada, er kommt schon am zweiundzwanzigsten.

– Wie schön, sagte die Mutter.

Der mißbilligende Tonfall war nicht zu überhören. Sie mochte ihn nicht, den Freund und Förderer ihrer Tochter, fand ihn affektiert und berechnend. Ein Schmeichler und Phantast.

– Wie läuft es eigentlich mit den Plänen für seine neue Maschine?

– Gut, glaube ich. Er war im Herbst bei uns in Ockham zu Besuch und hat mir davon erzählt. Stell dir vor, Mama, die Maschine soll nicht nur die ihr eingegebenen Befehle ausführen, sondern darüber hinaus sich selbst immer neue Aufgaben stellen. Er will dabei Lochkarten verwenden, soviel habe ich verstanden. Wenn ich das nächste Mal in London bin, wird er mir die Entwürfe zeigen.

– Wann fahrt ihr?

– Ende Januar, sagte William.

– Spätestens, fügte Ada hinzu. Ich hoffe, daß bis dann die geometrischen Modelle fertig sind.

William kam in Fahrt, als er von den Renovierungsarbeiten auf seinem Gut in Ashley Combe berichtete, aber

Lady Byron lenkte das Gespräch zielstrebig und unbeirrt auf ihre mannigfaltigen Leiden.

Das Stocken des magnetischen Flusses im Körper und, damit einhergehend, der äußerst unangenehme Blutstau im Unterleib, seit Adas Geburt litt sie darunter. Dazu die Verdauungsbeschwerden und ihre gesteigerte Empfindlichkeit, die sich nicht nur in wechselnd gelagerten Kopfschmerzen, sondern auch in den akkurat vermessenen Eigenheiten ihres Schädels äußerte.

Und endlich wandte man sich dem einen unerschöpflichen Thema zu. Die Dienstboten.

– Kürzlich, sagte Ada, habe ich Rose, das neue Mädchen, dabei erwischt, wie es von den Resten des Marrow Puddings genascht hat, auf dem Weg vom Eßzimmer in die Küche direkt vom Teller mit den Fingern in den Mund geschaufelt.

– Typisch, sagte die Mutter, eine Dumpfbacke, ich verstehe nicht, warum sich Lady Barwell in ihrem Empfehlungsschreiben so positiv über das Mädchen ausgelassen hat. Nun gut, es ist auch erst vierzehn Jahre alt und außerdem vom Land, wenigstens kostet es nicht mehr als acht Pfund im Jahr. Verfressen sind sie ja alle. Und Miss Grimes, wie läßt sich die an? Der Kleine scheint ihr sehr zugetan zu sein.

Ada nickte.

– Das stimmt. Aber ihre überschwengliche Zuneigung zu Byron finde ich übertrieben. Sie verzärtelt ihn.

– Ich finde sie sehr einnehmend, sagte William, und der Kleine scheint sie zu mögen. Ich bin froh, ihn in so guten Händen zu wissen. Man kann von Glück reden, eine so erfahrene und liebevolle Nanny gefunden zu haben.

Ada betrachtete den rubinroten Reflex ihres Weinglases auf dem Damast und trommelte mit den Fingerspitzen auf den Tisch, während Lady Byron nach Betty klingelte und sie aufforderte, die Teller abzutragen und die Dochte der blakenden Kerzen zurückzuschneiden.

William nahm ein Ingwerplätzchen, steckte es in den Mund und zermahlte es langsam und konzentriert. Endlich räusperte er sich vernehmlich.

– Ada, meine Liebe, wenn ich es mir überlege – auf dem Porträt von Lady Carpenter hast du große Ähnlichkeit mit deinem Vater. Die hohe Stirn und das Kinn, ja vor allem das Kinn, es zeugt …

Adas feindseliger Blick ließ ihn augenblicklich verstummen.

Die Mutter stellte ihr Weinglas heftig auf den Tisch.

– Immerhin, seinen Makel hast du zum Glück nicht geerbt, sagte sie lauter als nötig.

Ada horchte auf.

– Seinen Makel?

– Er hatte einen Klumpfuß, weißt du das denn nicht? Der rechte Fuß war sehr klein, er war verkrümmt, der Fuß war nach innen gedreht, das Bein verkürzt, er trug … er trug sein Leben lang eine Stütze im Schuh.

Ada zog die Hände zu sich heran, legte sie auf die Tischkante.

Nein, das hatte sie nicht gewußt.

Sie hätte ihn trotzdem geliebt.

## 2

Der Schal. Die Ausgehjacke. Dunkelgrüner Wollcord, die Lady liebte kräftige Farben. Das Kleid aus demselben Stoff.

Ellen legte alle Kleidungsstücke nebeneinander über die Lehne des Sofas, strich sie sorgfältig glatt. Das Unterkleid, mit Roßhaar verstärktes Leinen. Das Mieder. Sie würde es eng schnüren müssen.

Eine Zofe durfte üblicherweise erwarten, hin und wieder ein Kleid von Madam auszutragen. Ellen konnte das vergessen. Lady Ada war zierlich, und seit sie im Januar die Grippe gehabt hatte, war sie dünn wie ein Laternenpfahl. Und noch immer quälte sie ein knatternder Husten, der Aufenthalt in London war deswegen mehrere Male verschoben worden.

Aber in jüngster Zeit vollzogen sich an ihrem Körper Veränderungen. Die Brüste waren fester geworden, das Gesicht voller, dazu hatte sie seit mehr als sechs Wochen keine Monatsbinden mehr benötigt. Ellen wußte, woher der Wind wehte.

Zuoberst ein Paar frische Strümpfe.

Sie öffnete den Schrank und nahm die Stiefeletten hervor, besah sich die Häkchen, die Ösen, prüfte das Leder. Es glänzte tiefschwarz. Die Politur, eine Mischung aus Öl, Zuckerrohrsirup und Lampenruß, war Conrads Geheimrezept.

Zufrieden stellte sie die Schuhe neben die Reisetasche und wandte sich zur Tür, die ins Arbeitszimmer führte. Als sie am Sofa vorbeiging, blieb sie stehen und lauschte.

Es war still im Haus. Sie zögerte, nahm den Schal, legte ihn um die Schultern und trat ins Zimmer ein.

Papierbögen segelten im Luftzug vom Schreibtisch zu Boden, das Fenster stand weit offen. Ellen bückte sich, hob die Blätter auf, ließ sie zwischen Daumen und Zeigefinger pendeln.

Wohin gehörten sie?

Auf den Stapel mit den Zeichnungen? Linien und Kurven waren darauf und rätselhafte Zeichen, die weder Buchstaben noch Zahlen ähnelten.

Zu den Briefen? Oder zu den Bögen mit den endlosen Reihen von Ziffern?

Sie beschloß, kein Risiko einzugehen, und legte die Blätter wieder auf den Boden, verteilte sie in der Anordnung, wie sie sie vorgefunden hatte.

Nichts anrühren auf dem Schreibtisch, das war ein strikter Befehl von Madam, also hielt man sich daran.

Alles war minutiös arrangiert. Ein Stoß unbeschriebener Blätter. Ein Stoß beschriebener Blätter. Hefte. Aufeinandergestapelte Bücher. Briefumschläge. Eine Schreibmappe aus schwarzem Leder. Das Tintenfaß. Mehrere Federn. Lineale. Ein merkwürdiges flaches Instrument aus Messing mit eingekerbten Strichen und Zahlen, das auf der einen Seite gerade war und auf der anderen Seite die Form eines Halbkreises hatte.

Die eine Schublade stand halb offen, hier bewahrte Lady King ihre umfangreiche Korrespondenz auf, es verging ja kaum ein Tag, ohne daß der Bote ihr einen Brief brachte.

Das Glas mit dem dunklen Bodensatz gehörte allerdings nicht hierher. Ellen nahm es hoch und roch daran.

Es stimmte also doch, was Rose gesagt hatte, sie fände bisweilen ein Glas mit Weinresten im Spültrog, dazu paßten die nächtlichen Schritte im Treppenhaus und das zerwühlte Bettzeug, das Ellen an manchen Morgen vorfand. Trotzdem saß die Lady schon um sieben wieder am Schreibtisch, den ganzen Tag saß sie dort über ihre Blätter gebeugt, oft bis spät in die Nacht hinein. Was tat sie nur? Besser wäre, sie würde sich mehr um ihr Söhnchen kümmern. Kein Wunder verlor sie wegen jeder Kleinigkeit die Nerven.

Arbeiten. *Sie* nannte es so. Es war Ellen schleierhaft, was das stundenlange Brüten über eigenartigen Formeln mit Arbeit zu tun hatte. Überhaupt geschahen in diesem Haus Dinge, mit denen Ellen sich nicht anfreunden konnte. Lady Byron hatte den Haushalt ihrer Tochter im Einverständnis mit dem Schwiegersohn fest im Griff, aber das mochte ja noch angehen. Man aß ja auch ihr Brot. Und der kleine Byron war alles in allem gut aufgehoben, auch wenn seine Mutter sich zu wenig um ihn kümmerte. Richtig abartig hingegen war das kindische Gehabe mit den Spitznamen, das vor einiger Zeit Einzug gehalten hatte. Lady Ada sprach ihre Mutter mit Henne an, sie selbst nannte sich Vögelchen, Drossel oder Avis, und ihren Gatten rief sie Krähe oder mein Hahn.

Nun ja.

Ellen zuckte mit den Schultern. Zwölf Jahre im Dienst wechselnder Herrschaften, da sah und hörte man einiges, worüber man ins Grübeln kommen konnte. Es grenzte beinahe an ein Wunder, daß sie es vier Jahre in demselben Haus ausgehalten hatte.

Ein Geräusch unten im Hof ließ sie aufhorchen. Sie zog schnell den Schal von den Schultern und trat ans Fenster.

Eben fuhr der Gig mit übergeschlagenem Verdeck vor. Finley schaute hoch und winkte.

Ellen beugte sich hinaus.

– Die Lady wird bald zurücksein. Sie ist nochmals ausgeritten.

Die Morgenkühle ließ sie frösteln. Ellen schloß das Fenster, rieb ein Ende des Schals zwischen Handfläche und Wange. Weich und geschmeidig war das Gewebe, und dieses Blumenmuster, Ellen war es ein Rätsel, wie ein Webstuhl so etwas Kompliziertes herstellen konnte. Die Farbtöne gingen fließend ineinander über, Scarlet, Mauve, Sepia hatte Lady Ada sie genannt, wie albern, genausogut könnte man Rot, Lila und Schwarz sagen.

Hinter dem Wald waren Wolken aufgezogen.

Aber das bißchen Grün in den Bäumen, darüber freute sich Ellen, jetzt kam der Frühling, man konnte sich dem Mannsvolk wieder herzeigen, wenn auch die Hoffnung auf einen geneigten Anwärter mit jedem Jahr kleiner wurde. Frühmorgens war es hell und das Waschwasser in der Mansardenkammer nicht mehr gefroren, ein Klirren war das erste Geräusch, wenn Ellen im Winter aufstand, im Dunkel das Eis mit einem Fausthieb zerschlug und sich das Gesicht wusch.

Manchmal ließ sie es auch bleiben.

Ja, Ockham war ein guter Ort zum Leben, und es war Ellen mehr als recht gewesen, als ihr eröffnet wurde, man würde sie auf dem Landgut benötigen. Hier mußte sie sich nicht bei jedem Gang aus dem Haus vor dem Abschaum hüten, der die Londoner Straßen bevölkerte, und die Luft war besser, vor allem im Winter, da hing der Nebel dick wie Erbsensuppe in den Straßen der Stadt, und die Laken waren schwarz, wenn man sie von der Wäscheleine nahm.

Ein Schnalzen im Geäst. Eilige Schritte auf der Treppe.

Ellen eilte zurück in den Ankleideraum und legte den Schal über die Sofalehne.

## 3

Ein paar Stunden später saß Ada in der Kutsche nach London. Finley hatte sie zur Poststation in Weybridge gefahren.

Regen schlug gegen das Fenster.

Wie sie das haßte. Eng war es und stickig. Endlich am Ziel angekommen, war man durchgeschüttelt, und der Kopf schmerzte von dem lauten und albernen Geschwätz der Mitreisenden. Man konnte von Glück reden, wenn der Kutscher nicht betrunken war, einem das Gegenüber nicht ins Gesicht hustete oder ein schlummernder Nachbar nicht sein Haupt auf die Schulter legte.

Ada konnte es kaum erwarten, bis der Bahnhof der South West Railways in Weybridge eröffnet wurde.

Auf ihrem Schoß lag die schwarze Mappe mit dem Bündel Blätter, in aller Hast zusammengerafft. Sie hatte sich in den vergangenen Wochen mit den Grundlagen der Trigonometrie beschäftigt, einige Übungen waren ihr schwergefallen, insbesondere diejenigen, welche die Deduktion der Formel für den Sinus und Cosinus der Differenz zweier gegebenen Winkel betrafen. Sie hatte sich darüber mit Mary Somerville, ihrer Freundin und Mentorin, in Briefen ausgetauscht. Jetzt wollte sie Mary treffen, um mit ihr die Übungen zu besprechen.

Ada war nicht zufrieden mit sich. Ein jämmerliches Resultat für viele Wochen Arbeit. Das Muttersein nahm sie zu sehr in Anspruch. Sie vergötterte den kleinen Byron, aber er brauchte ihre ganze Aufmerksamkeit, und sein unartikuliertes Gebrabbel beunruhigte sie, er sprach noch ..mmer kein Wort, obwohl sie jeden Tag mit ihm auf dem Arm in Haus und Garten umherging und ihm die Gegenstände benannte.

Fenster. Licht. Vorhang.

Schau das Gemälde, deine Mama, hat sie nicht ein schönes Diadem im Haar, es ist sehr kostbar.

Und hier. Lord Byron. Was für ein prächtiges Kostüm er trägt, und das Schwert, siehst du das Schwert, dein Großvater, er ist der größte Dichter Englands, ein Genie. Du bist nach ihm benannt.

Das Gemälde über dem Kamin interessierte den Kleinen nicht. Hingegen liebte er das Bild mit dem Jungen und dem Lämmchen, das im Frühstückszimmer hing.

Immer wieder zog es ihn dorthin.

Das hat ein berühmter Maler gemalt, sagte Ada. Murillo hieß er, sag es: Mur-ri-io. Aber Byron gurrte nur und zeigte auf das Schäfchen.

Auch die Dinge draußen in der Natur und in den Stallungen begeisterten ihn.

Wolke. Baum. Pferd.

Da geriet er in Verzückung, seine Händchen schlugen die Luft beim Anblick der Kühe, der Schafe, der Gänse. Bei den Ausritten saß er auf Adas Schoß, fest gegen das obere Horn des Sattels gedrückt, in der linken Hand führte sie die Zügel, mit dem rechten Arm hielt sie den Kleinen umschlungen, er gluckste vor Vergnügen, wenn das Pferd in Trab fiel.

Das Reiten, neben der Mathematik Adas Lieblingsbeschäftigung, war in den letzten Wochen zu kurz gekommen. Die Grippe. Um die Genesung zu unterstützen, hatte ihr Dr. Locock vorerst geraten, täglich eine halbe Flasche Claret zu trinken. Damit würde sie sich in den kommenden Monaten wohl etwas zurückhalten müssen. Der Arzt hatte ihr vor zwei Tagen bestätigt, was sie schon lange geahnt hatte, und ihr gleichzeitig nahegelegt, vorsichtig zu sein, was das Reiten betraf.

Sie hatte gelacht. Lieber Doktor, Maria Stuart war im sechsten Monat schwanger, als sie zu Pferd vor ihren Häschern floh, über fünfundzwanzig Meilen ist sie geritten wie der Sturmwind und hat später einen gesunden König zur Welt gebracht.

Ada frohlockte. Die Schwangerschaft war ein aufregender Zustand. Schade, daß er gerade mal neun Monate dauerte. Das Produkt war ihr einerlei, Junge, Mädchen, Neutrum, sie hätte ewig schwanger sein können. Das Gefühl des in ihr heranwachsenden Lebens versetzte sie in Euphorie, die sich hielt, solange sie das Kind stillte. Der Umstand, daß sie Byron nicht einer Amme überlassen hatte, war mit erhobenen Augenbrauen zur Kenntnis genommen worden. Sie scherte sich nicht darum.

Gut, daß es Nannys gab, die sich mit Gleichmut und Geduld der Kinder annahmen, und sie sich nur um die intellektuelle Entwicklung zu kümmern hatte. Sie hoffte, ihr zweites würde ein neugieriges und waches Kind werden, und wenn sie ehrlich sein sollte, wäre ihr ein Junge doch lieber, schon nach dem ersten Lebensjahr würde sie mit Mathematik und Arithmetik beginnen. Byron konnte jetzt, mit zehn Monaten, Schränke öffnen, er spielte mit den Perlen ihrer Halskette und fand Vergnügen beim Herumschieben von farbigen Holzklötzchen. Ada war sich nicht sicher, ob das vielversprechend war. Als Ausgleich ging sie mit ihm so oft wie möglich nach draußen.

Ockham, inmitten einer weitläufigen Parkanlage gelegen, war ein stiller, verzauberter Ort. Das Landgut kam Adas Verlangen nach Ruhe, täglichen Ausritten und ausgedehnten Spaziergängen entgegen und ergänzte das hektische Stadtleben in vollkommener Weise.

Der Besuch bei Mary Somerville war nicht der einzige Grund für ihren Londoner Aufenthalt. Fast noch wichtiger war die Sache mit Babbages neuer Maschine und den Lochkarten. Seit sie davon gehört hatte, ließ es ihr keine Ruhe mehr.

Er nannte sie die Analytische Maschine.

Sie war nicht seine erste Erfindung. Ada war noch nicht achtzehn Jahre alt gewesen, als sie vor drei Jahren in Begleitung ihrer Mutter die Vorgängerin zum ersten Mal gesehen hatte.

# 4

Die Samstagsparties im Haus von Charles Babbage waren legendär. *Doing the Babbage* hieß, unter den geladenen Gästen in seinem Haus in Marylebone zu sein, nicht selten über zweihundert Leute, darunter Größen aus Politik, Wissenschaft und Kultur.

Babbage, verwitwet, Inhaber des Lukasischen Lehrstuhls der Universität Cambridge, war nicht nur Mathematiker und umtriebiger Akteur auf der politischen Bühne. Er hatte auch zusammen mit einigen Gleichgesinnten die *Analytical Society* gegründet. Die *Analyticals* brachten den Ansätzen der kontinentalen, insbesondere der französischen Wissenschaft, große Wertschätzung entgegen. Ihr Ansinnen, in England für die Differentialrechnung das Newtonsche System durch die auf dem europäischen Festland gebräuchliche Notation von Leibniz abzulösen, kam einem Landesverrat gleich und löste unter Englands Mathematikern einen Wirbel aus. Die *Analyticals* hatten nicht mehr und nicht weniger im Sinn, als die Mathematik in Cambridge, das hieß in Großbritannien, zu reformieren.

Darüber hinaus war Babbage der Erfinder und Erbauer einer Rechenmaschine, der Differenzmaschine. Sie stand bei ihm zu Hause an der Dorset Street 1.

Hin und wieder lud er vorgängig zu den Parties ein paar auserlesene Bekannte ein, um ihnen seine Erfindung vorzuführen.

An einem Samstag im Juni 1833 hatten Lady Byron und ihre Tochter die Ehre.

Den Auftakt zu der Vorführung machte die Silberne Lady. Niemand, der die Differenzmaschine sehen wollte, kam an ihr vorbei.

Die kaum zwei Handspannen große Figur stand auf einem kleinen Podest in einer Glasvitrine, die Blöße notdürftig mit grünem chinesischem Krepp verhüllt.

– Ist sie nicht entzückend? rief Babbage. Vollkommene weibliche Eleganz, gepaart mit technischer Raffinesse!

Die Gäste scharten sich um die Vitrine.

Er öffnete die Tür. Mit ein paar Drehungen des Schlüssels im Rücken der Figur wurde die Mechanik in Bewegung gesetzt. Eine Melodie ertönte. Die silberne Tänzerin klappte die Augenlider hoch, hob ein Bein und begann, sich in einer Pirouette zu drehen, der Vogel auf ihrem Zeigefinger wippte auf und ab, schlug mit den Flügeln und öffnete den Schnabel.

Die Umstehenden riefen Ah! und Oh! und klatschten in die Hände.

Ein kleines Mädchen im weißen Sommerkleidchen hatte die Vorstellung mit offenem Mund verfolgt. Ob er die Tänzerin gemacht habe?

– Nein, nein, sagte Babbage, ich habe sie bei einem Antiquitätenhändler erstanden und ihre Mechanik wieder zum Laufen gebracht.

Ada lächelte ihm bewundernd zu. Das Zusammenspiel von Musik, Bewegung und Automatik faszinierte sie. Aber sie war nicht wegen der Koketterie dieser aufziehbaren Tänzerin hierhergekommen, so anmutig sie auch sein mochte. Sie brannte darauf, endlich die Maschine zu sehen.

Die Bewegungen verlangsamten sich, die Musik stotterte, die Tänzerin fiel aus dem Takt, ein leises Klicken, und sie blieb mit gesenktem Kopf stehen.

Das kleine Mädchen brach in Tränen aus. – Sir, sie soll weitertanzen!

Babbage tätschelte ihm den Kopf. – Später, mein Kind, sagte er. Ich werde dir erst etwas anderes zeigen.

Er bat seine Gäste in den nebenan liegenden, speziell dafür hergerichteten staubfreien Raum.

Dort stand sie.

Ein Wunderwerk aus Messing und Stahl, nicht viel größer als ein Überseekoffer. Das gedämpfte Nachmittagslicht brach sich auf dem blankpolierten Gestänge. Unzählige Zahnräder und Scheiben waren entlang mehrerer vertikaler Achsen übereinander angebracht. Die Ränder der Scheiben in den drei vorderen Achsen, das bemerkte Ada sofort, waren mit eingestanzten Ziffern von 0 bis 9 versehen.

– Ladies und Gentlemen, sagte Babbage. Ich will Ihnen kurz das Konzept erläutern, das meiner Arbeit zugrunde liegt. Es geht um die Idee der Arbeitsteilung oder, mit anderen Worten, um die Steigerung der Effizienz, wie ich es ja schon in meinem Buch *Über die Ökonomie in Maschinenhallen und Fabriken* dargelegt habe, wo ich die Probleme der industriellen Produktion in all ihren Aspekten analysiert und Vorschläge gemacht habe zur Verbesserung von Produktionsabläufen, was letztlich den Arbeitern zugute kommen solle. Item. Auf einer meiner Reisen durch Frankreich habe ich in Paris Monsieur de Prony einen Besuch abgestattet. Seine Aufgabe ist es gewesen, für den französischen Staat neue Zahlentabellen zu erarbeiten, auf der Grundlage der Erdmeridiane und des 400°-Winkel-Systems, das von der französischen Regierung 1793 als allgemeingültig erklärt, mittlerweile aber längst wieder abgeschafft wurde. Wie aber ist es möglich, innerhalb kurzer Zeit Hunderttausende von Tabellenwerten neu zu berechnen?

Er schaute fragend in die Runde, man schwieg, wartete gespannt auf seine weiteren Erläuterungen.

– Nun, Monsieur de Prony hat das Problem in seiner Rechenfabrik gelöst, indem er die Arbeit in drei Stufen einteilte. Die erste bestand aus einigen wenigen geschulten Mathematikern. Sie entschieden über die zur Anwendung kommenden Berechnungen und deren Reduktion auf die einfachste Formel. In der zweiten Stufe oder Reihe waren sieben bis acht Männer, die diese Formeln in Zahlen umzusetzen, die Ausstattung der entsprechenden Tabellen zu bestimmen und die von der dritten Stufe errechneten Werte zu kontrollieren hatten. In der dritten Reihe saßen ungeschulte Arbeiter, die Rechner, die nichts anderes taten, als Zahlen zu addieren und subtrahieren. Sie rekrutierten sich aus arbeitslos gewordenen Perückenmachern, deren Kunstfertigkeit durch die Abschaffung der aristokratischen Haarmoden, wenn nicht gar durch das Abtrennen des Gegenstandes ihres Metiers von den Hälsen der ehemals zahlreichen Kundschaft überflüssig geworden war.

Er wartete das Verebben des empörten Gemurmels ab und fuhr dann fort.

– Auch in England wird diese Methode der Arbeitsteilung angewandt, mit dem Resultat, daß Großbritannien in den vergangenen Jahren über zwei Millionen Pfund verloren hat, weil sämtliche zur Verfügung stehenden logarithmischen und trigonometrischen Tafeln, die insbesondere für die sphärischen Berechnungen in der Seefahrt unerläßlich sind, vor Fehlern strotzen. Ich selbst habe zusammen mit meinem geschätzten Freund John Herschel die Listen nachgeprüft, die von zwei unabhängig voneinander rechnenden Teams zu je siebzig Männern erstellt worden sind. Was hat man wohl dabei gefunden?

Schulterzucken. Fragende Blicke.

– 3700 Fehler in 40 Bänden! rief Babbage. Man stelle sich das vor! Nicht auszudenken, wie viele tragische Schiffshavarien zu vermeiden gewesen wären, wenn sich die Kapitäne auf zuverlässige astronomische Tabellen hätten verlassen können. Und warum das alles? Warum?!

Er legte eine Pause ein.

– Wegen der Fehlbarkeit des menschlichen Geistes, Ladies und Gentlemen. Maschinen sind in der Lage, dieses Übel aus der Welt schaffen. Genau darum habe ich die Differenzmaschine erfunden. Sie arbeitet nicht nur viel schneller als das menschliche Gehirn, sondern darüber hinaus fehlerfrei. Ich wage zu behaupten, daß in nicht allzu ferner Zukunft alle diese Arbeiten von Maschinen ausgeführt werden.

Babbage erläuterte in kurzen Zügen Aufbau, Funktionsweise und Mechanik der Differenzmaschine, die in jahrelanger Feinarbeit nach seinen Plänen vom Mechaniker Joseph Clement gebaut worden sei und mehrere tausend Pfunde gekostet habe. Was man hier sehe, sei jedoch nur ein Fragment aus 2000 Teilen, ein Modell sozusagen. Die endgültige Anlage werde aus rund 25 000 Teilen bestehen. Auch der Drucker, der die Resultate ausdrucken werde, fehle noch.

– Ich werde Ihnen jetzt meine Maschine vorführen! rief er vergnügt. Sie ist zwecks folgender Demonstration für einen einfachen Rechenvorgang programmiert, nämlich das Berechnen der zweiten Potenz sämtlicher Zahlen von 1 bis 25.

Mit ein paar Bewegungen eines Hebels, der sich am oberen Rand der Maschine befand, stellte er die Räder in ihre Ausgangsposition. Die untersten drei zeigten jetzt von links nach rechts die Ziffern 2 – 0 – 0 an.

– Die linke der drei Säulen zeigt die Konstante 2 an, sagte er. Sie bleibt unverändert. Auf der mittleren und rechten Säule hingegen drehen sich die Ziffernräder. Schauen Sie gut hin.

Er betätigte den Hebel. Die untersten Räder begannen sich in Bewegung zu setzen, sie zeigten in schnellem Wechsel in der Mitte fortlaufend die ungeraden Zahlen, beginnend bei 1, und rechts die Ziffern 4, 9, 6, beim Überschreiten von 10 sprangen die Räder der nächsthöheren, beim Überschreiten von 100 die in der dritten Ebene an. Nach einer bestimmten Anzahl Hebelbewegungen hielt Babbage inne. Die Räder der zweiten Säule zeigten, von oben nach unten gelesen, die Zahl 49, die der dritten Säule 625 an.

– Verehrte Gäste, sagte er. Wir sind bei der Quadratzahl von 25 angekommen.

Ada hatte den Vorgang gebannt verfolgt.

– Ist es nicht so, sagte sie, daß die Maschine, anstatt zu multiplizieren, die erste und die zweite Differenz der Quadratzahlen addiert?

Babbage war einen Augenblick sprachlos.

– Sie haben vollkommen recht, sagte er.

Für das Berechnen der Kubikzahlen beziehungsweise der dritten Differenz würden vier Zahlensäulen benötigt. Der umgekehrte Vorgang könne durch Subtrahieren erzielt werden, fügte er hinzu. Damit sei die Differenzmaschine fähig, über die vier arithmetischen Operationen hinaus komplexe Größen wie Potenzen oder Wurzeln zu berechnen.

Ob noch jemand eine Frage habe?

Eine Frau räusperte sich.

– Mr. Babbage? sagte sie mit leiser Stimme. Sie haben doch erwähnt, daß man der Maschine Befehle, das heißt wohl Zahlen, eingeben müsse? Falls sich die Person, die das tut, nun einmal irrt?, es könnte ja sein, und einen falschen Befehl eingibt? Ist dann das Resultat, das herauskommt, auch falsch?

– Ausgehend von der eingegebenen Zahl, kann die Maschine keine Fehler machen, entgegnete Babbage. Aber es stimmt, eine falsche Eingabe löst auch ein falsches Resultat aus. Ich habe darum neue Pläne. Ich werde eine zweite Maschine bauen, die nicht nur weitaus komplexere Operationen ausführen, sondern zudem die ihr gestellten Berechnungen analysieren und speichern und somit sich selbst immer wieder neue Aufgaben stellen kann. Die neue Anlage wird sozusagen eine denkende Maschine sein. Nun, Ladies und Gentlemen, ich danke für Ihre Aufmerksamkeit, er schaute in die Runde, sein forschender Blick blieb an Miss Byron hängen.

Welch außergewöhnliches mathematisches Verständnis für eine junge Frau! Sie hatte die Funktionsweise sofort durchschaut. Zudem war sie hübsch mit dem dunklen Haar und dem blassen Teint.

Babbage war fasziniert. Er war nicht der einzige. Wo Ada auftauchte, lösten ihre Erscheinung und der Name Byron eine Mischung aus Bewunderung, Faszination und schlüpfriger Neugier aus. Manches Opernglas wurde diskret auf die Loge gerichtet, wo Ada ein paar Tage später bei ihrem ersten Besuch im Italian Opera House an der Seite ihrer Mutter einer Aufführung von Donizettis *Anna Bolena* beiwohnte.

Babbages Maschine aber ließ sie nicht mehr los. Sie wollte mehr darüber wissen.

Sie fragte ihre Freundin Mary Somerville, ob sie nicht Lust hätte, sie in die Vorlesungen von Dionysius Lardner zu begleiten.

Ada wisse bestimmt, sagte Mary, daß Frauen an der Universität den Männern ein Dorn im Auge und nur in den Plenarversammlungen geduldet seien, und das auch nur auf Druck von Babbage und Brunel und ein paar anderen Gelehrten, die sich für die Häubchen-Brigaden stark machten. Auch sie habe keinen Zugang, weder zu den mathematischen Seminaren noch zu den Räumlichkeiten der Royal Society, die sich der besten naturwissenschaftlichen Bibliothek Englands rühmte. Dafür stehe ihre Marmorbüste in der Eingangshalle eben dieser Institution, und das sei doch auch ehrenvoll. Aber sie begleite Ada gern in die Vorlesungen über die Differenzmaschine.

So kam es, daß sich Ada zusammen mit Mary Somerville und deren beiden Töchtern unter den wenigen Frauen befand, die im Wintersemester 1833/34 den Ausführungen von Lardner am University College folgten.

– Gentlemen, begann er seine erste Vorlesung. Keine gesellschaftliche Stellung ist beneidenswerter als die jener wenigen, die eine gewisse Unabhängigkeit mit hohen intellektuellen Fähigkeiten vereinigen. Der Notwendigkeit enthoben, ihren Lebensunterhalt durch einen Beruf zu verdienen, sind sie frei von Fesseln und können so alle Kraft ihres Geistes, alle ihre intellektuelle Energien auf ausschließlich solche Ziele richten, von denen sie glauben, es seien ihre Fähigkeiten mit der Konzentration auf diese am vorteilhaftesten für das Gemeinwohl ebenso wie zu ihrem beständigen Ruhm eingesetzt. In solch glücklichen Umständen sich findend, wählte Mr. Babbage die Wissenschaft zum Feld seines Ehrgeizes. Es war das Geschick dieses Mathematikers, sich mit Ruhm anderer und populärer Art zu bekleiden, wie er nur selten der großen Menge jener zufällt, die ihr Leben der abstrakten Wissenschaft widmen. Dieses Herausragen verdankt er der Bekanntgabe seines berühmten Rechenmaschinenprojekts, das zum Ziel hat, die Arithmetik unter die Herrschaft des Mechanismus zu stellen.

Ada folgte den Vorlesungen bis zum Schluß. Sie hatte Feuer gefangen.

Etwas Neues, Bahnbrechendes lag in der Luft.

Bald sprach sie von der Differenzmaschine wie von einer lieb gewordenen und vertrauten Freundin.

Außerdem beschäftigte sie sich in jenen Monaten mit dem Regenbogen. Warum, so fragte sie sich, präsentieren sich die Spektralfarben dem Auge des Betrachters immer als Halbkreis? Warum nicht als Ausschnitt einer beliebigen Kurve? Und befand sich der Betrachter immer im Mittelpunkt des Kreises?

# 5

Das Geräusch der Räder hatte sich verändert.

Kopfsteinpflaster.

Mit dem Handschuh wischte Ada über die beschlagene Scheibe und schaute hinaus. Eben umfuhren sie den St. George Circus, den Obelisken zur Rechten, und bogen in eine breite Straße ein.

Ada zog sich rasch vom Fenster zurück.

Waterloo Road. Eines der Reviere der unzähligen Huren Londons. Sie standen in den Hauseingangen, neigten sich, manche bis zur Taille entblößt, aus den Fenstern und schäkerten mit den Passanten, schon zu dieser Tageszeit. Bei Anbruch der Dunkelheit würden sie hordenweise über die Waterloo Bridge strömen, auf Plätze und Promenaden des West End ausschwärmen wie eine Insektenplage, um später, wenn nach der Pause der Eintritt die Hälfte kostete, über die Theater und Opernhäuser herzufallen, die meisten schon merklich betrunken, eine schrille zwitschernde Schar, die am Ende der Vorstellung die Foyers und Gänge belagerte und den Übelkeit erregenden Geruch von billigem Parfum verströmte. Manche waren nicht älter als dreizehn, vierzehn Jahre, bleiche magere Gestalten mit eingesunkenen Augen, die durch ihr schamloses und affektiertes Gehabe versuchten, Aufmerksamkeit auf sich zu ziehen. Mehr als einmal hatte Ada beobachtet, wie achtbare Gentlemen nach der Vorstellung mit zwei, drei der Mädchen in einer der bereitstehenden Kutschen verschwanden, um in deren Gesellschaft das Finish zu begehen. Eine schmutzige, dunkle und niederträchtige Welt, die, dem Himmel sei gedankt, mit ihrer eigenen Welt nichts zu tun hatte, nicht auszudenken, was sich dort abspielte, sie wollte es gar nicht wissen und hatte auch gar keine Zeit, länger darüber nachzudenken, denn die Kutsche erreichte eben Charing Cross, die Türen wurde aufgerissen, die Reisenden drängten hinaus.

Auf dem Platz war ein Kommen und Gehen von Kutschen, Fuhrwerken und Omnibussen, ein Rufen und Schreien und Rattern.

Kleine Jungen, barfuß, Rotzspuren über den Lippen, kamen angerannt und boten sich als Gepäckträger an.

Wasserflämmchen sprangen vom Pflaster hoch.

Martin erwartete sie mit aufgespanntem Schirm.

– Mylady, willkommen in London. Welch ein Hundewetter. Ich hoffe, Sie sind trotzdem gut gereist?

– Danke, Martin.

Sie klemmte die Mappe unter den Arm, mit der anderen Hand preßte sie den Schal vor Mund und Nase, ein scharfer Geruch nach Pferdeschweiß, nassem Leder und Dung hing in der Luft. Martin pfiff einem Fahrer, der auf dem Bock seines Hansoms auf Kunden wartete.

Auf der kurzen Fahrt zum St. James Square erkundigte er sich nach der Familie.

– Ist Lord King wohlauf? Master Byron? Und Ihre Mutter?

– Sie hält sich zur Kur in Brighton auf. Der kleine Byron ist munter wie immer. Mein Mann ist nach Ashley Combe gefahren. Er läßt für mich zwischen den Felsen ein Badehaus bauen, damit ich im Meerwasser schwimmen kann. Fabelhaft, nicht?

Martin wußte nicht, wo Ashley Combe war. Er schaute sie skeptisch von der Seite an.

38

– Bestimmt, Ma'am, wenn Sie meinen.

– Und hier? Ist alles in Ordnung? fragte Ada.

– Ich weiß nicht, Ma'am.

– Was soll das heißen – ich weiß nicht?

– Es ist etwas mit Molly, Ma'am. Besser, Sie fragen Mr. Stines, Ma'am.

Die Kutsche bog auf den St. James Square ein und hielt vor dem Haus Nr. 12. Ein kleiner Ruck, Martin öffnete die Tür, half Ada beim Aussteigen und bezahlte den Fahrer, der an seinen triefenden Hutrand tippte und die Kutsche wendete.

Aus Mr. Stines war auch nicht viel mehr herauszubekommen.

– Molly benimmt sich eigenartig und spricht seit zwei Tagen kein Wort. Niemand kann sie zum Reden bewegen. Aber es gibt auch Erfreuliches zu berichten, Ma'am. Vorgestern ist ein großes Paket für Sie gekommen.

– Die Modelle! Bringen Sie mir das Paket gleich nachher in mein Zimmer und helfen Sie mir beim Auspacken.

In der Kiste lagen in Seidenpapier eingebettet mehrere geometrische Körper. Sie waren aus Spanholz gefertigt und mit schwarzem Schellack überzogen. Stines hob jedes einzelne Objekt vorsichtig aus der Schachtel und stellte sie nebeneinander auf das angewiesene Regal. Die oktogonale Glaskuppel spiegelte sich vielfach in den glänzenden Flächen.

– Sind sie nicht wunderschön? sagte Ada. Schauen Sie doch nur die Perfektion und Klarheit der Körper. Hier zum Beispiel ein Dodekaeder. Es hat zwölf Flächen, eine jede mit fünf gleich langen Seiten. Je mehr Flächen, desto mehr gleicht sich die Form des Polyeders einer Kugel an. Und das – sie nahm ein Objekt zur Hand, ist ein Ikosaeder. Es besteht aus zwanzig gleichseitigen Dreiecken. Sehen Sie?

Stines nickte.

– Schön gearbeitet, Ma'am. An den Kanten zweifach verklebt. Aber ... wozu brauchen Sie die Figuren?

– Für meine Studien über die Geometrie der Polyeder und der Kugelkörper. Mit der dritten Dimension wird alles viel anschaulicher, finden Sie nicht auch? Plötzlich wird das, was auf dem Papier kompliziert aussieht, einfach und nachvollziehbar.

Ada stellte das Ikosaeder zurück ins Regal.

– Sie können jetzt gehen. Und Stines, schicken Sie nachher Molly herauf, sie soll heißes Wasser bringen.

Stines zog sachte die Tür hinter sich zu.

Er schüttelte den Kopf. Dritte Dimension. Wieder einer dieser unverständlichen Begriffe. Andere Frauen ihres Alters redeten über die aktuelle Hutmode, über die neuen Angebote bei Gedge's am Leicester Square oder den Londoner Klatsch. Neulich hatte sie ihn gefragt, was er von Faradays Entdeckung der elektromagnetischen Induktion halte, und ihn dabei herausfordernd angeschaut.

Was hätte er darauf antworten sollen?

Molly trat leise ein, einen großen, mit einem Tuch zugedeckten Krug in der einen, in der anderen Hand eine Kerze. Sie knickste und blieb mit gesenktem Kopf stehen.

– Ma'am.

– Molly. Laß die Kerze auf dem Schreibtisch. Und stell das Wasser auf meine Waschkommode.

Das Mädchen tat, wie ihr geheißen, kam aus dem Schlafzimmer zurück und blieb in der Tür stehen.

– Es ist schmutzig, Ma'am, sagte sie, ohne den Kopf zu heben. Das Geschmeiß habe ich rausgefischt.

Ada seufzte. William hatte darauf bestanden, in dem neu renovierten Stadthaus Wasserleitungen zu installieren. Ein Luxus, den sich nicht jedermann leisten konnte. Dreimal am Tag wurde Wasser aus der Themse in das Leitungssystem der Stadt gepumpt, knatternd und gurgelnd suchte es sich einen Weg durch die Rohre des Hauses, um sich mit einem Knall in den Schüttstein zu entladen, wenn man in der Küche den Hahn aufdrehte.

– Laß es gut sein, sagte Ada. Komm her. Wie geht es dir?

Das Mädchen murmelte etwas Unverständliches und trat näher heran.

– Du bist verstört. Gibt es etwas?

Molly schaute hoch. In Ihren hellen Augen stand die nackte Angst.

– Ja, Ma'am, flüsterte sie. Das heißt, nein, Ma'am, ich weiß nicht, ob ich darüber sprechen kann.

– Bestimmt wirst du darüber sprechen.

Molly wand sich. Ihre Hände strichen nervös die Schürze glatt.

– Es ist … es ist wegen Spring Heeled Jack, Ma'am, sagte sie endlich.

– Spring Heeled Jack?

Ada hatte schon davon gehört. Eine der vielen abstrusen Geschichten, die in London zirkulierten.

– Du hast ihn doch nicht etwa gesehen?

– Ja, Ma'am, das ist es gerade.

Mollys Augen flackerten. – Ich bin ihm vorgestern abend begegnet, Ma'am, es war so schrecklich.

Ada wies auf einen Stuhl.

– Setz dich, Molly, und erzähl mir, was geschehen ist, in aller Ruhe.

Molly setzte sich auf die Kante des Stuhls, legte die Hände in den Schoß und knetete die Finger.

– Also, Ma'am, vorgestern abend war ich unterwegs nach Hause, Mr. Stines hat am Nachmittag nach mir geschickt, weil Sie ja heute kommen sollten, Sie wissen, ich wohne bei meiner Mutter in Camberwell, nahe der Kirche.

In atemlosem Fluß sprudelten jetzt die Worte aus Molly heraus.

– Ich bin um etwa sieben Uhr hier weggegangen, ich wollte über die Westminster Bridge, es war schon fast dunkel, Ma'am, und wie ich bei der Brücke bin, da kommt hinter einem Hausvorsprung plötzlich jemand hervor, das heißt, er kommt nicht gelaufen, auch nicht ... Ma'am, er ist gehüpft, bestimmt höher als sechs Fuß hoch ist er gehüpft, in zwei drei Sätzen ist er über die Straße gesprungen, seine roten Augen haben in der Dunkelheit geglüht, er hat mir seinen Atem ins Gesicht gespuckt, heiß und blau wie eine Stichflamme, ich bin zu Tode erschrocken, Ma'am, und über die Brücke gerannt, da hat jemand gerufen, ein Mann hat gerufen, der Spring Heeled Jack!, der Spring Heeled Jack!, und bestimmt war er das, Ma'am, ich bin den ganzen Nachhauseweg gerannt, ohne mich auch nur ein einziges Mal umzusehen.

Molly hielt inne, die Wangen fleckig rot.

Ada konnte ein Lächeln nicht verbergen.

– Bist du inzwischen nochmals draußen gewesen? fragte sie.

– Ja, Ma'am, gestern abend hat Mrs. Shriver mich geheißen, zwei Pint Milch zu holen, beim Milchmädchen drüben am Haymarket.

– Und ist etwas Ungewöhnliches geschehen?

Molly dachte nach.

– Nein, Ma'am, alles war wie immer.

– Na also, Molly. Wie alt bist du?

– Ehm … im Mai werde ich fünfzehn, Ma'am.

– Dann bist du doch ein großes und verständiges Mädchen. Mach dir keine Sorgen. Das nächste Mal, wenn du nach Hause gehst, nimmst du einfach einen anderen Weg.

Molly erhob sich.

– Ja, Ma'am, das werde ich. Vielleicht …

– Vielleicht was?

– Vielleicht könnten Sie Mrs. Shriver bitten, daß ich noch bei Tageslicht gehen kann, ich meine, bevor …

– Ja, Molly, ich werde es Mrs. Shriver sagen. Aber die Tage werden ja jetzt auch wieder länger. Kommenden Dienstag beginnt schon der Frühling. Ist das nicht eine gute Nachricht?

– Der Frühling, Ma'am?

– Ja, am 21. März. Wußtest du das nicht?

Molly runzelte die Stirn. – Nein, Ma'am.

Ada entließ das Mädchen mit einer Handbewegung.

– Jetzt weißt du es. Und richte Mrs. Shriver aus, sie solle mir ein Glas Claret in den Salon bringen.

– Ja, Ma'am.

Molly knickste und verließ das Zimmer so leise, wie sie eingetreten war.

Draußen brach sie in Tränen aus. Ihr Weinen und die hastigen Schritte verloren sich auf dem Flur.

Ada ging zu ihrem Schreibtisch, öffnete die schwarze Mappe und zog das Bündel Papiere hervor. Sie breitete die Blätter auf dem Schreibtisch aus. Ihre Fingerspitzen glitten über die Formeln und Zeichnungen.

Welch erhabene Schönheit. Die Mathematik ließ keinen Platz für Hirngespinste. Sie war die Sprache der unsichtbaren Beziehungen zwischen den Dingen, hatte Antworten auf alle Fragen, sie klärte nicht nur die Gedanken, nein, sie fegte den Kopf leer, formte das Hirn, ziselierte seine Windungen und glättete seine Oberfläche auf beinahe göttliche Art und Weise.

Sie offenbarte sich nur wenigen Menschen. Um sie zu verstehen, mußte man das Unsichtbare erspüren können. Darin war sie der Poesie gleich.

Im Salon brannten Kerzen. Auf dem Tisch standen ein Glas Rotwein und eine halbgefüllte Wasserkaraffe.

Ada zog den Vorhang zur Seite. Die Bäume und die bronzene Reiterstatue in der Mitte des kleinen Parks glänzten von der Nässe.

Hatte sie die richtigen Worte gefunden?

Es war immer das gleiche. Die Mädchen schnappten irgendwo ein paar unzusammenhängende Sätze auf, und flugs wurde daraus eine Sensation, eine abenteuerliche Geschichte, die von Tag zu Tag mit neuen blumigen Details ausgeschmückt wurde. Am Ende konnte keine mehr unterscheiden zwischen Wirklichkeit und Einbildung. Die daraus entstehende Unruhe schadete der Arbeitsmoral, das Getuschel und Gekicher, die vor den Mund geschlagenen Hände, die vielsagenden Blicke hinter ihrem Rücken, sie konnte es nicht dulden.

Unten ging der Gasmann über den Platz. Bald darauf begannen die Lampen zu flackern, eine nach der anderen glühte kurz auf und wurde heller, bis ihr Licht einen gelben Kreis auf das Pflaster warf.


Neben dem *Morning Chronicle*, den Stines ihr am anderen Morgen brachte, lagen drei Briefe. Der eine war von William.

Meine liebe Drossel, ich bin wohlauf, schrieb er. Die Arbeiten in Ashley Combe gingen zügig vonstatten, der

Rundturm aus rosa Backstein im Westflügel sei bis auf halbe Höhe hochgezogen, hingegen verzögere sich der Bau des Badehauses der heftigen Brandung wegen. Er werde Ende der nächsten Woche wieder in Ockham sein und hoffe, sie dort vorzufinden.

Im zweiten Brief schrieb Mary Somerville, sie erwarte Ada am Donnerstag zum Tee und freue sich, ihre Arbeit anzuschauen. Außerdem lägen einige Bücher bereit, die ihr Mann für sie mitgebracht habe.

Ada war gerührt. Dr. Somerville, Arzt am Spital in Chelsea und Fellow der Royal Society, hatte sich anerboten, hin und wieder Bücher für sie auszuleihen. Ihre abenteuerlichen Pläne, als Mann verkleidet oder frühmorgens vor den Öffnungszeiten beim Sekretär Einlaß zu erbitten, waren von Anfang an zum Scheitern verurteilt, man hatte sie mit einem Lächeln abgetan.

Der dritte Brief war von Babbage, der sie einlud, am Samstag nach der Einsicht in die Pläne für die Analytische Maschine an einem kleinen Dinner teilzunehmen, John Herschel werde anwesend sein, ebenso Charles Darwin, die Faradays und John Murray. Sie möge zeitig am Nachmittag um drei Uhr erscheinen.

Ada freute sich. Ein kleines Dinner hieß, daß nicht mehr als zehn, zwölf Gäste anwesend sein würden und eine angeregte Unterhaltung bei Tisch garantiert war.

Mr. Darwin war sie noch nie begegnet. Mit Murray hingegen stand sie in einer ebenso innigen wie delikaten Beziehung.

Er war der Verleger der Werke ihres Vaters. Aus seiner Hand hatte sie das Manuskript von *Beppo. Eine venezianische Geschichte* erhalten, einen gebundenen Stapel Papiere, in Byrons ungestümer Handschrift beschrieben und mit vielen Korrekturen versehen.

Das Manuskript, ein Ring und ein Medaillon mit einer Haarlocke waren die einzigen persönlichen Gegenstände, die sie als Andenken an ihren Vater besaß. Sie war noch sehr klein gewesen, als das Medaillon wie ein Kleinod aus einem anderen Universum in ihrer abgeschiedenen Welt kurz aufblitzte und wieder verschwand, um erst Jahre später endgültig in ihren Besitz zu gelangen.

# 6

Der Park in Kirkby Mallory ist unendlich groß. Hüpfend geht Ada an der Hand ihrer Nanny.

— Wo ist Mama, Miss Lamont?

— Mama ist in Bath, mein Kleines.

— Was tut sie dort?

— Sie muß sich erholen. Sie ist leidend.

— Wird sie wieder gesund?

— Ja, ich glaube schon.

— Und Papa? Wo ist Papa?

— Dein Papa ist weit weg. Er ist in Pisa.

— Pisa. Das ist in Italien, Miss Lamont, nicht wahr? Dort steht der schiefe Turm.

— Ja, Sweetheart. Laß uns zu den Ställen gehen. Schau dort, die Krähen auf dem Feld, die lassen sich von den Vogelscheuchen nicht beeindrucken. Das hat der Bauer gar nicht gern, wenn die Krähen sein Saatgut aus der Erde picken.

— Miss Lamont. Er hat ein Geschenk für mich geschickt.

— Wer?

— Mein Papa.

— Ein Geschenk?

— Ja, Miss Lamont. Tante Augusta hat es gebracht. Es ist eine kleine Dose mit einem goldenen Rand. Man kann sie aufmachen. Darin ist eine Haarlocke von Papa.

— Wie schön. Zeigst du sie mir?

— Ja, Miss Lamont. Das heißt, ich muß Mama fragen.

Sie hat die Dose wieder weggetan. Lustig. Sein Haar ist ganz dunkel. Die Locke, die Mama mir abgeschnitten hat, ist heller und nicht so fest gekringelt.

— Deine Mama hat dir Haar abgeschnitten?

— Ja, gestern. Sie hat gesagt, Papa will auch eine Locke von mir.

— Oh. Er wird sich bestimmt darüber freuen. Komm, Liebling, wir gehen ins Haus. Deine Großmutter wartet auf dich.

Ada klettert auf Lady Noëls Schoß.

— Meine liebe liebe Großmama.

Großmutter ist der einzige Mensch, von dem Ada geküßt wird.

Miss Lamont ist lieb, aber eine Nanny darf man nicht umarmen.

Wenn Mama weg ist, muß Ada jeden Tag auf einen Stuhl steigen und ihr Porträt küssen, das im Eßzimmer hängt.

Das andere Bild kann sie nicht küssen. Es ist unerreichbar.

Es hängt im Salon über dem Kamin. Es ist von einem Tuch verhüllt und zur Wand gedreht, das hat Ada gesehen, als sie einmal auf den Kaminsims geklettert ist und einen Zipfel des Tuches angehoben hat.

Miss Lamont sagt, auf dem Bild sei Papa.

Lord Byron. So heißt er. Er ist ein Genie.

— Wirf mich hinein! ruft Ada, als sie in Seaham zum ersten Mal das Meer sieht.

Die Mutter setzt ihr Tiere ins Haar, glänzende Würmer, die sich auf der Kopfhaut festsaugen.

– Es ist gut für dich, sagt die Mutter. Du mußt stillsitzen und warten, bis sie herunterfallen. Es ist gut für dein Gehirn.

Wenn Ada ihre Aufgaben gut gemacht hat, bekommt sie Kärtchen, die sie später eintauschen kann gegen ein Buch, einen Bleistift oder Schreibpapier.

Ihr Lieblingsfach ist Geographie. Sie kennt die Umrisse der Kontinente und kann schwierige Wörter wie Baluchistan, Kamtschatka und Jamshedpur aussprechen.

Sie kann auf Anweisung von einem Punkt aus gerade Linien zeichnen und die Begriffe parallel, vertikal und horizontal erklären.

Adas Freundin heißt Lili.

Lili ist wunderhübsch mit ihren blonden Zapfenlocken.

Zusammen verstecken sie sich hinter der Tür, wenn Ada gerufen wird.

Sie tauchen Strohhalme ins Seifenwasser, pusten hinein und schauen zu, wie die Luftgebilde zur Zimmerdecke schweben.

Sie laufen zu den Stallungen, stellen sich auf die Zehenspitzen und flüstern den Pferden geheimnisvolle Worte in die Ohren.

Sie lassen Drachen steigen und verfolgen, den Kopf in den Nacken gelegt, die zuckenden Flugbahnen der Papiervögel.

Hand in Hand hüpfen sie durch das hohe Gras.

Lili ist praktisch. Ada kann sie rufen oder wegschikken, wie es ihr paßt.

Niemand sieht Lili, niemand hört Lili außer Ada.

Hat Ada ihre Aufgaben schlecht gemacht, muß sie sie wiederholen, oder die Kärtchen werden ihr wieder weggenommen.

Das Verfassen einer Entschuldigung, fehlerfrei und in Schönschrift, bringt sie in zwei Minuten hinter sich.

Das sind die netten Strafen.

Die schlimme Strafe ist das Brett. Ada muß sich darauf legen und stundenlang stilliegen. Wenn sie sich bewegt, werden ihr die Hände in einen schwarzen Beutel eingeschnürt.

Ich habe die Aufgaben nicht gut gemacht, aber ich werde versuchen, es morgen besser zu machen. Ich bin mit mir ganz und gar nicht zufrieden.

Ich muß besser sein. Ich muß besser sein. Ich muß besser sein.

Auch das Brett meistert sie mit Bravour.

Mama hat eine Wunde am Arm, die immer blutet.

Wenn Tante Augusta zu Besuch kommt, darf Ada nicht im selben Zimmer sein.

Großmutter ist lieb, aber nach einiger Zeit schickt sie Ada weg und sagt, geh, geh spielen.

Mit den Kindern des Dorfes darf sie nicht spielen.

Madam Puff, die Katze, ist ihre Freundin.

Sie schreibt in großen Buchstaben:

ADA – GRANDMA – MAMA – MADAM PUFF MEINE KATZE

Mama, bitte bring Steinbutt mit für Puff, VOM FEINSTEN.

Ada geht mit der Mutter über den moorigen Weg hinunter zu dem kleinen See, wo es Schwäne und Enten gibt.

– Mama, warum habe ich nicht einen Papa wie alle anderen Kinder?

Der Mund der Mutter ist ein schmaler Schlitz. Ihre Augen sind schwarz und glänzen wie nasse Flußsteine.

Ada erschrickt.

– Du sollst nie, NIE wieder nach deinem Vater fragen, hast du das verstanden!?

– Ja, Mama, ich habe verstanden.

# 7

Das Mädchen knickste, nahm Ada Umhang, Hut und Schal ab und knickste wieder.

— Ma'am. Mr. Babbage erwartet Sie im Salon.

Er empfing sie mit einem warmen Händedruck.

— Sind Sie zu Fuß gekommen? fragte er mit einem Blick auf ihre Bottinen. Ich hoffe, Sie sind unterwegs nicht von Straßenmusikanten belästigt worden. Das Gejammer und Gefiedel an jeder Ecke ist eine Beleidigung für die Ohren jedes zivilisierten Menschen. Aber kommen Sie, es ist alles bereit.

Er geleitete sie an der Vitrine mit der Silver Lady vorbei in sein Arbeitszimmer. Auf einem Tisch waren mehrere großformatige Zeichnungen ausgebreitet.

— Sie wissen, daß die Analytische Maschine noch im Stadium der Projektierung ist. Ich kann Ihnen noch nichts anderes als Pläne und Tabellen zeigen. Aber in London gibt es nicht viele Menschen, die solche Materialien lesen, geschweige denn verstehen können, und Sie sind einer davon. Ihr Interesse für mein Projekt ist mir eine Ehre.

— Ich meinerseits bin Ihnen zu Dank verpflichtet, daß Sie sich Zeit für mich nehmen, Mr. Babbage, sagte Ada.

Babbage beugte sich über den Tisch und zeigte auf eine Zeichnung.

— Das ist der Grundrißplan für die Mechanik.

Eine Vielzahl kleiner, entlang einer Achse die einen, konzentrisch um einen großen Kreis die anderen angeordneter Rädchen, Kreise und Ziffern waren darauf zu sehen.

– Hier sehen Sie ein einfaches Schema des Aufbaus.
Die Maschine besteht im Prinzip aus zwei Teilen – der
Mühle, auch Prozessor genannt, und dem Speicher. Die
zentralen Räder, er wies mit dem Bleistift auf einige Details, stellen die Mühle dar. Hier werden die arithmetischen Operationen durchgeführt. Sie besteht aus drei Ziffernachsen, drei Achsen für die Zehnerübertragung, zehn
Zahlentafelachsen und dem Stellenzählapparat, außerdem einem Selektionsapparat, Stiftwalzen, den Operationskarten. Im Speicher hingegen sind die verwendeten
Zahlen abgelegt. Seine Bestandteile können variabel sein,
je nach dem gewünschten Ziel. Jede der Ziffernachsen ist
mit vierzig in verschiedenen Kammern untergebrachten
Ziffernrädern bestückt, die mit der Zahnstange des Spei-
chers verbunden sind. Die kleinen Kreise entlang dieser
Achse sind die Antriebswellen, mit denen die Riegel ge-
kippt werden. Die Lochkarten laufen über dieses Prisma,
das sich mit Stiftwalzen steuern läßt. Und hier ist die
Achse der Variablen dargestellt, die Einer, Zehner, Hunderter, Tausender auf verschiedenen Ebenen.

– Sie reden von Tausendern. Wie viele Stellen soll
die Maschine berechnen können?

– Bis zu fünfzig. Der große Vorteil der sukzessiven
Übertragung der Zehner ist der Umstand, daß auf die Antriebswellen nur so viel Kraft ausgeübt werden muß, wie
nötig ist, um ein Zahnrad um eine Position zu verstellen.
Die Übertragung ist, wie Sie sehen, weniger ein Problem
der Mechanik als vielmehr der für den Vorgang benötig-
ten Zeit. Daran arbeite ich noch, an der Beschleunigung
des Ablaufs. Die Maschine wird imstande sein, in einer
Minute eine hundertstellige Zahl durch eine fünfzigstellige zu teilen oder zwei fünfzigstellige miteinander zu
multiplizieren. Ein Drucker wird die erhaltenen Resultate

laufend ausdrucken. Ich bin mir allerdings noch nicht sicher, welche Farbe das Papier haben soll. Bei Kerzenlicht hat sich ein blasses Grün für Logarithmentafeln als vorteilhaft erwiesen.

– Und diese beiden Ziffernachsen hier, A und 'A, sind größer als die anderen. Warum?

– Damit an ihrer Peripherie Platz bleibt, um Ritzel anzubringen, über welche Verbindungen zu anderen Teilen der Mühle hergestellt werden können.

– Sie meinen, um die Ziffern nach unten oder nach oben zu verschieben?

– Ja, richtig.

Sie gingen hin und her, umrundeten den Tisch, um sich weitere Zeichnungen anzusehen. Ada fragte, Babbage antwortete, er holte Tabellen und Skizzen hervor, erklärte Details.

Die Wanduhr schlug vier Uhr, fünf Uhr, im Haus waren bisweilen Stimmen zu hören, auf der Straße ratterten Fuhrwerke vorbei.

Über zwei Stunden waren vergangen, als Ada sich erschöpft auf einer Chaiselongue niederließ. Der Rücken schmerzte. Sie hatte ganz vergessen, daß sie schwanger war.

– Und was ist mit den Lochkarten? fragte sie. Werden Sie ähnliche verwenden wie Jacquard?

– Ja. Für das Selbstporträt von Monsieur Jacquard, das da drüben an der Wand hängt, waren vierundzwanzigtausend Karten nötig. Es ist, wie Sie sich selbst überzeugen können, so unglaublich detailversessen, mit so vielen Schattierungen und Farben, daß der Duke von Wellington glaubte, es sei ein Stich, als er es zum ersten Mal …

Ada unterbrach ihn.

– Ich erinnere mich! Ich habe das Bild schon einmal gesehen, an einer Ausstellung in London. Mein Schal ist übrigens auch auf einem dieser Webstühle hergestellt worden ist. Das Blumenmuster ist von einem *raffinement*, nicht zu reden von den Farben! Überzeugen Sie sich nachher selbst, ich werde ihn zum Dinner tragen.

— Weibliche Schönheit und technisches *raffinement*, eine erhabene Verbindung, mir nicht unbekannt, wie Sie wissen.

Babbage lächelte und deutete hinüber zum Raum, wo die Silver Lady stand.

— Nun, was die Lochkarten betrifft, sie sind aus mit Kampfer gesättigter Zellulose hergestellt, dünn und elastisch. Grundsätzlich sollen zwei verschiedene Arten verwendet werden. Erstens die Operationskarten, durch welche die Maschine die Befehle für die vier arithmetischen Operationen erhält. Und die variablen Karten, die bestimmen, welche Zahlen wo im Speicher zu holen sind und wo die Resultate abgelegt werden. Die Befehle werden über Stäbchen-Matrizen eingegeben, die der Größe der Lochkarten entsprechen. Die Maschine berechnet ihre eigenen Tafelwerte und stanzt sie in die Karten. Sie verifiziert die Richtigkeit der Karte und weist sie zurück, falls der Numerus falsch ist. Ein Rücklaufsystem sorgt dafür, daß jede Karte oder jede Menge von Karten beliebig oft hintereinander eingesetzt werden kann. Mittels dieser verschiedenen Funktionen wird die Maschine selbständig Berechnungen ausführen und sich selber immer neue Aufgaben stellen können, mit anderen Worten, Algorithmen realisieren.

Ada schaute ihn skeptisch an.

— Dann wäre es sozusagen eine denkende, eine intelligente Maschine. Glauben Sie wirklich, das wird möglich sein? Es wäre phantastisch! Damit wären nicht nur Geist und Materie, sondern auch Theorie und Praxis der mathematischen Welt zu inniger und effektiver Verknüpfung gebracht! Mr. Babbage, Ihre Arbeit verdient allergrößte Bewunderung. Sie mußten so viele verschiedene Probleme bedenken und Lösungen dafür finden.

– Ich habe versucht, mich dem Ganzen auf die induktive Methode zu nähern, es aus der Distanz zu betrachten und mich erst nachher mit den Details zu beschäftigen.

Babbage lehnte mit verschränkten Armen an einem Bücherregal.

– Kennen Sie das Bild von dem Mann, der auf einem Berg steht und ringsum nichts als Gipfel sieht? Plötzlich beginnt sich der Nebel aus den Tälern zurückzuziehen, der Mann sieht unten einen Fluß, und er weiß, das ist der Weg zurück zur Quelle. Genauso ist es mir ergangen. Jahrelang habe ich den Weg verfolgt, Verehrteste, jahrelang, an manchen Tagen habe ich elf, zwölf Stunden ohne Pause gearbeitet, ich habe Tausende von Blättern beschrieben und Hunderte von Skizzen gemacht und ein Vermögen investiert, und ich bin noch immer nicht am Ziel.

– Gibt es denn auch einen Nutzen der Maschine über die reine Theorie hinaus?

– Stellen Sie sich doch nur vor, was für neue, ungeahnte Möglichkeiten sich eröffnen! Die Mathematik durchdringt alle unsere Lebensbereiche. Wer könnte das besser verstehen als Sie! Lange genug habe ich mich mit den mühsamen und zeitraubenden Problemen der Statistik und dem Erstellen von Tabellen herumgeschlagen. Die Maschine wird diese Arbeiten übernehmen. Sie wird die Zahlenwerte jeder gegebenen Aufgabe fehlerfrei berechnen können. Sie gehen bestimmt mit mir einig, daß die Maschine die Entwicklung der Wissenschaft beeinflussen wird. Aber leider lebe ich in einem Land, das außerstande ist, diesen Umstand zu schätzen.

Er hatte sich ins Feuer geredet und dabei seine Worte mit ausholenden Bewegungen unterstrichen, als zeichnete er mit dem Bleistift auf eine Leinwand.

– Vor allem können Fehler und Trugschlüsse vermieden werden. Ungenauigkeiten im Umgang mit Zahlen sind mir ein Greuel. Sie sollten mit dem Kerker bestraft werden!

Er lachte und fuhr sich mit den Fingern durch das schon gelichtete Haar.

– Jede Minute stirbt ein Mensch, jede Minute wird einer geboren zum Beispiel ist mir, mit Verlaub, zu salopp formuliert.

– Tennyson, wenn ich nicht irre. Wie müßte es denn Ihrer Meinung nach heißen?

– Nun, bei solchen Verhältnissen bliebe die Weltbevölkerung konstant, was ganz offensichtlich nicht der Fall ist. Korrekt wäre: Jede Minute wird ein und ein Sechzehntel Mensch geboren.

– Übertreiben Sie nicht, lieber Babbage. Tennyson ist ein Dichter, kein Mathematiker. Aber im Ernst, glauben Sie nicht, daß die Poesie und die Mathematik sich ähnlich sind?

– Wie denn?

Babbage schaute sie irritiert an.

– Beide machen Verborgenes sichtbar, beide ... aber lassen wir das. Ich habe noch zwei Fragen. Was geschieht mit der Differenzmaschine? Und wie soll die Mechanik der neuen funktionieren? Es wird ja kaum möglich sein, sie mit einem einzigen Hebel zu bedienen.

– Die Differenzmaschine kann zwar Potenzen und Logarithmen errechnen, ihre Arbeitsweise setzt aber kontinuierliche menschliche Intervention voraus. Die Analytische Maschine hingegen wird den nächsten erforderlichen Schritt selbst voraussehen können. Sie hat deshalb

Vorrang, ist weiter entwickelt, komplexer und zukunftsgerichtet. Was ihre Mechanik betrifft – sie soll mit Dampf betrieben werden. Ich schätze, daß die Maschine im Endstadium ungefähr 15 Fuß hoch, 6 Fuß tief und 20 Fuß lang sein und so viel Dampfantrieb wie eine Lokomotive benötigen wird. Aber die Ausführung, die Herstellung der Tausenden von Bestandteilen und der Aufbau wird sehr viel Geld kosten. Leider macht die britische Regierung derzeit keinerlei Anstalten, sich für das Projekt zu engagieren. Sie war auch nicht willens, die letzte Phase der Realisierung der Differenzmaschine zu unterstützen. Mit anderen Worten, ich brauche einflußreiche Fürsprecher. Lord Melbourne, der Premierminister, ist doch ein Cousin Ihrer Mutter?

Sein Blick schweifte zur Decke, blieb an einer Stuckranke hängen, glitt an dem Faltenwurf des Vorhangs entlang und wieder zu Ada.

– Aber genug der Mathematik. Vielleicht haben Sie Lust, meinen Haustieren einen kurzen Besuch abzustatten, bevor wir uns in den Salon begeben?

– Ihren Haustieren? Ich wußte gar nicht, daß Sie welche haben.

Babbage klingelte nach dem Butler, bat um ein Licht und ging voran.

– Bitte, Mylady, hier lang.

Ein Lakai brachte eine Kerze. Babbage führte Ada ins untere Stockwerk und öffnete die Tür zu einer Kammer neben der Küche, deren Fenster mit einem schwarzen Tuch verdunkelt war. Auf einem Regal standen mehrere große, mit Wasser gefüllte Glaswannen.

Babbage hielt das Licht hoch.

– Darf ich vorstellen. Meine Grottenolme. Proteus anguinus, Familie der Proteidae.

Es war gespenstisch. Bleiche, rosa durchscheinende Tiere schwebten im klaren Wasser, krümmten sich an den Wänden, lagen bewegungslos am Boden, halb versteckt unter einem Stein. Sie waren etwa eine Handspanne lang, dick wie ein kleiner Finger, mit vier rudimentären Fortsätzen und kiemenähnlichen Öffnungen am Kopf.

— Das ist etwas vom Häßlichsten, was ich je gesehen habe, sagte Ada und zog sich angewidert zurück. Sie haben keine Augen!

— Die Olme verbringen ihr ganzes Leben in vollkommener Dunkelheit. Augen benötigen sie ebensowenig wie Pigmente. Es sind Troglobionten. Ihre Heimat sind die Höhlen im montenegrinischen und slowenischen Karstgebirge. Manche der Exemplare, die Sie hier sehen, sind schon über 50 Jahre alt.

— Merkwürdige Hausgenossen haben Sie. Da lobe ich mir mein Pferd und meine Hunde!

— Merkwürdig sind sie schon, da haben Sie recht, sagte Babbage, aber überaus faszinierend. Sie erinnern mich täglich daran, auf welch unglaublich vielfältige Art und Weise sich das Leben manifestiert. Das Erstaunlichste ist, daß sie Augen und Pigmente entwickeln, wenn sie im Licht aufwachsen. Außerordentlich anpassungsfähig, finden Sie nicht auch? Zudem sind sie recht anspruchsvoll, was ihre Umgebung betrifft. Ich lasse die Behälter mehrmals wöchentlich mit frischem Wasser aus dem New River füllen. Aber jetzt, Verehrteste, er zog seine Uhr hervor, ist es Zeit für das Dinner. Darf ich bitten?

Er reichte ihr seinen Arm und geleitete sie die Treppe hinauf.

— Ich habe Mr. Darwin als Ihren Tischherrn vorgesehen, sagte er. Auch er interessiert sich brennend für den Proteus anguinus.

– Welche Ehre. Ada lachte. Dann haben wir auch schon ein Gesprächsthema. Er wird sicher viel von seiner Reise zu erzählen haben. Fast fünf Jahre war er unterwegs, oder nicht? Bei der Gelegenheit werde ich mich nach dem Ergehen seiner Schildkröten erkundigen, die er an Bord der *HMS Beagle* mitgebracht haben soll.

– Ja, nebst vielem anderen Getier. Wenn ich mich richtig erinnere, heißen sie Tom, Dick und Harry. Wie lange bleiben Sie übrigens noch in der Stadt?

– Bis Dienstag, dann fahre ich zurück nach Ockham.

– Ich nehme an, daß Sie zur Saison wieder in London sein werden?

– Lieber Babbage, das wohl kaum. Sie errötete. Mein Zustand wird es mir nicht erlauben, an Dinners und Bällen teilzunehmen.

– Oh. Babbage blieb auf dem Treppenabsatz stehen. Soll das heißen, daß Ihre Familie im Begriff ist, sich zu vergrößern?

– Sie haben den Nagel auf den Kopf getroffen. Ich werde den Sommer auf dem Land verbringen.

– Wie schön. Ich gratuliere! Lord King hat sich über die gute Nachricht bestimmt auch gefreut.

– Im Vertrauen, lieber Babbage. William weiß noch nichts davon. Er hält sich gerade in Ashley Combe auf. Ich habe ihm die Neuigkeit brieflich mitgeteilt.

– In dem Fall, meine Liebe, werde ich heute abend der Hüter Ihres Geheimnisses sein. Ein kleines Privileg darf man ja haben, finde ich. Schließlich kenne ich Sie schon länger als Ihr Mann.

– Nun ja. Dafür ist auch alles sehr schnell gegangen, nachdem William und ich uns begegnet sind.

## 8

Lady Byron hatte große Bedenken geäußert, ihre Tochter könne durch unschickliches Verhalten auffallen, als Ada im Juni 1833 am Hof eingeführt wurde, aber es ging alles glatt. Ada, die vorschriftsgemäß eine schulterfreie Robe – Satin, weiß –, Handschuhe und eine drei Yard lange Schleppe trug, hatte sich alles gut eingeprägt: nicht laut lachen, sich nicht ungefragt äußern, die Schleppe über den linken Arm legen, beim Aufrufen ihres Namens gemessenen Schrittes in den Raum gehen, die Schleppe fallen lassen, vor dem Königspaar knicksen, lächeln, den Raum rückwärts verlassen, sich unter der Tür umdrehen und unter keinen Umständen nochmals zurückschauen.

Nachdem sie inmitten einer Schar Debütantinnen, bewacht von blasierten Anstandsdamen und bebenden Müttern, stundenlang auf der Galerie im St. James Palast gewartet hatte, war in drei Minuten alles vorbei.

Königin Adelaide hatte große traurige Augen.

König William IV. sorgte bei Ada für eine momentane Verwirrung. Sie hatte sich den Regenten von Großbritannien und Irland anders vorgestellt. Sein aufgedunsenes Gesicht. Das schüttere Haar. Die prallen, in weiße Seidenstrümpfe gezwängten Waden mit dem blauen Band unter dem linken Knie.

Ada senkte beschämt den Blick.

Im Anschluß an die Präsentation wurde sie in der Halle dem Duke of Wellington und dem greisen französischen Botschafter Monsieur de Talleyrand vorgestellt, der

Name des alten Affen, wie sie ihn nannte, kam ihr bekannt vor.

Schon bald wurde Ada Byron, Anwärterin auf das Wentworthsche Erbe, von heiratswilligen Männern belagert. Es hatte sich herumgesprochen, daß die Güter 8000 Pfund im Jahr abwarfen.

Die abweichenden Ansichten darüber, wer der Richtige sei, drohten Mutter und Tochter zu entzweien.

Ada fand, sie sei alt genug, um diesbezüglich eine eigene Meinung zu haben, und legte diese schriftlich nieder.

Eltern, die ein Kind großgezogen haben, dürfen Dankbarkeit erwarten. Und das Kind soll das Leben der Eltern so angenehm wie möglich machen. Aber ich glaube nicht, daß die Eltern das Recht haben, ihrem Kind zu sagen, was es in seinen eigenen Angelegenheiten zu tun hat. Meine Mutter ist nicht mein auf ewig von Gott autorisierter Schutzengel. »Ehre Vater und Mutter« hat keine über die Kindheit hinausreichende Gültigkeit, und mit jedem Jahr nimmt die Verpflichtung des Kindes, seinen Eltern zu gehorchen, ab. Ich bin mir bewußt, daß meine Gefühle gegenüber meiner Mutter nicht mehr so sind wie früher und bestimmt nicht so, wie sie sein sollten. Ich bin unfähig zu verstehen, was die Beziehung zwischen Eltern und Kind ausmacht und wie weit gehende Pflichten ein Kind hat.

Aber ich werde versuchen, an mir zu arbeiten. Dies ist mein Fünfpunkteplan:

- Vermeidung jeder Aufregung mit Ausnahme intellektueller Herausforderungen
- Einsicht in meine Neigung zur Selbsttäuschung
- größte Vorsicht, was die Begeisterung betrifft; mich nicht allzu schnell hinreißen lassen

- Verbesserung der Beziehung zu meiner Mutter
- Konzentration auf die Mathematik, wodurch mein
  Mangel an Disziplin und Ordnung gemäßigt wird.

Ada stürzte sich auf das Studium der ersten drei Bände von Dionysius Lardners kommentierter Übersetzung der *Elemente* von Euklid.

Lady Byron begrüßte den Fünfpunkteplan, zweifelte jedoch an dessen Umsetzung. Ihre Befürchtungen sollten sich als berechtigt erweisen. Es gab Anzeichen, daß die besorgniserregenden Charakterzüge ihrer Tochter, die sich schon bei der ersten phrenologischen Untersuchung gezeigt hatten, wieder Oberhand gewannen.

Ihre Tochter hat den Kopf einer Dichterin, hatte Dr. Deville gesagt.

Lady Byron befand, eine Reise mit erzieherischem Inhalt sei zweckmäßig. Sie fuhr mit ihrer Tochter nach Nordengland, um sich Textilfabriken, Töpfereien und Seidenbandmanufakturen anzuschauen. Ada bestaunte die vom Schmierfett glänzenden Maschinen mit ihren pausenlos rotierenden, hin und her schnellenden, auf und ab rasenden, sich um die eigene Achse drehenden Kolben, Walzen und Zahnräder. Sie wunderte sich über die ausgemergelten, schmutzigen Kinder, die in den Baumwollhütten in Reihen auf Bänken saßen und Fasern für die Stoffverarbeitung zupften, manche nicht älter als sieben, acht Jahre.

Warum denn hier so viele Kinder arbeiteten? wollte Ada wissen.

Sie müßten arbeiten, weil sie nicht zur Schule gehen könnten. Die Armut. Die Trunksucht ihrer Väter, antwortete Lady Byron. Arme kleine Würmchen. Zu Hause seien ihrer zu viele.

Und weshalb sie keine Schuhe anhätten?

Aus demselben Grund. Aber es gebe Verbesserungen. Sie müßten jetzt nur noch zwölf anstatt vierzehn Stunden am Tag arbeiten.

Alles war schwarz. Die Häuser, die Menschen, die Pferde, selbst der Rotz, der den Kindern über die Lippen lief.

Kurz nach Adas neunzehntem Geburtstag ereignete sich anläßlich eines Besuchs bei den Somervilles in Chelsea ein Zwischenfall. Ada saß auf dem Sofa, als plötzlich eine glühende Hitze in ihr aufstieg, in Schultern, Hände und Gesicht flutete, sie glaubte, ihr Kopf müsse zerspringen, sie bekam keine Luft mehr, und die Wände kippten auf sie herunter.

Die alarmierten Gastgeber schickten sie umgehend nach Hause.

Nach einer ärztlichen Abklärung, die nichts Außergewöhnliches zutage förderte, wurde eine Kur in Brighton anberaumt. Außerdem wurde Ada angehalten, viel zu reiten, das beste Mittel gegen Nervenüberreizung.

Längerfristig mußte jedoch die Disziplinierung und die Sache mit Adas instabilem Gesundheitszustand anders angegangen werden. So manches Problem, das die weibliche Konstitution und einen labilen Gemütszustand betraf, war durch den natürlichen Gang der Dinge aus der Welt geschafft worden.

Lady Byron machte sich zielstrebig auf die Suche nach der Lösung.

Sie wurde fündig, als Mutter und Tochter auf einer Dinnerparty bei Sir George Philips in Warwickshire auf Lord King, einen engen Freund von Mary Somervilles Sohn Woronzow Greig, trafen.

William King war elf Jahre älter als Ada, Cambridge-

Absolvent und Abkömmling einer glänzenden Familie, von tadellosem Auftreten und angenehmem Äußeren und Besitzer ausgedehnter Ländereien in Somerset und Surrey.

Die beiden verstanden sich auf Anhieb. William war angetan von Adas offenem Wesen, ihrem scharfen Intellekt und ihren unkonventionellen Ansichten. Er ging die Verbindung ohne Bedenken ein, obwohl Lady Byron ihm unter vier Augen und im Vertrauen einiges aus Adas Vergangenheit enthüllte, das Grund genug gewesen wäre, die Heirat auszuschlagen.

Die Voraussetzungen hätten, alles in allem, nicht besser sein können. Man zögerte nicht lange. Nähe und Vertrautheit würden sich mit der Zeit von selbst einstellen. Vielleicht, wer weiß, sogar Liebe, auch das kam vor.

Schon am 19. Juni war die Verlobung, zehn Tage später wurde die Hochzeit in der *Morning Post* angekündigt, das Königshaus gratulierte, und am 8. Juli 1835 fand die Zeremonie im Salon des Gutes Fordhook in Mortlake statt. Als zukünftiger Wohnsitz des jungen Paares war das Kingsche Landgut in Ockham, rund 40 Meilen südlich von London, vorgesehen.

Adas Mitgift belief sich auf 16 000 Pfund aus dem Erbe von Lord Byron, das diesem bei der Heirat aus Anna Isabella Milbankes Vermögen überschrieben worden war. Die Mutter fügte weitere 14 000 Pfund hinzu. William kam somit in den Genuß von 30 000 Pfund. Sollte Ada ihr Erbe noch zu Lebzeiten ihres Mannes antreten, würde William außerdem zum lebenslangen Eigner der Wentworthschen Güter. Er seinerseits war verpflichtet, seiner Frau jährlich ein Nadelgeld von 300 Pfund für ihre persönlichen Auslagen zu entrichten.

# 9

– Ashley Combe liegt am Ende der Welt. Meinst du, es wird
dir dort gefallen?

William war besorgt.

– Am Ende der Welt? Für die Flitterwochen kann man
sich doch keinen besseren Ort vorstellen, sagte Ada.

Die Reise in den äußersten Zipfel von Somerset dauerte
drei Tage. Porlock Weir, ein kleiner Hafen, war die letzte zi-
vilisierte Station, bevor die Wildnis begann. Ein paar Fi-
scherhäuser, ein altes Inn, dort endete die Straße. Dichter
Wald säumte die steile Uferböschung. Das Anwesen lag
300 Fuß über der Küste am Bristol Channel auf einer mitten
im Wald angelegten weitläufigen Terrasse, nur über einen
schmalen, steil ansteigenden Pfad erreichbar. William hatte
das Haus, das im vergangenen Jahrhundert von seinen Vorfahren errichtet worden war, zu einem stattlichen, von hän-
genden Gärten umschlossenen Palazzo im italienischen Stil
umbauen lassen. Auf den Terrassen wuchsen Rosenstöcke,
Lavendel und Rhododendren, Glyzinien und Wilde Rebe
fluteten über die Mauern und bildeten schattige Höhlen unter den Arkaden.

Die Villa verfügte über zwei Salons, einen großen Eß-
saal, mehrere Schlafzimmer und einen geräumigen Wirt-
schaftsteil. Es gab eine Bibliothek mit Werken von Locke
und Coleridge, Bacon und Scott. Auf einem Balken über
dem Kamin war der Wahlspruch der Familie King eingra-
viert.

*Labor ipse voluptas.*

Ada war hingerissen. Das Landleben in Fordhook war ruhig, kultiviert und strengen gesellschaftlichen Regeln unterworfen. Hier roch es nach Abenteuer, Leidenschaft und Nostalgie. Sie zögerte keinen Augenblick, sich die neue, unbekannte Welt vertraut zu machen. Zusammen mit William erforschte sie die Umgebung, den Urwald aus Steineichen, Buchen und Erlen, die Pfade gesäumt von Farnwedeln, die Ada um Handbreiten überragten. Sie wanderten den Ashwater Weg bis nach Culbone, das in einer engen Schlucht lag, ein Nest mit einer Handvoll Häusern und einer jahrhundertealten winzigen Pfarreikirche, an der rückseitigen Mauer des Kirchenschiffs eine Steintafel mit den Zehn Geboten, der erhobene Finger im Nacken der Gläubigen. Nebenan ein kleiner Friedhof auf abschüssigem Gelände, schiefe, vom Moos überwachsene Grabsteine neigten sich gegeneinander. Über dem Wald begann ausgedehntes, von Schafherden durchstreiftes Weideland, Fasane und Rebhühner stoben aus den Büschen, wenn man sich näherte. Auf Ash Farm gab es stämmige Ponys, auf deren Rücken man die Bruchlandschaft Exmoors durchstreifen konnte, an alten Cairns und Tumuli vorbei hinauf bis zum Dunkery Beacon, dem höchsten Punkt, von dort sah man über das endlose Moor, eine sanfte, von Heidekraut und Ginster überzogene Hügellandschaft, wogende lila und gelbe Kämme, in den Mulden duckten sich kleine Weiler, Simonsbath, Edgcott, Watercombe, William nannte sie alle. Sie stiegen zur Küste hinunter, bei Ebbe erreichte man Porlock über den Strand, die vom Meer rundgeschliffenen Steine glänzten dunkelrot, olivgrün, tiefschwarz, wenn die Wellen darüberschwappten. Einmal wurden sie vom Regen überrascht, suchten Schutz unter dem überhängenden Strohdach des Inns, der Wirt bat sie herein, bot ihnen unter rußgeschwärzten Balken dunkles bitteres Ale an und wehrte entrüstet ab, als William bezahlen wollte. Ada saß am Feuer, lauschte den kehligen, merkwürdig fremd klingenden Worten der Fischer. In dieser Nacht hörte sie die Tür gehen, William trat an ihr Bett, blies das Talglicht aus, und wie schon beim ersten Mal gab sie sich Mühe, erwiderte seine Liebkosungen, was würde als nächstes kommen, machte sie auch alles richtig, war das, was sie zu empfinden glaubte, die Erfüllung, das Arkanum, für das es kein Wort gab, zumindest nicht für eine Frau, durfte sie sich mehr erhoffen als möglichst bald zu empfangen, durfte sie sich überhaupt etwas erhoffen.

Wieder tauchte das Bild vor ihr auf, David vor dem Palazzo Vecchio in Florenz, strotzend vor Jugendlichkeit, zehn Jahre alt war sie damals gewesen. Müde und erschöpft war sie nach einem Besuch der Uffizien neben Miss Stamp über den Platz gegangen, als die Figur ihre Aufmerksamkeit erregte, verstohlen betrachtete sie den kraftvollen Körper, die weiße makellose Glätte, die herausfordernde Haltung, das unverhüllte Geschlecht. Miss Stamp nahm sie bei der Hand und ging schneller, Ada wandte sich nochmals nach dem Marmorbild um, eine unauslöschliche, in der Kindheit versunkene Erinnerung. Sie gehörte einer anderen Welt an als die schwitzende schlafschwere Männlichkeit Williams, der vernehmlich atmend neben ihr lag.

Ada schob seine Hand von ihrer Brust und legte den Kopf auf seine Schulter, eingehüllt von Wärme und Dankbarkeit. Offenbar hatte sie alles richtig gemacht. Die Geburt ihres ersten Kindes würde ihrem Körper Ruhe bringen und sie von allem ungehörigen Begehren erlösen.

Beim Frühstück saßen sie auf der Terrasse, schauten über den Kanal, ein Schoner glitt Richtung offenes Meer. Auf den Wiesen hinter dem von den Gezeiten aufgeschütteten Damm grasten Kühe, sandfarbene und weiße Flecken im satten Grün. Gegen Osten erhob sich, schmal wie ein

Schiffsbug, der Vorsprung von Hurlstone Point. In klaren Nächten glimmte in der Ferne das schwache Licht des Leuchtturms von St. Donats wie ein herabgesunkener Stern.

Und immer das Rauschen der Brandung, Tag und Nacht, ohne Unterlaß.

– Ich möchte am liebsten für immer hierbleiben, sagte Ada.

– Und London? Deine Bücher? Mary Somerville? Mr. Babbage? Die Mutter?

– Die können doch alle hierherkommen!

William lachte. – Ich ziehe, ehrlich gesagt, die Zweisamkeit vor. Ashley Combe soll für uns ganz allein sein. Ich werde ein Paradies daraus machen und keinen Aufwand scheuen, alle deine Wünsche zu erfüllen.

– Ich weiß gar nicht, wie ich dir für alles danken soll, sagte Ada.

– Wofür solltest du mir denn dankbar sein?

– Dafür, daß du großzügig und nachsichtig bist. Mama hat dir doch von dieser Sache erzählt.

– Diese Sache? Hör auf damit. Alte Geschichten. Man muß einen Strich darunter ziehen. Ich bin ja auch einmal jung gewesen.

Ada schwieg. Sie zeichnete mit dem Zeigefinger die Umrisse eines Sonnenkringels auf dem Tischtuch nach.

– Gehört ein Badehaus auch zu deinen Plänen? fragte sie.

– Ein Badehaus? Ja, gewiß, wenn du meinst. Wo stellst du es dir denn vor?

– Gleich da unten, zwischen den steilen Felsen, sagte sie. Dort gibt es so etwas wie eine natürliche Höhle, sehr romantisch, ich liebe das Meerwasser.

William lachte. – Die tiefromantische Kluft, die schräg abfiel den grünen Hügel hinab. Meinst du das?

69

Er deklamierte mit ausholender Geste. – Ein stattliches Lustschloß, durch Höhlen, unermeßlich dem Menschen, hinab zu einem sonnenlosen Meer ... dort waren Gärten, blinkend mit gewundenen Bächen ... Wälder, alt wie die Hügel, die sonnige Flecken grüner Lichtungen in sich bargen. Ein wilder Ort, so heilig und verwunschen.

– Kubla Khan, sagte Ada.

– Hast du gewußt, daß Coleridge das Gedicht hier auf Ash Farm geschrieben hat? Er liebte die Gegend, auch in Ashley Combe ist er oft zu Gast gewesen. Das Epos sei nie fertig geworden, weil ein Mann aus Porlock ihn bei der Arbeit gestört habe. Jedenfalls erzählt man es sich so. Die Wahrheit ist vermutlich eher, daß er unter dem Einfluß von Laudanum stand, ... denn an Honigtau hat er sich gelabt, und getrunken die Milch des Paradieses. Dort bricht das Gedicht ab.

– Er war mit meinem Vater befreundet, sagte Ada.

– Ja. Byron soll auch einige Male hier in der Gegend gewesen sein, aber ich habe ihn nie getroffen. Oder dann hätte ich ihn nicht erkannt, ich war ja damals noch ein Junge.

– Seine Bücher stehen in der Bibliothek, sagte Ada. Das ganze Werk.

– Du kannst darüber verfügen, sagte William. Alles in diesem Haus gehört auch dir.

Ada las. Jeden Tag. Sie tat es mit pochendem Herzen und dem ebenso aufregenden wie beklemmenden Gefühl, in gefährliches Terrain vorzustoßen.

Zu Recht, wie sie alsbald feststellen mußte.

Manche Verse wühlten sie auf, brachten in ihrem Innersten etwas zum Klingen, das ihr bis anhin unbekannt gewesen war. Andere erschreckten und verwirrten sie zutiefst. Was sie über ihre Mutter und deren kaum verfremdetes

Zerrbild las, trieb ihr die Schamröte ins Gesicht. Und wie sollte sie den Ausdruck innigster Zuneigung und herzergreifender Sehnsucht deuten, die in den *Stanzen für Augusta* aufleuchteten? Wie die Liebe zwischen den Geschwistern Selim und Suleika, zwischen Manfred und seiner Schwester Astarte, ein Herz und eine Seele, die sich liebten, wie sie nicht sollten?

An einem Nachmittag aber, als sie und William lesend im Salon saßen, blieben ihre Augen an einer Stelle des Canto III von *Childe Harolds Pilgerfahrt* hängen.

Gleichst du der Mutter, Ada, holdes Kind, Du einz'ge Tochter für mein Herz und Haus? Die blauen Augen lachten sanft und lind, als ich zuletzt sie sah; da zog ich aus …

Ihr Herz begann heftig zu klopfen.

Ob er *Childe Harolds Pilgerfahrt* gelesen habe, fragte sie William.

Aber sicher, antwortete er, ohne aufzuschauen.

Und ob er gewußt habe, daß damit sie gemeint sei, am Anfang des dritten Canto, wo es heiße, Du einz'ge Tochter für mein Herz und Haus? Sie meine, bevor sie sich begegnet seien.

– Ja natürlich.

Er hob den Kopf und lächelte. Die ganze Welt wisse es, und wer denn sonst damit gemeint sein soll? Am Schluß stehe übrigens noch mehr über sie.

Ada blätterte nach vorn, zu den letzten Versen des dritten Canto.

Dein Name, meine Tochter, schmückt dies Lied – Ada mein Kind! Mit ihm soll es verhallen. Obwohl dich Aug und Ohr nicht hört und sieht, ich leb in dir, du bist der Freund von allen, auf den die Schatten ferner Jahre fallen.

Sie las mit zunehmend heißen Wangen und brach am Ende in bittere Tränen aus.

## 10

Drei Ereignisse bewegten die Bewohner des Hauses
St. James Square 12 im Herbst 1837.

Am 22. September kam Adas zweites Kind zur Welt.
Das Mädchen wurde nach seiner Großmutter auf den Namen Annabella getauft.

Wenig später wurde laut Meldung im *Morning Chronicle* der *Spring Heeled Jack* noch einmal gesichtet. Beim
Eindunkeln habe er mitten auf der Clapham Road eine
Gruppe von drei Frauen und einem Mann angegriffen.
Alle seien davongerannt, als er in hohen Sprüngen daher-
gehüpft kam, aber Betty Adams sei nicht schnell genug
gewesen, mit zwei, drei Sätzen habe er sie eingeholt, ihr
die Bluse vom Leib gerissen, ihre Brüste begrapscht und
sie mit seinen feurigen Augen erschreckt. Dann sei er
über eine Mauer gesprungen und verschwunden. Betty
Adams sei bewußtlos am Straßenrand liegengeblieben,
bis ein Polizist sie gefunden habe. Ja, genau so sei es gewesen, bestätigte Molly mit schriller Stimme, genau so,
sie habe es von Shirley, ihrer Freundin, gehört, die zufällig noch eine Stunde vorher die Clapham Road hinabge-
gangen sei, nicht auszudenken, was passiert wäre, wenn
sie später unterwegs gewesen wäre, nicht auszudenken.

Und Ende des Monats brach in London die Cholera
aus, zum zweiten Mal in diesem Jahrzehnt. Ada erkrankte
schwer und mußte ihr Neugeborenes einer Amme überlassen. Sie lag in ihrem Zimmer, flach atmend und ge-
schüttelt von Krämpfen, sie würgte milchigen Schleim,

und im Haus stank es nach Tod. Dr. Locock verabreichte
ihr Calomel und Ammoniakspritzen, riet seiner Patientin, den Körper mit einer Paste aus Essig, Kampfer, Knob-
lauch und zerstoßenen Kakerlaken einzureiben, ein Mittel, das laut *The Lancet* mit Erfolg gegen die Krankheit
angewandt worden war. Er war, wie alle anderen Ärzte,
hilflos gegenüber dieser neuen Seuche, die anfangs der
dreißiger Jahre erstmals von Matrosen aus Bengalen ein-
geschleppt worden war und sich innert weniger Monate
von der Hafenstadt Sunderland im ganzen Land ausgebreitet hatte. Man rätselte über die Ursache. Pilze, Insekten, Ozonmangel, eine Verunreinigung der Gedärme?
Oder vielleicht hatten diejenigen recht, die behaupteten,
gefährliche Miasmen seien der Grund, und davor warn-
ten, Entwässerungsgräben unter den Häusern anzulegen?
Beim ersten Ausbruch vor sieben Jahre waren über sechs-
tausend Tote zu beklagen gewesen. Dieses Mal forderte
die Krankheit zwar weniger Opfer, aber es fanden sich
darunter auch Bewohner des West End. In Spitalfields
und Bethnal Green starben die Menschen jahraus jahrein
wie die Fliegen, das war nichts Neues, Typhus und Diph-
therie, Pocken und Tuberkulose waren dort ebenso zu
Hause wie Ratten und Flöhe. Aber warum um alles in der
Welt traf es jetzt auch die Angehörigen der Oberschicht?
Man kümmerte sich doch das ganze Jahr hindurch maß-
voll um seine Gesundheit, badete im Meer- und Thermal-
wasser, bestieg Berge und durchwanderte Hochmoore,
man schwitzte im Türkischen Bad und unterwarf sich
drakonischen Diäten. Man betrieb jede nur erdenkliche
Art von Sport und hielt sich so oft wie möglich, am liebsten zu Pferd, im Freien auf, ja selbst das Lesen von Gedichten stand im Dienst des geistigen und körperlichen
Wohlbefindens.

Und jetzt das. Die Cholera war ein Monster, eine Beleidigung.

Auch William, aus Sorge um seine Frau selbst fast krank, stand dem Geschehen hilflos gegenüber. Er war glücklich, als er nach Adas Genesung mit ihr und dem Baby im Oktober nach Ockham fahren konnte. Endlich war die Familie vereint.

Ada war jetzt noch dünner, die Haut über ihren Schläfen durchsichtig wie Libellenflügel. William machte es nichts aus. Er liebte seine Frau, wie immer sie auch aussah.

Ada machte sich daran, eine gute Gattin, eine gute Mutter und eine gute Hausfrau zu sein.

## II

Der 12. April war ein ereignisloser Tag. Jeder ging seiner Arbeit nach. Nach dem Frühstück gab es eine kleine Meinungsverschiedenheit. Ellen fand, die blaue Stola passe nicht zu dem roten Kleid, das Ada für das Dinner vom Samstag ausgewählt hatte, und schon gar nicht zu ihrem Teint, es mache sie leichenblaß. Nach einigem Hin und Her entschied man sich gemeinsam für eine grün und türkis gemusterte Stola und die nachtblaue Robe mit den Puffärmeln. Beim Lunch erzählte William über den Fortgang der Bauarbeiten für die Dorfschule, die Arbeiter waren daran, das Dach der Turnhalle zu decken. Der erhoffte Besuch von Dr. Locock blieb aus, das Abendessen verbrachte man wieder in trauter Zweisamkeit. Ada arbeitete nochmals bis gegen neun Uhr. Die Notiz für die Mutter und die Tischordnung hatte sie sich nicht mehr vornehmen können, sie verschob die Angelegenheiten auf morgen.

Tags darauf saß Ada am Fenster und schrieb die Bemerkungen betreffend der Suche nach einem Tutor nieder. Sie würde die Notiz der Mutter nach deren Ankunft aushändigen.

Sie fror. In der Nacht hatte es geregnet. Vorbeisegelnde Wolken spiegelten sich in den Pfützen.

Ada faltete den Zettel zusammen, steckte ihn in einen Umschlag und wandte sich ihrer Gästeliste zu. Es galt, die letzten Vorkehrungen für das Dinner vom Ostersamstag zu treffen. Im vergangenen Monat war sie drauf und dran gewesen, alles abzusagen. Eine allgemeine Schwäche. Die starken Monatsblutungen. Und sie hatte sich nie wirklich von der Cholera erholt.

Aber jetzt war, abgesehen von der Tischordnung, alles vorbereitet.

Die Betten in den Gästezimmern waren frisch bezogen. Das Damasttischtuch und die Servietten gebügelt. Das Silber war geputzt.

Die beiden Milchlämmer hingen in der Vorratskammer. Der Fisch, der Hummer und die Fasane würden am Freitagmorgen geliefert werden. Das Konfekt war bestellt. Die Zuckerbäcker in der Cheapside verstanden sich meisterhaft auf bunte Glasuren und aufgespritzten Zuckerguß.

Trotzdem war Ada nervös. Der schwierigste Teil war nicht das Essen, die Gestaltung der Tafel oder die Kleiderfrage.

Das größte Kopfzerbrechen bereitete ihr das Vorstellen der Gäste untereinander und deren Sitzordnung an der Tafel. Es galt, nicht nur die Rangordnung, sondern auch Alter und Geschlecht zu berücksichtigen. Sie konnte sich keinen Fauxpas leisten. Zur Sicherheit hatte sie sich vorgängig im Standardwerk *Burkes Peerage* kundig gemacht.

Sie ging nochmals die Liste durch. Unter den zwölf Geladenen waren vier Gäste mit Adelstitel – Lord Melbourne, verwitwet, Lord und Lady Trimbhall und die Mutter. Melbourne nahm in der Hierarchie als Viscount den obersten Rang ein. Es war die Mutter gewesen, die ihr nahegelegt hatte, ihren Cousin einzuladen. Nach ihm kamen, gleichgestellt, Lady Byron und die Trimbhalls. Sie waren eine Pflichteinladung. Baron Lord Trimbhall hatte sich Lady Byron gegenüber bei ihrem Projekt mit der Schule in Fordhook erkenntlich gezeigt. Sir Charles Wheatstone, Experimentalphysiker und Freund der Familie, stand als Baronet in der Hierarchie eine Stufe tiefer. Die Somervilles, Charles Babbage und der Mathematikprofessor Augustus De Morgan und Gattin gehörten nicht dem Adel an.

William und sie, Ada, wurden als Gastgeber am oberen und unteren Tischende platziert, neben sich die jeweils ranghöchsten Gäste. Das hieß, daß Ada zwischen Lord Melbourne und Lord Trimbhall zu sitzen kam – wie würde sie nur diesen Abend überstehen? – William hingegen zwischen Lady Byron und Lady Trimbhall, die letztere war ohnehin keinem anderen zuzumuten. Die Mutter hatte ausdrücklich darum gebeten, neben ihrem Cousin Lord Melbourne zu sitzen. Das ließ sich arrangieren, Ada würde sich Lord Melbourne diesbezüglich erklären, Lady Byron war schließlich die ranghöchste und älteste Dame. Damit waren der Adel und die älteste Dame bereinigt, alle anderen boten weniger Schwierigkeiten, und der Platz zu Adas Rechten war wieder frei. Sie würde Charles Wheatstone neben sich setzen. Mit ihm würde sie sich aufs trefflichste unterhalten. Wem aber sollte sie Babbage als Tischgenossin zuweisen? Vielleicht Hester, die Schwägerin? Ja, das ging, die beiden verstanden sich gut. Ihm schräg gegenüber Mary Somerville, Dr. Somerville zwischen Hester und Sophia Frend, deren Gatte Mr. De Morgan zwischen Mary Somerville und Mrs. Wheatstone.

Es klopfte. Marjorie trat ein, in den Händen ein Tablett.

Sie knickste. – Ma'am. Der Tee.

– Danke, Marjorie. Stell ihn auf den Tisch. Weißt du, wo Miss Green und die Kinder sind?

– Eben sind sie draußen vorbeigegangen, Ma'am, in Richtung Weiher, ich glaube, zum Entenfüttern.

Ada trank den Tee, prüfte nochmals die Namen auf der Skizze und kam zum Schluß, eine akzeptable Lösung gefunden zu haben.

Das Problem verschärfte sich indes am Samstag, als am späten Vormittag bei heftigem Regen der Landauer aus Fordhook angefahren kam und Lady Byron ausstieg. Ihr Gesicht war entstellt von einer schwarzen blutunterlaufenen Lippe. Auf Adas erschreckte Nachfrage beschied ihr die Mutter, sie habe sich vor zwei Tagen einen Blutegel in den Mund gesetzt.

Lady Byron zog sich leidend auf ihr Zimmer zurück und ließ sich bis am Sonntagnachmittag, als die letzten Gäste abgefahren waren, nicht mehr blicken.

Ada war außer sich. Das Ausfallen der Mutter bedeutete nicht nur eine Dame weniger, sondern auch eine ungerade Zahl. Es hieß, daß zwei Herren nebeneinander und auf der einen Tischseite fünf anstatt sechs Gäste zu sitzen kamen.

Sie konnte wieder von vorn beginnen. In ein paar Stunden würden die Gäste eintreffen.

Ada machte eine neue Skizze, schob die Namen hin und her. Sie würde Lord Melbourne neben William plazieren, das war einsichtig. Aber weshalb saßen jetzt plötzlich Mr. De Morgan und seine Frau nebeneinander? Unmöglich, Sophia Frend wurde auf die andere Seite gerückt, damit kam Hester neben Melbourne zu sitzen. Das ging nicht. Hester verabscheute den Lord. Dann kam Ada in den Sinn, daß sich die Damen Trimbhall und De Morgan mit dem Rücken zum Kamin aufhalten sollten, also wechselte sie die beiden Seiten aus. Gegenüber würden die Herren ...

Ein markerschütterndes Gebrüll aus dem Kinderzimmer schreckte sie auf.

Sie rief nach Miss Green. Statt ihrer kam nach einer Weile eine aufgeregte Ellen.

— Ma'am?

— Wo ist Miss Green?

— Sie ist bei den Kindern, Ma'am. Sie kann nicht weg. Sie badet Annabella.

— Was soll das Geschrei! Was ist passiert!?

— Miss Green sagte, Master Byron habe den Kopf seiner Schwester unter das Wasser gedrückt.

— Und warum weinen jetzt beide?

— Master Byron sagte, Miss Green habe ihn geschlagen, Ma'am.

— Herrgott noch mal. Was erlaubt sie sich! Sagen Sie ihr, das sei das letzte Mal gewesen. Nein, sagen Sie nichts, ich werde es ihr selber sagen. Ist meine Robe für morgen abend bereit? Sind die Spitzen ausgebessert? Und die Stola gebügelt?

— Ja, Ma'am, ich habe alles erledigt.

— Dann gehen Sie jetzt, ich habe noch zu tun.

Entnervt zerknüllte Ada die Skizze und warf sie ins Feuer.

Zum Teufel mit der Etikette. Zum Teufel mit Gästelisten. Zum Teufel mit brüllenden Kindern.

Sie eilte zur Tür und rief Ellen hinterher.

— Ellen!

— Ja, Ma'am?

— Schicken Sie Marjorie zu den Stallungen, Conrad soll Tam satteln! Sofort!

— Aber … es regnet, Ma'am.

— Ich weiß!

Ada schlug die Tür so heftig hinter sich zu, daß die

79

Fensterscheiben zitterten und die Staubbällchen unter dem Diwan herumwirbelten.

Währenddessen saß Lady Byron in ihrem Zimmer, betupfte die Lippe mit einem in Kampfergeist getränkten Schwämmchen und las Adas Notiz, in der diese die Notwendigkeit eines Tutors für ihre Studien darlegte. Lady Byron war ganz und gar einverstanden mit dem Ansinnen ihrer Tochter, schon lange hatte sie denselben Gedanken gehegt, und schon lange dachte sie an ihren Cousin mütterlicherseits. Premierminister Lord Melbourne hatte enge Beziehungen zum Königshaus. Sie würde an diesem Wochenende, trotz ihres Malheurs, bestimmt eine Gelegenheit finden, ihn unter vier Augen zu sprechen. Man stand in einer vertraulichen, wenn auch nicht ganz unbelasteten Beziehung. Mit seiner vor zehn Jahren verstorbenen Frau Caroline Lamb verband sie das Los, mit dem gleichen Mann das Bett geteilt zu haben. Kaum zu glauben, daß seither schon über 25 Jahre vergangen waren. Im Frühjahr 1812 hatte Anna Isabella Milbanke, eben gerade 20, zum ersten Mal an einem Tanzanlaß bei den Melbournes teilgenommen, eines der angesagtesten Häuser West-Londons. Die Treffen waren eine Institution, bei der sich an die fünfzig Leute aus der Creme der Londoner Gesellschaft zum Einstudieren der Französischen Quadrille und des Deutschen Walzers einfanden, während die Nurse im Kinderzimmer den autistischen Sohn der Gastgeber bändigte. Zur Erfrischung wurde jeweils in einem der Salons ein Buffet aufgetischt. Unter den Geladenen war ein junger Dichter, Lord George Gordon Byron, über Nacht durch die Veröffentlichung von *Childe Harolds Pilgerfahrt* zu einer Berühmtheit geworden. Die Männer neideten ihm den Ruhm, die Frauen lagen ihm zu Füßen, sein kaum merkliches Hinken machte ihn nur noch unwiderstehlicher. Byron stolperte die Treppe hinunter und fiel beinahe in Miss Milbankes Arme, als sie einander vorgestellt wurden. Sie war auf Anhieb beeindruckt, dennoch behandelte sie ihn kühl und distanziert, eine ihr eigene Strategie. In den folgenden Wochen schickte sie ihm jedoch ihre Gedichte zur kritischen Lektüre. Im Sommer ließ die sich seit einigen Wochen entfaltende flagrante Affäre zwischen Caroline Lamb und Byron die Londoner Klatschküche hochkochen. Die Maskerade mit wechselnden Rollen als Besitzer und Unterworfene, Caroline als Page verkleidet, spielte sich entgegen der Regel »Alles ist erlaubt, solange Diskretion bewahrt wird« skandalträchtig unter den Augen ihres Gatten und einer zunehmend konsternierten Öffentlichkeit ab. Selbst die Beschaffenheit des in einem *Billett d'amour* an Byron beigelegten Angebindes – eine mit einem Samtband gebundene Strähne von Carolines Schamhaar – blieb nicht lange ein Geheimnis. Die Liaison wurde bald auf Drängen der Familie Lamb hin beendet und Caroline gezwungen, für einige Zeit nach Irland zu gehen. Zu Anna Isabellas Überraschung machte Byron ihr im Herbst einen Heiratsantrag, den sie ablehnte. Die Absage kränkte Byron nur vorübergehend, tröstende Zuwendung war schnell gefunden. Und da war auch Augusta, seine Halbschwester, mit der er sich immer wieder unter provokativen Umständen in der Öffentlichkeit zeigte. Im Herbst 1814 hielt er ein zweites Mal um Miss Milbankes Hand an. Nachdem sie einem halben Dutzend anderen Verehrern einen Korb gegeben hatte, sagte sie dieses Mal ja. Sie würde seine Retterin sein. Sein Engel. Seine Jeanne d'Arc. Welch ideale Verbindung: die Verschmelzung von Intellekt und Moral (Anna Isabella) mit Leidenschaft und Genie (Byron). Der Hochzeit ging eine monatelange Korrespondenz voraus, meine liebe Pippin, mein Glöckchen, mein Apfelbäckchen, seine Briefe waren Fallgruben, die Sprache der Liebe floß allzu leicht aus seiner Feder, mehr als Thyrza liebe ich dich. Thyrza, eine verflossene Geliebte, so nahm Anna Isabella an. Mitten in die Turbulenzen der Londoner Monate kehrte Caroline Lamb zurück, die ihre Drohung, sich zu erschießen, falls Byron je heirate, nun doch nicht wahrmachte. Unter vier Augen enthüllte Caroline, was Anna Isabella schon lange geahnt, aber nie hatte wahrhaben wollen, zu groß war die Scham über die eigene Verblendung. Falls sie glaube, sagte Caroline, mit dieser Thyrza in Byrons Klagelieder sei eine Frau gemeint, die innigen Küsse, die heißen Tränen hätten einer Frau gegolten, so sei sie jetzt eines Besseren belehrt, und sie wisse ja, wie dieses Vergehen geahndet werde. Der 1816 erschienene gotische Roman *Glenarvon* breitete die Affäre Byron/Lamb aus der Sicht von Caroline über mehr als hundert schwülstige Kapitel aus und war neben Byrons überstürzter Abreise aus England und dem Selbstmord von Shelleys Frau, die sich in der Serpentine ertränkte, *das* gesellschaftliche Ereignis des Jahres. Anna Isabella, nunmehr Lady Byron, konnte sich in der Figur von Miss Monmouth, Auftritt Kapitel 77, unschwer wiedererkennen. Die Tochter aus gutem Haus, rein, gebildet, intelligent und mit einem großen Herzen, kommt ins Spiel, um den Unhold Glenarvon vor seiner eigenen Verruchtheit zu retten. Ihretwegen läßt er Calantha alias Caroline fallen. Die Darstellung schmeichelte Anna Isabella, wenn sie auch nicht ganz der Wahrheit entsprach. Im übrigen teilte sie Caroline Lambs Meinung über Byron voll und ganz. Diese ließ öffentlich kundtun, der Dichter, mittlerweile in Cologny am Genfersee, sei ein abgrundtief schlechter und gefährlicher Mensch.

Lady Byron ließ die Hand mit der Notiz auf ihren Schoß sinken, ihr Blick fiel auf das Datum in der linken oberen Ecke, der 13. April, Freitag, auch das noch, sie fuhr zusammen, Flüssigkeit tropfte aus dem Schwämmchen auf ihren Handrücken und löste ein kleines kaltes Erschrecken aus.

Aufgebracht klingelte Lady Byron nach dem Mädchen. Mit bebender Stimme bat sie, man möge ihr unverzüglich Tee und ein Stück Rosinencake bringen.

## 12

Die Gäste trafen am Samstagnachmittag, ausgerüstet mit umfangreichem Gepäck, kurz nacheinander ein und zogen sich bald auf ihre Zimmer zurück, um sich umzuziehen.

Ada überwachte zusammen mit Miss Lizzy die letzten Handreichungen im Eßzimmer. Marjorie brachte die Epergne herein und stellte sie in die Mitte der gedeckten Tafel. In den Silberschalen des wuchernden Ungetüms, auf verschlungenen Armen in einer Spiralbewegung angeordnet, lagen bunte, mit Schmalz zum Glänzen gebrachte Eier und in Seidenschleifen gebundene Zweige von Haselkätzchen. Auf der Anrichte standen Zinnbecher mit Schneeglöckchen, Krokussen und Jasmin aus dem Wintergarten.

– Wie schön, sagte Ada anerkennend. Wer hat die Dekoration gemacht?

– Ich, Ma'am. Danke, Ma'am, sagte Marjorie und knickste, Röte schoß ihr in die Wangen.

William dekantierte zusammen mit Hanson im Nebenzimmer den Wein.

Lord und Lady Trimbhall kamen gegen sieben Uhr als erste in den Salon herunter. Die Lady trug pflaumenfarbenen Taft und eine Halskette mit einem auffallend großen, in Gold gefaßten Rubin.

– Was für ein wunderbarer Ort Ockham ist! rief sie. Der prachtvolle Park. Das Haus, ganz zu schweigen von der geschmackvollen Einrichtung!

Sie bemerkte das Bild über dem Sofa und setzte zu einer Frage an, als gleichzeitig die Somervilles und Mr. Babbage eintraten.

William brachte das heikle Ritual des gegenseitigen Vorstellens bravourös hinter sich, man tauschte leise Höflichkeiten aus oder freute sich über ein Wiedersehen.

Eine kleine Aufregung entstand, als Miss Green mit Master Byron im Salon erschien. Der Kleine verhielt sich manierlich, knickste und erwiderte artig die an ihn gerichteten Fragen. Die Damen waren entzückt.

Nachdem die beiden gegangen waren, nahm Ada Mary Somerville an den Händen und zog sie aufs Sofa.

Mary bestellte Ada die allerbesten Grüße von ihrem Sohn Woronzow, der im Ausland weilte, und erzählte von ihren Sorgen um die Gesundheit ihres Mannes. Seit längerem trügen sie sich mit dem Gedanken, des Klimas wegen ihren Wohnsitz nach Italien zu verlegen.

Ada drückte ihr großes Bedauern über diese Nachricht aus, aber da ertönte die Glocke, und Hanson bat die Gäste zu Tisch.

Lord Melbourne und die Trimballs gingen als erste die Treppe hinunter, die Lady konnte es nicht lassen, ihre Enttäuschung über Lady Byrons Ausbleiben zum Ausdruck zu bringen.

— Die Ärmste, sagte sie, ich weiß ja nur allzugut, was es heißt, von Migräne geplagt zu sein. Und dabei habe ich mich doch so gefreut, sie wieder einmal zu sehen.

Babbage, mit Hester King am Arm, gesellte sich zu Dr. Somerville.

— Das schwache Geschlecht ist heute abend untervertreten, murmelte er gutgelaunt.

— Nur zahlenmäßig, sagte der Arzt lächelnd.

William reichte Ada den Arm, beide verließen als letzte den Salon.

Hanson wies den Gästen diskret ihren Platz an der Tafel zu. Genau in der Mitte der Tafel stand die Epergne und machte ein Gespräch über den Tisch hinweg von vornherein unmöglich. Ada hatte deswegen keinen Blickkontakt zu William und den Gästen am unteren Tischende.

Gut so. Sie war damit aus der Schußlinie von Sophia Frends Blicken.

Die Suppe wurde aufgetragen, eine *Bouillon de Tortue,* Hanson ließ es sich nicht nehmen, die Gänge anzukündigen, auf französisch, das verstand sich von selbst. Zu viert umrundeten die Bediensteten die Tafel, immer im Uhrzeigersinn. Conrad half beim Servieren, trug die Suppenteller weg und brachte neues Geschirr. Er fühlte sich unbehaglich in der Lakaienuniform, man sah es ihm an.

Ada unterhielt sich förmlich mit Lord Trimbhall, der Wein wurde ausgeschenkt, man hob die Gläser, die Damen nippten daran, die Männer tranken einen Schluck.

– Ein Bergerac, Clos Triguedina Cahors, Jahrgang 1835, Hanson präsentierte die Flasche.

Beim *Filet de turbot sauté à la sauce de homard* wandte sich Ada an ihren Nachbarn.

– Lieber Sir Wheatstone, sagte sie und erhob nochmals ihr Glas. Ich habe mich gefreut über Ihr Kommen. Sie sind bestimmt sehr beschäftigt.

– Es ist mir ein großes Vergnügen, Ihr Haus und Ihre Familie zu besuchen. Master Byron ist ein Prachtkerlchen. Aber es tut mir leid, daß Ihre Mutter unpäßlich ist.

– Es ist nicht weiter schlimm. Sie wird sicher bald wieder auf den Beinen sein.

– Und wie geht es Ihren Studien, Lady King?

– Zur Zeit beschäftige ich mich mit der Geometrie der Polyeder und der Kugelkörper. Ein faszinierendes Gebiet. Aber ich bin nicht sehr fleißig. Die Kinder beanspruchen mich. Die Harfe, ich spiele jeden Tag sicher zwei, drei Stunden.

– Ich habe gehört, daß Sie im Herbst erkrankt waren. Hoffentlich nichts Ernsthaftes?

– Nein, nein, wie Sie sehen, habe ich mich wieder ganz erholt. Aber erzählen Sie von sich. Was sind die Themen ihrer aktuellen Vorlesungen?

– Stehende Wellen. Der elektrische Widerstand. Allgemeine physikalische Grundlagen der Elektrotechnik.

– Wenn ich richtig verstanden habe, ist es so, daß Induktionsspannungen auftreten, wenn das magnetische Feld sich verändert, nicht wahr? sagte Ada. Wie können Sie das nachweisen?

– Durch den magnetischen Fluß. Er kann gemessen werden.

– Und wie sieht das Symbol dafür aus?

– Das griechische Phi. Es ist eine elegante Gleichung. Phi ist definiert als Flächenintegral der magnetischen Flußdichte über der Fläche A.

– Ein ungemein interessanter Gegenstand, sagte Ada. Ein gewisser Dr. Elliotson soll am University College Vorlesungen über die therapeutische Wirkung des Magnetismus halten.

Wheatstone lächelte und wollte etwas erwidern, aber die Unterhaltung wurde unterbrochen durch die *Vol-au-vents à la moëlle,* gefolgt von der *Casserole de riz au chevreuil haché* und den *Pâtes aux crustacés.*

– Im übrigen, Ada wandte sich endlich wieder ihrem Nachbarn zu, wenn Sie schon nach meinen Studien fragen: Ich bin auf der Suche nach einem Tutor. Mary Somerville ist mir eine liebe Freundin und Mentorin. Aber ich wünschte, ich hätte jemanden, der mir als strenger Lehrer zur Seite stünde. Es ist nicht vorteilhaft, wenn man sich alles im Selbststudium aneignen muß.

Ada lächelte und schaute scharf an der Epergne vorbei zu Babbage hinüber.

Babbage erwiderte ihr Lächeln.

– A la mathémathique! Er hob sein Glas.

– A la machine analytique! sagte Ada, und ein verwegener Gedanke blitzte in ihr auf. Was, wenn sie Babbage fragen würde?

Die *Crème d'asperges* war der Auftakt zum *Agneau rôti au poivre rouge des Indes,* das begleitet wurde von *Pommes de terre, Betterave rouge et Sauce de menthe.*

Beim Zwischengang – *Aspic aux oeufs et anchois, Les Frômages, Salade de langoustine à l'italienne*, begleitet von dreißigjährigem dunklem Bier – stieg die Stimmung zusehends. Bevor die Nachspeisen serviert wurden, trug Conrad den Tisch ab, stapelte noch halbvolle Teller aufeinander und übergab sie in der Anrichte Rose und Marjorie. Die beiden stellten die Epergne auf die Anrichte, entfernten den Damast und legten auf dem darunterliegenden frischen Seidenbatisttuch neues Besteck auf. Kohle wurde im Kamin nachgelegt, neue Kerzen wurden gebracht.

Ada hatte jetzt Blickkontakt mit Sophia Frend, die ihre Stola über die Stuhllehne gelegt hatte. Fasziniert beobachtete sie, wie sich langsam ein Schweißtropfen aus ihrer Halsgrube löste, im Dekolleté versickerte und auf der cognacfarbenen Robe einen dunklen Fleck hinterließ.

In der Mitte des Tisches drehte sich das Gespräch um Politik. Mr. De Morgan gab seiner Besorgnis über die neueste Entwicklung in China Ausdruck. In den letzten zehn Jahren habe sich dort die Menge des von Großbritannien umgeschlagenen bengalischen Opiums verfünffacht.

– Kaiser Daoguang droht jetzt mit ernsthaften Gegenmaßnahmen. Das Opium ruiniert die chinesische Wirtschaft und das chinesische Volk.

– Lieber De Morgan. Melbourne mischte sich aus der unteren Tischhälfte ein. Das liegt ganz im Interesse der britischen Handelsbilanz und unserer Politik, Sie wissen das doch genausogut wie ich. Eine Einfuhrsperre von seiten der Chinesen würden wir kaum akzeptieren, auch wenn noch so viele Schlitzaugen am Opium verblöden.

De Morgan schaute ihn fragend über die Brillenränder an.

– Und wenn es doch dazu kommt? Meinen Sie, es würde Krieg bedeuten?

Melbourne zuckte mit den Schultern.

– Es ist nicht auszuschließen.

– Großbritannien täte besser daran, die Opiumeinfuhr nach England zu beschränken, sagte Mary Somerville. Über zwanzigtausend Pfund sind letztes Jahr importiert worden.

– Weshalb beschränken? Melbourne schüttelte den Kopf. Die neuen Möglichkeiten in der Therapie sind doch ein Fortschritt für die Medizin.

– Mag sein, in den Händen von Ärzten vielleicht, sagte William, auch er beteiligte sich jetzt an dem Gespräch. Aber das Opium wird immer populärer. Halb London ist süchtig nach Laudanum. Selbst Kindern schüttet man es zur Beruhigung in die Milch. Kein Wunder, ist es doch mittlerweile billiger als Bier. Sixpence kostet ein Fläschchen *Mutters Ruhe* in der Apotheke.

– Sie übertreiben, lieber William. Es ist vor allem die Boheme, die ihm verfallen ist, sagte De Morgan, seine Frau pflichtete ihm heftig nickend bei.

– Ja, sagte Dr. Somerville, und die East India Company. Sie macht gute Geschäfte damit. Nicht umsonst …

Babbage fiel ihm ins Wort, offensichtlich darauf bedacht, vom Thema abzulenken. Wenn er etwas haßte, dann waren es die hitzigen, vom Wein aufgepeitschten Diskussionen an der Tafel, die jeden Genuß verdarben.

– Apropos Geschäft. Haben Sie gewußt, daß ich daran bin, ein Unternehmen aufzuziehen?

Alle horchten auf.

– Babbage, Sie und ein Unternehmer, da bin ich aber neugierig. Erzählen Sie! sagte Ada lachend.

– Ich steige ins Kürschnereigeschäft ein.

– Kürschnerei?

– Ja, Rattenfelle, sagte Babbage. Er winkte ab. Aber lassen wir es, das Thema ist nicht salonfähig. Die Damen könnten daran Anstoß nehmen. Ich möchte lieber einen Toast aussprechen.

Er stand auf und hob sein Glas:

– Auf die Wissenschaft, auf die Mathematik im allgemeinen und auf die Mathematikerinnen im besonderen. Er wandte sich Mary Somerville zu. Mrs. Somerville, ich bewundere Sie. Ihre *Mechanik der Himmelskörper* ist ein Meilenstein in der Geschichte der Wissenschaft. Dank Leuten wie Ihnen steht England eine glänzende Zukunft bevor.

– Sie bringen mich in Verlegenheit, Mr. Babbage, sagte Mary Somerville. Die Ehre am Tisch gebührt Ihnen und Sir Wheatstone.

– Ehemm …

Lady Trimbhall fächelte sich mit der Serviette Luft zu, als ihr Gatte seinen Beitrag zur Diskussion mit einem

Räuspern ankündigte. Seine Wangen glänzten wie die Eier in der Epergne.

– Richtig, sagte er unwirsch. Wozu brauchen wir Mathematikerinnen? Die Zukunft Englands liegt in gesunden englischen Frauenschößen.

– O ja, Lord Trimbhall, da muß ich Ihnen beipflichten, sagte Mary und lächelte. Diesbezüglich habe ich meine Pflicht erfüllt, ebenso wie die anderen Ladies hier am Tisch.

Betretene Stille, unvermittelt lag etwas Bedrohliches in der Luft. Warum sagte William nichts? Ada schaute ihn herausfordernd an, aber er war mit dem krümeligen Reistörtchen *au Stilton* auf seinem Teller beschäftigt.

– Ich muß Ihnen widersprechen, Lord Trimbhall, sagte Ada endlich. Immerhin ist Mrs. Somerville ehrenvolles Mitglied der Royal Astronomical Society. Unseren Fortschritt verdanken wir allein der Wissenschaft. Disraeli hatte recht, als er sagte, England sei auf dem besten Weg dazu, das Versuchslabor der Welt zu werden, finden Sie nicht auch?

– Aufregende Zeiten, in der Tat, sagte Melbourne. Die SS *Great Western* soll für die Atlantiküberquerung nicht mehr als zwei Wochen benötigen. Man stelle sich das vor! Ein Dreimaster braucht dafür doppelt so lang.

– Sie ist am vergangenen Sonntag in Bristol vom Stapel gelaufen, nicht wahr?

– Ja. Nächstes Wochenende wird sie in New York erwartet. Lord Melbourne wiegte den Kopf und wechselte fliegend zur geplanten Eröffnung der National Gallery am Trafalgar Square, was bei allen auf reges Interesse stieß und über das man eine Weile lang lebhaft diskutierte, hie und da stieg ein Lachen auf, die Wangen waren gerötet, das Wachs tropfte von den Kerzen und hinterließ kleine honigfarbene Pfützen auf den Haltern, die Glut im Kamin verströmte eine angenehme Wärme. Messer stachen in mürben Ziegenkäse, Finger zerpflückten luftige Brioches, schoben verstohlen butterweiche Apfelstückchen auf die Gabel, die *Tarte aux pommes et poires* schmeckte vorzüglich, silberne Löffel tauchten in die *Macédoine au jus de grenades* und ließen die Kristallkelche erklingen.

Gegen zehn Uhr wurde die Tafel aufgehoben. Die Herren gingen in den Rauchsalon, wo Portwein und Zigarren gereicht wurden.

– Babbage, jetzt können Sie nicht mehr kneifen, sagte De Morgan. Er kappte eine Havanna und zündete sie an, saugte ein paar Mal heftig daran und schaute den Rauchkringeln nach, die sich im Dunkel über seinem Kopf auflösten.

– Nun gut. Babbages Zunge schlug schwer gegen die Unterlippe. Bitte, wenn es Sie so brennend interessiert.

Er sei vor einiger Zeit, es war im vergangenen Oktober, in Bethnal Green zufällig an einer Pferdeabdeckerei vorbeigegangen. Da sei ihm die Idee mit den Maden gekommen. Anstatt die überschüssigen Teile der Pferdekadaver zu verbrennen, könnten diese genutzt werden. Er sei mit dem Abdecker übereingekommen, einen Versuch zu machen. Der Versuch sei folgendermaßen vor sich gegangen. Die Fleischstücke seien aufeinandergeschichtet worden. Bald hätten die Fliegen darin ihre Eier abgelegt. In wenigen Tagen habe sich sich das Fleisch in eine lebende Masse verwandelt. Die Maden verkaufte man jetzt in Büchsen zu hundert Stück, ein Pferd lieferte Maden im Wert von einem Schilling fünf Pence, sie dienten als Fischköder und Futter für Geflügel, insbesondere für

Fasane. Das verrottende Fleisch aber habe die Ratten angezogen. Innerhalb von vier Wochen seien sechzehntausend Ratten vergiftet und ihre Felle an verschiedene Kürschner verkauft worden, fünf Pence das Stück.

– Bravo! rief De Morgan anerkennend. Da haben Sie gleichzeitig der Volksgesundheit einen Dienst erwiesen.

– Ein Tropfen auf einen heißen Stein, sagte Dr. Somerville. London ist von zehn Mal mehr Ratten als Einwohnern bevölkert. Aber mathematisch betrachtet ist es eine Glanzleistung. Null Investition und tausendfachen Gewinn. Das soll Ihnen mal einer nachmachen!

– Leider verstehe ich in Wirklichkeit zuwenig von Geschäften, sonst könnte ich den Gewinn in mein neues Projekt investieren. Wie Sie vielleicht wissen, Babbage wandte sich zu Lord Melbourne, bin ich immer noch auf der Suche nach Kapital für die Realisation der Analytischen Maschine.


Die Damen saßen inzwischen bei Tee und Gebäck im Salon. Nachdem Ada mit allen ein paar freundliche Worte gewechselt hatte, setzte sie sich zu Hester und unterhielt sich flüsternd mit ihr. Sie mochte ihre Schwägerin, die etwas älter war als sie und mit der sie schwesterlich ihre kleinen Alltagssorgen teilen konnte.

Lady Trimbhall lehnte am Flügel. Ihr Blick streifte über die Möbel, den Teppich, die Vorhänge und blieb an dem Bild über dem Sofa hängen.

Lauernd senkte sie den Blick und fixierte Ada.

– Lady King, das wollte ich Sie schon lange fragen. Ist das nicht ein Porträt von Lord Byron?

– Ja, sagte Ada höflich. Mein Vater.

– Wie alt war er, als es gemalt wurde, wenn ich fragen darf? Er ist von einer geradezu blendenden Jugendlichkeit.

– Sechsundzwanzig, Mylady.

– Ich finde, Sie sehen ihm in gewisser Weise ähnlich. Haben Sie eigentlich Geschwister?

Hester nahm beschwichtigend Adas Hand.

– Nein, Mylady, das heißt, ich … ich … ach Marjorie, würdest du die Herren herüberbitten und Hanson bestellen, er möge Konfekt und Champagner servieren.

– Ja, Ma'am.

Marjorie knickste und eilte hinaus.

– War da nicht die Geschichte mit dieser …, wie hieß sie schon wieder? fragte Lady Trimbhall.

Ada hatte sich abgewandt, sie warf ihrer Schwägerin einen hilfesuchenden Blick zu. Hester erhob sich vom Sofa und schnitt Lady Trimbhall das Wort ab.

– Ihnen ist bestimmt kalt, Mylady, kommen Sie, setzen Sie sich in die Nähe des Kamins.

Ada starrte auf die Tür. Worthülsen und Namen, Mitgehörtes, flüchtig überflogene Zeilen, Allegra, Hunderte von Malen schon hat Ada es sich ausgemalt, das kleine Mädchen, gekleidet wie eine Puppe rennt es durch die prunkvollen Räumen eines venezianischen Palastes, blond und verloren, treppauf treppab, einen Affen als Spielgefährten, hinter Klostermauern hüpft es auf Kieswegen an der Hand einer Nonne, blaß und anämisch, Allegra, gestorben im Alter von fünf Jahren, Tochter von Lord Byron, bestattet in Harrow Church, die Halbschwester.

Lichter im Flur, schwankende Schatten bewegten sich auf die Tür zu, De Morgan und Babbage traten gleichzeitig in den Salon und brachten einen Schwall Zigarrenduft mit hinein.

Ada erhob sich, zog den Schal enger um die Schultern. Sie fröstelte.

Conrad brachte auf einem Silbertablett hochstielige Gläser und Champagner, das Zeichen, daß der Abend seinem Ende entgegenging, die Herren gesellten sich einer nach dem anderen zur Gesellschaft, das Fehlen von Lord Trimbhall und De Morgan wurde geflissentlich übersehen.

In einer Schale wurde das Konfekt herumgereicht. Beim Anblick der Süßigkeiten mit den goldenen Glasuren und den blauen, grünen und roten Zuckergußverzierungen klatschte Hester in die Hände.

– Wie wunderschön! Kleine Kunstwerke!

– Ja, in der Tat, die Farben sind eine Au ... eine Au genweide! rief Babbage begeistert. Dank Gold und Arsen, Zink und Eisen!

Man lachte, Hanson entkorkte den Champagner, füllte die Gläser, William brachte einen Toast auf das Osterfest aus und hob das Glas, Ada suchte seinen Blick, die Damen begannen sich zu verabschieden, um ihre Zimmer aufzusuchen, während die Herren sich die Halsbinden lockerten, vom Portwein zum Brandy wechselten und sich delikateren Gesprächsstoffen zuwandten.

Ada klingelte nach Ellen.

– Sie sind erhitzt, Ma'am, sagte Ellen. Schnell unter die Decke mit Ihnen.

Sie zog die Vorhänge zu, half Ada beim Auskleiden, kämmte ihr das Haar, reichte Nachthemd und Haube, ihre Hände fühlten sich kalt und spröde an wie welkes Herbstlaub.

– Danke, Ellen. Es ist gut, Sie können jetzt gehen.

– Schlafen Sie gut, Ma'am. Frisches Wasser habe ich bereitgestellt. Wann wollen Sie geweckt werden? Und soll ich das Nachtlicht löschen?

– Nein, lassen Sie es brennen. Um acht. Danke, Ellen, schlafen Sie auch gut.

Ada fand keinen Schlaf. Blicke, die sich trafen, ein Lachen hier, fahrige Gesten und hingeworfene Sätze da, alles schwirrte ihr im Kopf. Mary Somerville, die England verlassen würde. Wie deprimierend.

Die Stimmen im Salon waren verstummt, die Schritte und das Gelächter auf der Treppe verhallt, sie wartete auf das Klopfen an ihrer Tür, aber nichts regte sich. Es war still im Haus, als sie aufstand, sich zu ihrem Toilettentisch tastete und die oberste Schublade öffnete. Sie entnahm ihr einen Flakon, zog den Stöpsel heraus und gab ein paar Tropfen der dunklen Flüssigkeit in ein Glas, zählte neunzehn, zwanzig, goß Wasser nach, trank die bitter schmeckende Flüssigkeit in einem Zug. Bevor sie das Fläschchen zurückstellte, hielt sie es gegen das dünne Licht der Öllampe. Es war noch etwa halb voll.

Im Bett brach sie in Tränen aus.

Zum Teufel mit Dinnerparties.

Zum Teufel mit allen Verpflichtungen, denen sie nicht gewachsen war.

Vor dem Einschlafen lief sie über ein Feld, der Schnee umhüllte sie von oben und unten, weich und warm wie eine Daunendecke, in der Ferne ragte etwas Dunkles auf, es war eine umgestürzte Kutsche, Lady Trimball daneben mit verrenkten Gliedern, ein rotes Rinnsal sickerte aus ihrem Mund, die Tropfen stachen kleine schwarze Löcher in den Schnee, das Bild verschob sich, die Frau saß auf einer Bank unter einem Baum mit herabhängenden Ästen, der Schnee fiel und fiel unablässig und deckte die Frau zu, es war die Mutter.

## 13

Während das Haus noch schlief, wurden am anderen Morgen in der Küche die Relikte des Mahls aufgeräumt. Porzellan klatschte ins dampfende Wasser, wurde von roten Händen herausgehoben, weitergereicht und mit Leinentüchern trockengerieben, Kristallgläser wurden angehaucht und gegen das Tageslicht gehalten, das Silberbesteck in die mit Samt ausgeschlagenen Schubladen zurückgelegt, während Marjorie die drei Tischchen im Morgenzimmer deckte und Lizzy mit Roses Hilfe ein Gabelfrühstück vorbereitete, Schinken in Tranchen schnitt, Sahne von der Milch schöpfte, Brotscheiben röstete, die Reste des Aspiks und der Pastetchen auf Platten verteilte, Eier aufschlug und sie in simmerndes Schmalz gleiten ließ. Geräucherte Aale wurden der Länge nach aufgeschlitzt, in Stücke geschnitten und zwischen Stangensellerie auf einer Platte drapiert, Garnelen aus dem schäumenden Sud gehoben, geköpft und geschält, Specktranchen brutzelten auf kleinem Feuer, Zucker wurde im Mörser zerstoßen, Butterröllchen schlitterten ins Eiswasser.

Draußen waren Stimmen und Hundegebell zu hören.

Lizzy schaute hoch und deutete mit einer fragenden Kopfbewegung hinaus. Eilfertig wischte Rose eines der beschlagenen Fensterchen auf Augenhöhe trocken. Von rechts liefen drei Paar Stiefel in das verschwommene Bild und überquerten den Vorplatz Richtung Park. Jeder der Männer führte zwei Pferde am Zügel, ein Hund sprang kläffend zwischen ihnen hin und her.

Rose stellte sich auf die Zehenspitzen.

– Es sind Finley und Conrad mit Hautboy, und noch einer.

– Ha ja, sagte Lizzy. Die Pferde müssen bewegt werden. Acht sind es bestimmt. Die sind ja alle mit dem Zweispänner gekommen. Wer ist der dritte?

– Ich glaube, der kleine Kutscher von den De Morgans. Der hat ja gestern auch aufgewartet.

– Ein Sweetheart, nicht? Hätte ich nur gewußt, wo er schläft.

Rose kreischte.

– Lizzy, schäme dich, er ist halb so alt wie du! Soviel ich weiß, hat er in der Kammer der Dienerschaft übernachtet. Zu dumm, Lizzy. Die De Morgans reisen heute nachmittag wieder ab, ich glaube, alle anderen auch. Nur Mr. Babbage bleibt noch bis Dienstag. Aber der ist ja mit der Postkutsche nach Weybridge gekommen.

– Ein merkwürdiger Mensch. Finn sagte, er habe wieder die Gläser in seinem Zimmer aufgestellt.

– Welche Gläser?

– Gläser mit ekligen Tieren. Finn sagt, er müsse jeden Tag das Wasser darin wechseln.

– Wenigstens hat er seinen Humor wiedergefunden, sagte Lizzy. Eine Zeitlang war er ganz absonderlich, nachdem seine einzige Tochter gestorben war.

– Wie traurig. War sie jung?

– Etwa so alt wie Lady King, glaube ich.

– Ich finde, Mr. Babbage ist lustig und angenehm. Ganz im Gegensatz zum Premierminister. Wie der einen immer anschaut, mir wird ja jedes Mal ganz heiß, sagte Rose.

– Ob es wohl stimmt, was über die Melbournes geredet wird? Lizzy hob mit einem maliziösen Lächeln die Bratpfanne vom Herd.

– Was denn?

– Man sagt, Lord Melbourne sei ein Anhänger des *vice anglais*.

– Was heißt das nun wieder?

Rose schlug mit einem Tuch nach den hochschießenden Flammen.

– Es heißt, daß er seine Bettgenossinnen mit einem Stöckchen zu verhauen beliebt.

– Na so was. Zur Strafe? Bei Kindern würde ich es ja noch verstehen.

– Ach Rose, Schätzchen, wie süß.

Lizzy tätschelte ihr mit einem Löffel die Wange. – Du bist wirklich noch zu jung für solche Dinge.

Rose errötete bis unter die Haarwurzeln. Sie fixierte den von der Feuchtigkeit blasig aufgeworfenen Verputz über dem Herd, kaute auf der Unterlippe herum und dachte nach. Mit einem Schulterzucken kehrte sie Lizzy den Rücken zu und begann, Marmelade, Kompott und Chutney in Schälchen abzufüllen, pulte verstohlen mit dem Zeigefinger Mirabellenmus aus dem Topf und steckte ihn in den Mund.

Gegen zehn Uhr regten sich Stimmen im Haus. Im Salon schlug jemand Klaviertöne an, eine Frauenstimme hob an.

– O je. Sind die denn schon auf? Wer singt? fragte Lizzy, als Marjorie reinkam.

Sie hatte sich umgezogen, trug jetzt schwarze Seide, ein blütenweißes Häubchen und eine gestärkte Schürze.

– Die Schnepfe mit dem roten Ei im Dekolleté. Lady King begleitet sie auf dem Piano.

– Nochmals ein Vogel. Paßt gut ins Haus.

Rose kicherte. – Was haben die Herrschaften eigentlich nachher vor?

– Hanson hat im Salon das Schachbrett, Solitär und die Kartenspiele vorbereitet. Mr. Babbage soll ein fanatischer Whistspieler sein.

– Und die alte Lady?

– Ist wieder ganz munter, sagte Marjorie. Gestern abend mußte ich ihr zwei Mal vom Lamm, einen Teller mit Pastete und Wein hochbringen. Frühstück hat sie auch bestellt.

– Was war mit ihr los?

– Sie hatte eine blutunterlaufene Lippe. Frag mich nicht, warum.

Lizzy seufzte und murmelte etwas von zugebissen. – Haben die Kinder schon gefrühstückt? fügte sie hinzu.

– Ja. Ich habe vor einer halben Stunde Milch und Brötchen und den Brei für die Kleine hinaufgebracht. Jetzt sind sie im Spielzimmer. Miss Green sagt, die Lady sagt, sie sollen so lange als möglich stillhalten.

Die Stimme im Salon schraubte sich mit einem dramatischen Crescendo in schwindelerregende Höhen, blieb ersterbend auf einem Ton hängen, das Klavier spielte einen Schlußakkord. Applaus. Nach einer Weile setzte die Stimme zu einer neuen Melodie an.

– Lieber Gott, murmelte Rose und drehte die Augen zur Decke. Mach, daß es bald ein Ende hat.

Marjorie nickte ihr grimmig zu. Sie rückte die Haube zurecht und ging hinaus, man hörte sie auf dem Flur vor sich hin trällern, nach einer Weile vernahm man Hansons Stimme und die Glocke, die zum Frühstück rief.

Gegen vier Uhr verabschiedeten sich die Gäste, Dankesbezeugungen an die Gastgeber, Gelächter und Händeschütteln, man würde sich ja schon bald, zu Beginn der Saison, in London wiedersehen. Ada bat Mary Somerville instän-

dig darum, sie wissen zu lassen, wann sie nach Italien abreisen werde, sie umarmten sich, die Kutschen setzten
sich in Bewegung, das Knirschen der Räder verlor sich in
der Ferne.

Ada verbrachte eine Stunde mit den Kindern. Byron
war entzückt über die Eier, die er zusammen mit Miss
Green im Park gefunden hatte. Sie spielte eine Stunde
Harfe, trank Tee mit Babbage, später ließ William ihre
beiden Pferde satteln, sie ritten durch den Wald, tauschten sich über den gestrigen Abend, über die Kinder aus.

Ada war glücklich.

Kurz vor dem Abendessen meldete sich Lady Byron
mit einer guten und einer schlechten Nachricht bei Ada.
Sie habe sich nach dem Frühstück auf einem ausgedehnten Spaziergang mit Lord Melbourne unterhalten.

Er könne, das sei die schlechte Nachricht, zu seinem
großen Bedauern auf ihre Bitte, sich um Adas mathematische Studien zu kümmern, nicht eingehen, zu beschäftigt sei er in seiner Funktion als erster Ratgeber der jungen Königin Victoria, die ihm sehr nahestehe. Sie höre
auf ihn, er berate sie nicht nur in politischen, sondern
auch in sozialen und literarischen Belangen. Aber er
habe ihr, Lady Byron, und das sei die gute Nachricht,
versprochen, sich anderweitig erkenntlich zu zeigen
und sich bei der Königin um einen Titel für William zu
bemühen.

– Und wenn ich Mr. Babbage fragen würde? Was
denkst du, Mama?

Lady Byron hob die Brauen.

– Babbage? Als Tutor? Ich finde das keine gute Idee.
Er ist zu absorbiert von seinen Plänen. Die Analytische
Maschine! Ich frage mich, was das wieder werden soll.
Luftschlösser, nichts als Luftschlösser.

Ob es im übrigen stimme, daß Babbage bis Dienstag bleibe?

– Ja, sagte Ada, ich möchte mich mit ihm über einige Themen unterhalten.

Das hieß, sagte die Mutter, daß sie wohl morgen früh abreisen werde, nun ja, sie habe ohnehin in Fordhook zu tun, aber was nur mit Miss Green los sei, sie mache ein Gesicht wie drei Tage Regen.

– Ich habe sie gemaßregelt, sagte Ada. Sie hat Byron geschlagen.

– Nicht weiter schlimm. Eine Ohrfeige im richtigen Moment kann Wunder wirken.

– Ich will das nicht. Ich wurde auch nicht geschlagen, soweit ich mich erinnern kann.

– Hätte es denn Gründe dafür gegeben?

– Die Strafen waren anderer Art.

Die Mutter ging nicht darauf ein.

– Übrigens, sagte sie, Miss Porter hat geheiratet, habe ich gehört. Sie hatte ihre letzte Anstellung bei einer Nichte von Sophia Frend.

Der Tonfall in der Stimme der Mutter war abschätzig, als rede sie über ein untaugliches Putzmittel.

– Liebe Henne, rede nicht so über Miss Porter. Sie war nett. Warum ist sie damals eigentlich so plötzlich verschwunden, von einem Tag auf den anderen?

– Weil ich sie entlassen habe.

Schweig, Mama.

Ich habe Miss Porter gern gehabt. Sie war meine Rettung, damals, als Grandma starb.

## 14

Miss Porter brach es beinahe das Herz. Ada litt unter der Einsamkeit, das konnte jeder sehen, der Augen hatte. Seit die Großmutter im vergangenen Jahr gestorben war, hatte Ada sich verändert, war verschlossen und unkonzentriert. Und seit einiger Zeit wurde das Kind von einer mysteriösen Krankheit heimgesucht. Sie könne nicht gut sehen, sagte Ada und klagte über starke Kopfschmerzen.

Lady Byron setzte ihr Egel auf die Schläfen. Die Blutgefäße in Adas Schädel seien aufgefüllt, sagte sie.

Neulich hatte Ada Miss Porter einen Brief vorgelesen, den sie an ihren zwei Jahre jüngeren Cousin, George Anson Byron, geschrieben hatte. Der kleine Junge war hin und wieder nach Kirkby Mallory zu Besuch gekommen.

Der Brief war sauber geschrieben und fehlerfrei. Kein Wunder, hatte das Kind doch schon mit drei Jahren den ersten Schreibunterricht erhalten.

Mein süßer George.
Ich sehne mich nach dir. Nur unsere gegenseitige Liebe kann mich erlösen von meiner Schlechtigkeit. Ich will mich dir unterwerfen und all deinen Tadel entgegennehmen.

Miss Porter mußte den Brief Lady Byron unterbreiten. Das war die Abmachung. Alles, was Ada schrieb, zeichnete oder konstruierte, mußte der Mutter zur Begutachtung vorgelegt werden.

Der Kontakt zum Cousin wurde sofort und nachhaltig unterbunden. Damit war auch das letzte Kind aus Adas Umkreis entfernt worden. Sie war jetzt nur noch von ihren Lehrerinnen und Tutoren umgeben. Der Unterricht begann um sieben Uhr in der Früh und dauerte bis zum Abendessen. Man hatte sich dabei streng an die religiösen Grundsätze des Unitarismus und an die Richtlinien des Pädagogen Emanuel de Fellenberg zu halten. Der Schweizer, auf den Lady Byron große Stücke hielt, berief sich auf die Erziehungsgrundsätze von Heinrich Pestalozzi. Auch Miss Porter hatte sich diese Prinzipien zu eigen machen müssen. Sie hatte demnach die Aufgabe, ihre Schülerin und deren Charakter zu formen, die Anlagen, die roh und ungeschliffen in ihr schlummerten, zur Vollendung zu bringen und darauf bedacht zu sein, sie zu dem zu erziehen, wozu sie ihre höhere Natur bestimmt hatte. Miss Porter wußte nicht genau, was die höhere Natur ihres Schützlings war, aber die Mutter, selbst der Mathematik und der Wissenschaft zugeneigt, schien darüber genaue Vorstellungen zu haben. Sie war, wie sie immer betonte, als Teenager in den Genuß einer erstklassigen Ausbildung gekommen, hatte Euklid, Bacon und die Philosophen studiert.

Miss Porter unterrichtete Ada in Schreiben, Zeichnen und Geographie, während wechselnde Tutoren sie Französisch, Deutsch, Latein, Griechisch, Algebra, Mathematik, Geometrie und Metaphysik lehrten und ihr Musikunterricht erteilten.

Metaphysik, sagte Ada, ist die Lehre der Existenz Gottes und warum Dinge sind, wie sie sind.

Wenn 750 Männer 2250 Rationen Brot im Monat bekommen, wie viele Rationen können 1200 Männer ernähren?

Auf dem Weg nach St. Ives traf ich einen Mann, der hatte 7 Frauen. Jede der 7 Frauen hatte 7 Säcke. Jeder der

7 Säcke hatte 7 Katzen. Jede der 7 Katzen hatte 7 Kätzchen. Wie viele gingen nach St. Ives?

Solche Aufgaben schaffte Ada innert Sekunden im Kopf. Sie vergaß auch nicht, den Mann dazuzuzählen.

Ada war von allen Kindern, die Miss Porter bis jetzt unterrichtet hatte, das aufgeweckteste und intelligenteste.

Nur in Poesie wurde sie nicht unterrichtet. Lady Byron vertrat die Meinung, Verse seien schlecht für das Kind.

Der Grund dafür war augenfällig. Die hinter Glas eingeschlossenen Gedichtbände. Das helle Rechteck über dem Kamin, wo das Bild gehangen hatte. Die schwärende Wunde am Unterarm der Lady mit der Erbse darin, um den Körper zu entgiften, wie sie sagte.

*The poison.* Lord B.

Sein Name wurde gemieden. Man zelebrierte das Unaussprechliche, kreiste um die Leerstelle seiner Abwesenheit, aber in Wirklichkeit war er allgegenwärtig in dem Haus, in den Köpfen und Blicken seiner Bewohner, alles drehte sich um dieses Phantom, dem in lustvoller Selbsttäuschung und scheinheiligem Widerwillen gehuldigt wurde.

Man mußte nicht sehr schlau sein, um das zu begreifen. Ada war ein Instrument in diesem sich immer weiter entfaltenden, ausufernden Drama, an dem selbst die Küchenmädchen und Stalljungen in Kirkby Mallory teilnehmen durften. Sie sonnten sich in dem grellen Licht, das die Affäre bis in das abgelegene Kaff warf, der Libertin und die Heilige, das Dichtergenie und der Racheengel, wie immer man es auch betrachtete, die Ingredienzien zu dem Skandal waren nach dem Geschmack des Publikums, und die unerhörte, überhaupt noch nie dagewesene Tatsache, daß die Mutter sich das Sorgerecht für ihr Kind erstritten hatte, fügte dem Ganzen noch die pikante

Würze bei. Ada wurde von der Welt abgeschirmt, weil Lady Byron befürchtete, der Vater könne einen schlechten Einfluß ausüben, dabei hielt er sich im Ausland auf, ganz England wußte es, klatschsüchtig, wie die Londoner Gesellschaft war, wer auf dem laufenden sein wollte, mußte nur die Ohren offenhalten und die Zeitung lesen, Byron war in Griechenland, hatte jüngst Italien verlassen, seine Dichterfreunde waren tot, Gott sei ihrer Seele gnädig, Keats in Rom an Schwindsucht gestorben, Shelley von den Wogen des Ligurischen Meers weggespült.

Jung stirbt, wen die Götter lieben.

Auch Lady Byron schrieb Gedichte. Sie waren meist an Ada gerichtet, Glanzlichter auf der Aureole der Mutter, um sie in hellstem Schein erstrahlen zu lassen. Zum Glück war Lady Byron oft unterwegs, um zu kuren oder wegen ihrer Projekte für öffentliche Schulen. Miss Porter machte bei diesen Gelegenheiten im Unterricht all das, was Ada besonders liebte. Das Spiel mit der Weltkugel etwa. Sie drehte den Globus, und Ada hielt ihn blind mit ausgestrecktem Zeigefinger an. Dort, wo er stehenblieb, war das Land, das an diesem Tag durchgenommen wurde.

Einmal zeigte ihr Finger auf Griechenland.

Das ist das Land, wo mein Papa jetzt ist, nicht wahr? sagte Ada. Auf einer Insel, die Kephalonia heißt.

Woher weißt du das?

Einfach so, Miss Porter, sagte Ada. Es ist nicht schwierig, das zu wissen.

Adas Gesundheitszustand besserte sich im Herbst. Anfang Dezember schrieb Lady Byron an Augusta, Vermittlerin der Korrespondenz, einen Brief an den Vater betreffend Adas Befinden.

Meine liebe Augusta,

hier ist meine Antwort auf die drängende Bitte Lord
Byrons, ihm einen Bericht über Adas Ergehen zukommen zu lassen. – Adas Hauptmerkmal ist ihre Froh-
natur, ihre Disposition zur Freude. Während ihrer
Krankheit war sie geduldig und verständnisvoll. Auf
Fremde macht sie den Eindruck eines lebhaften und
ganz und gar natürlichen Kindes. Von den intellektuellen Fähigkeiten ist die Beobachtungsgabe am besten entwickelt. In vielem ist sie ihrem Alter voraus.
Ihre Phantasie gebraucht sie vor allem für ihre genialen mechanischen Erfindungen. Sie ist ganz von sich
aus darauf gekommen, Schiffe und Boote zu konstru-
ieren. – Was den Sprachunterricht betriff, so zieht
Ada die Prosa den Versen vor, denn die Poesie verwirrt sie. Lesen ist eine ihrer Lieblingsbeschäftigun-
gen, seit ihre Sicht wieder besser ist. Auch in der
Musik hat sie ihr Können gefestigt. – Sie ist nicht
sehr ausdauernd, und mit einem gewissen Hang zur
Schwäche, den ihre Konstitution manifestiert hat, ist
es nicht angeraten, sie allzu großen Anstrengungen
auszusetzen. – Wenn man ihr erlaubt, einen Bleisitft
zu benützen, zeichnet sie gern und viel. – Sie ist offen
und einfallsreich, ihr früheres Ungestüm ist jetzt unter Kontrolle. Sie ist sehr gern unter Leuten. – Ada ist
großgewachsen und robust. Ihre Züge sind nicht sehr
regelmäßig. Ihr Umgang ist lebhaft. Sie sieht noch immer der Miniatur ähnlich, die ich Ihnen vor vier Jahren geschickt habe. Die beigelegte Zeichnung zeigt
sie im Profil. – Die gesundheitlichen Probleme sind
behoben. Sie ist unter ständiger medizinischer Kontrolle durch die Ärzte Dr. Warner und Dr. Mayo. Die
Behandlung schließt milde Medikamente und eine

schonende Lebensweise mit ein. – Lord Byron hat recht mit seiner Vermutung, was das Medizinische betrifft, aber soweit ich informiert bin, ist der Tendenz zu lokalem Blutstau in diesem Alter nicht immer leicht zu begegnen, der Aderlaß ist dessen ungeachtet ein Mittel zur Erleichterung und auch in anderen Belangen ein adäquates Mittel.

Ich hoffe, ich habe nichts vergessen, was Lord B. in Erfahrung bringen wollte.                  Herzlich Ihre A.B.

Der Brief erreicht den Empfänger zu Beginn des Jahres 1824 und erlöst ihn aus der zermürbenden Ungewißheit betreffend Adas Gesundheitszustand. Es ist die letzte Nachricht über seine Tochter, die er zu lesen bekommt.

Am 29. Juni 1824 ankert ein schwarz beflaggter Schoner vor der Themsemündung.

Die *Florida* hat vor einem Monat Zakynthos Richtung Norden verlassen, an Bord die sterblichen Überresten Lord Byrons, der am 19. April in Missolonghi im Dienst der griechischen Freiheitsbewegung einer Fiebererkrankung erlegen ist. Der mit Löchern versehene Zinnsarg ist in einer mit 180 Gallonen reinen Spiritus gefüllten Holzwanne versenkt. Am Fußende wacht Lyon, der Neufundländer, zwei Bulldoggen toben auf dem Deck herum. Außerdem sind an Bord: ein Schrankkoffer mit vier Urnen, die eine enthält das Herz und das Gehirn, die anderen Teile der inneren Organe. Einige Koffer mit Waffen und Büchern, ein komplettes Champagnerservice sowie mehrere versiegelte Pakete mit der gesamten Korrespondenz.

Anfang Juli segelt die *Florida* die Themse hinauf nach London, wo der Leichnam im Haus von Sir Edward Knatchbull an der Great George Street 20 in einem schwarz verhängten Zimmer aufgebahrt wird. Gesicht und Körper des Toten sind völlig entstellt. John Hobhouse, Byrons Vertrauter seit frühester Jugend, erkennt seinen Freund einzig an dem Merkmal der fehlenden Ohrläppchen.

Die Bevölkerung zollt ihrem Dichter Ehrfurcht und Zuneigung. Zwei Tage lang strömen die Massen in das Haus und ziehen am Sarg vorbei. Die von Byrons Freunden geplante Beisetzung in der Westminster Abbey ist von der Londoner Elite mit windigen Argumenten verweigert worden.

Eine Woge kollektiver Trauer erfaßt das Land. Weinende Menschen säumen die Straßen, als der Sarg auf einem schwarzen Leichenwagen, gefolgt von 47 Kutschen, am 12. Juli London Richtung Norden verläßt. Der Trauerzug geleitet den Sarg bis St. Pancras, dann kehrt das Gefolge um. In allen Dörfern auf dem Weg nach Hucknall Torkard läuten die Glocken. In Nottingham wird der Sarg im Blackamoor's Inn neben der Theke aufgebahrt, damit die Leute dem Toten die letzte Ehre erweisen können.

Am 16. Juli erreicht der Trauerzug sein Ziel, die St. Mary Magdalene Kirche in Hucknall, wo Byron in der Familiengruft bestattet wird.


Es ist ein heißer Tag. Lady Byron hat sich in ihrem Schlafzimmer eingeschlossen und weint.

Das Drama hat eine unerwartete Wende genommen.

Sie weint Tränen des Verlusts. Des Selbstmitleids. Des Zorns. Des Unmuts.

Wenn schon keine Bestattung in der Westminster Abbey, so hätte doch alles in der Stille und diskret vonstatten gehen können.

Man hat ihr einen Strich durch die Rechnung gemacht.

Sie hätte es wissen müssen. *Childe Harold* mußte schon am dritten Tag nachgedruckt werden. Von dem *Korsar* sind allein in den ersten paar Tagen nach Erscheinen Tausende von Exemplaren verkauft worden.

Das Volk liebt seinen Dichter und gefallenen Engel.

Die Büchse der Pandora, soviel ist sicher, wird in alle Ewigkeit verschlossen bleiben. Nach drei Tagen hitziger und erregter Diskussionen sind auf Hobhouses Drängen hin am 17. Mai die handschriftlichen Memoiren Lord Byrons samt deren Kopie im Kamin der Büroräumlichkeiten von John Murray in Flammen aufgegangen, im Beisein von Wilmot Horton als Augusta Leighs Vertreter, Thomas Moore, Sir John Hobhouse und Colonel Doyle, Lady Byrons Treuhänder.

Besser so. Die bittere Wahrheit über die Geschehnisse der vergangenen Jahre wird nie ans Licht kommen.

Ada ist allein in ihrem Zimmer.

Ihr ist heiß. Im Spiegel sieht sie ein bleiches Mädchen.

Louisa, die Nanny, hat gesagt, sie werde nie hübsch sein. Wohlerzogen, sauber und ordentlich, das schon, aber nicht hübsch. Menschen könnten jedoch durchaus geliebt werden, auch wenn sie nicht hübsch sind.

Das schwarze Kleid ist unpraktisch. Die langen steifen Ärmel schnüren die Handgelenke ein.

Das Schwarz muß sein, hat Mama gesagt. Sechs Monate lang. Du bist die Tochter von Lord Byron.

Ada ist verwirrt.

Ihr Vater war immer weit weg. Jetzt ist er plötzlich in England, aber er ist tot.

Grandma ist auch tot. Von einem Tag auf den anderen war der einzige Mensch, den Ada von ganzem Herzen liebte, nicht mehr da. Als Grandma starb, hat sie verstanden, was das bedeutet: Jemand ist gestorben. Sie hat heiße Tränen vergossen.

Aber wie kann man um jemanden trauern, den man nie gekannt hat?

Als die Mutter mit roten Augen und wehendem Trauerflor ins Zimmer kommt, weint Ada auch ein bißchen, weil sie glaubt, es werde von ihr erwartet, und wendet sich wieder ihrer Lieblingslektüre zu, *Bingleys nützliches Wissen*.

Im Oktober besucht Ada mit ihrer Mutter die *Florida*. Das Schiff liegt jetzt in den London Docks nahe dem Tower. Sie geht in ihrem schwarzen Kleid hinter ihrer schwarz gekleideten Mutter über die Pier und die Gangway hinauf. Die Leute drehen sich nach ihnen um und tuscheln.

Auf dem Deck bleibt Ada verlegen stehen. Schaut sich um. Sieht das mächtige Ruder. Ein verwirrendes Durcheinander von Tauen. Beugt sich über die Reling, das Wasser schwappt leise gegen das Holz. Blickt in den Himmel, die Wolken segeln landeinwärts, es ist ihr, als kippten die Masten.

– C'est le bâteau qui a ammené le coffre avec ton père mort, sagt die Mutter, denn Ada lernt jetzt Französisch.

Mort ou vivant.

Ada weiß nicht, was sie sich darunter vorzustellen hat.

## 15

William empfing die in Aussicht gestellte königliche Ehre im Juni 1838 aus den Händen eines blassen eigensinnigen Mädchens. Victoria, Prinzessin von Kent und Sachsen-Coburg, war vor einem Jahr nach dem Tod von König William IV. achtzehnjährig zur Königin von Großbritannien gekrönt worden.

William King durfte sich von jetzt an Earl of Lovelace of Hurley nennen. Der Titel bezog sich auf ein Besitztum in Berkshire westlich von London.

Lady Ada King wurde Countess of Lovelace of Hurley und stand fortan in der Rangordnung über Lord Melbourne, über den Trimbhalls und über ihrer Mutter.

Lord William und Lady Ada Lovelace.

Augusta Ada Lovelace.

A.A.L.

Eigentlich hatte sie gehofft, den Sommer in Ockham zu verbringen. Sie genoß die ruhigen Arbeitsstunden an ihrem Schreibtisch, beflügelt von der Kompromißlosigkeit der Zahlen und der Eleganz der Gleichungen. Außerdem sollte bald die Dorfschule in Ockham bezogen werden. Es war ein ehrgeiziges Projekt, das neben dem Schulgebäude dreieinhalb Morgen Ackerland und einen Versuchsforst umfaßte. William hatte Ada mit der Einrichtung der Klassenzimmer und der Turnhalle betraut. Die Suche nach Büchern, Möbeln und Geräten war indes keine leichte Aufgabe, Ada hatte das Budget überzogen, falsche Lieferungen trafen ein, sie verpaßte Termine, alles entglitt ihr.

William ließ sie seinen Unmut spüren. Sie, die sich mit den komplexesten mathematischen Problemen beschäftigte, war nicht imstande, die Seile für die Turnhalle in der richtigen Länge zu bestellen.

Doch der neue Titel verpflichtete. Statt des Sommers auf dem Land galt es, die Saison in der Stadt zu bestreiten. Die Familie samt Miss Green bezog Quartier im Haus am St. James Square.

Zum ersten Mal fuhr Ada mit der Eisenbahn. Es war überwältigend. Die vierzig Meilen von Weybridge zum Bahnhof Nine Elms in Lambeth legte der Zug in einer knappen Stunde zurück.

London vibrierte. Die Gesellschaft und wer sich dazuzählte gab sich ein rauschendes Stelldichein, Hunderte von Visitenkarten wechselten die Hand, der Reigen von Empfängen und Dinnerparties brach nicht ab, man traf sich in der neu eröffneten Pferderennbahn in Ladbroke Grove und bei Wohltätigkeitsempfängen, in der Oper, im Theater, in Konzerthallen und in Ballsälen, die heiratsfähigen jungen Frauen wurden von der einen Seite in Augenschein genommen und von der anderen Partei gewinnbringend verkuppelt. Ada versuchte, so aristokratisch wie möglich und im Stil einer Countess aufzutreten, es fiel ihr nicht immer leicht, und obwohl sie größte Sorgfalt auf ihre Garderobe verwendete, traf sie, gemessen am Getuschel und an den Blicken, die sie dafür erntete, nicht immer den richtigen Geschmack. Aber was kümmerte es sie. Die Sommernächte waren mild, erst im Morgengrauen ging man zu Bett, wenn die Kerzen in ihrem Wachs ertranken, das Rattern und Knirschen der Kutschenräder, das Klappern der Pferdehufe hallte durch die Londoner City, die ersten Straßenverkäufer stellten ihre fliegenden Stände auf, und Rudel von räudigen Kindern krochen aus ihren Löchern, während im East End die Schatten der Arbeiter und Tagelöhner in die Fabriken und zu den Docks schlichen und die Alten, benommen vom billigen Schnaps, in ihren schimmelnden, rattenverseuchten Mietsverschlägen die ranzige Morgenluft pfeifend durch ihre Zahnlücken sogen.

Mitte August wurde das Parlament vertagt. Die Stadt versank in der Hitze. Träge und melassefarben floß die Themse dahin, bei Ebbe lag ein zäher Schlick aus Fäkalien und anderem Unrat knöcheltief auf den Uferböschungen und stank zum Himmel, und die Gesellschaft zog sich in die Sommerfrische auf ihre Landgüter zurück, um sich der Auerhahnjagd zu widmen.

Ada packte ihre schwarze Mappe, das Teleskop, einen Stapel Bücher, Klaviernoten, Miss Green und die Kinder in den Brougham, und die ganze Familie reiste in mehreren Tagesetappen nach Ashley Combe, wo in einer stürmischen Herbstnacht ihr drittes Kind gezeugt wurde.

II

# I

In der Eingangshalle schlug die Tür zu.

Die Stimmen der Kinder, Annabellas Weinen und Hester, die ihr gut zuredete.

Etwas fiel klirrend zu Boden.

– Schwing die Arme, sagte Hester, so, siehst du …
sooo werden die Finger wieder warm. Schnell schnell,
zieht die Stiefel aus, und dann rasch hinauf an den Kamin.

– Ich will heiße Schokolade.

Das war Byron.

– Ich will auch heiße Schokolade! rief Annabella, das
Geschrei und die hastigen Schritte verloren sich im Haus.

Ada klingelte nach Rose und bat, man möge Kohle
nachlegen und nachher die Kinder zu ihr schicken.

Es war kalt im Zimmer. Seit Wochen lag Ockham unter
einer zwei Fuß hohen Schneedecke. Nachts gefror es, am
Morgen war im Haus milchiges Licht, die Fenster opak
von Eisblumen. Nur in der Küche, wo das Feuer tagsüber
im Ofen ununterbrochen lohte, schmolz die Eisschicht auf
den Fensterscheiben, von der Mitte her öffneten sich
kleine Ovale mit zerfließenden Rändern, gleißende Licht-
blasen, die abends wieder zufroren.

Die Feiertage waren vorüber, die Gäste abgereist. Man
hatte vergnügliche Tage hinter sich. Woronzow Greig, Mary
Somervilles Sohn, hatte zwischen Weihnachten und Neu-
jahr mit seiner Frau Agnes hier geweilt, außerdem Charles
Wheatstone und der Ägyptologe Sir Gardner Wilkinson,
der schon im Februar wieder nach Alexandria aufbrechen

wollte, um Vorbereitungen für die geplanten Ausgrabungen im koptischen Kloster von Wadi Natrun zu treffen.

Guter Dinge hatte man Silvester gefeiert.

Ein neuer Fuß ist auf der Schwelle, mein Freund, ein neues Gesicht ist in der Tür! Möge 1841 ein gutes Jahr werden!, man hatte darauf angestoßen.

Hester war geblieben. Sie hatte sich anerboten, bei der Betreuung der Kinder zu helfen. Seit sie Miss Green vor einem Jahr entlassen hatte, mußte Ada ohne Kindermädchen auskommen. Mehrere Versuche, eine neue Nanny einzustellen, waren fehlgeschlagen.

Kein Wunder, mit dem Ruf, den die drei haben, hatte die Mutter gesagt.

Ein Klopfen an der Tür. Conrad brachte Kohle.

Bartleby, der Graupapagei, trippelte auf seiner Stange hin und her.

– Hrreinherreinananasgutenmorrrgen, schnarrte er.

Während Conrad die Glut anfachte, blies Ada in die Hände, rieb sie aneinander und zog den zweitletzten Spielstein. Triumphierend setzte sie ihn ins Loch und legte den übersprungenen Stein an den Rand des achteckigen Spielbretts.

Schon unzählige Male hatte sie Solitär gespielt, die letzten zwölf Mal war nur ein einziger Stein übriggeblieben. In einer Skizze, auf der alle Löcher mit Zahlen versehen waren, notierte sie jeweils ihre Züge. Man mußte systematisch vorgehen, soviel war klar, mit der Methode von *trial and error* war das Problem nicht zu lösen. Alles hing davon ab, welcher der siebenunddreißig Steine als erster entfernt wurde, und vor dem zweitletzten Zug mußte ein Stein im rechten Winkel zu den beiden anderen stehen. Ob es möglich war, eine mathematische Formel zu erarbeiten, die einen Schritt für Schritt ans Ziel brachte?

Sie würde diese Frage mit Babbage erörtern. Er hatte seinen Besuch auf Ende der Woche angekündigt mit der geheimnisvollen Andeutung, er habe Wichtiges zu berichten.

Ada steckte die Stöpsel zurück in die Löcher, ging zu ihrem Schreibtisch und nahm den Brief der Mutter zur Hand, der gestern aus Frankreich gekommen war. Sie wollte ihn nochmals lesen, bevor sie eine Antwort schrieb.

Lady Byron hielt sich in Paris auf, wo sie unter anderem Dr. Voisin aufsuchen wollte, einen Spezialisten für Phrenologie an der Salpêtrière. Außerdem kümmerte sie sich um Medora, Augusta Leighs Tochter, die sie in einer Wohnung in ihrer Nähe einquartiert hatte.

Mit klammen Händen öffnete Ada das Tintenfaß, tauchte die Feder ein und begann zu schreiben.

Meine liebe Henne.
Danke für Deinen Brief, der heute morgen ange …

Sie zitterte, Tinte tropfte auf das Papier und auf die Finger, mit einem verdammt noch mal! schleuderte sie die Feder auf den Tisch und ging zur Waschkommode, goß Wasser aus der Kanne über die Hände, blaue Schlieren verloren sich im Becken.

Sie schaute in den Spiegel, zog eine gelockerte Nadel aus dem Haar. Prüfend wandte sie den Kopf zur Seite, schob das Haar über den Schläfen nach hinten.

Ellen hatte recht gehabt. Selbst im Dämmerlicht des späten Nachmittags war es deutlich zu sehen.

Sie neigte sich nach vorn und zog eine Grimasse.

– Meine allerwerteste Lady Lovelace. Ich habe Ihnen die unerfreuliche Neuigkeit zu vermelden, daß Sie graue Haare bekommen.

In ihrem Zimmer ließ sie sich auf den Diwan fallen und brach in ein hysterisches Lachen aus.

Warum hatte William nie etwas gesagt? Hatte er nichts bemerkt? Oder war es ihm einerlei?

Im Flur war Getrappel zu hören, einen Augenblick später flog die Tür auf, und Byron stürmte herein, ein Kaleidoskop in der einen Hand.

— Wir haben einen Schneemann gemacht! rief er und kletterte Ada auf den Schoß. Hautboy hat den Schlitten gezogen! Es war lustig.

— Wie schön, Liebling.

Ada küßte ihn auf die heißen Wangen.

Hester trat ins Zimmer, auf dem einen Arm Ralph, an der anderen Hand Annabella.

Die Kleine schob sich zwischen Ada und Hester, verschränkte die Arme und schaute sie bewegungslos an.

— Annabella. Komm her, Darling. Sind deine Hände wieder warm geworden?

Annabella schüttelte langsam den Kopf, ohne den Blick von Ada abzuwenden.

— Ich habe einen Eiszapfen mitgebracht. Er ist kaputtgegangen, sagte sie. Es hat gekribbelt in den Fingern von der Kälte.

Byron setzte sich mit untergeschlagenen Beinen auf den Boden und richtete das Kaleidoskop auf Ada.

— Mama, du siehst aber komisch aus! rief er. Ganz zerschnitten!

Unterdessen hatte sich Annabella vor dem Teleskop aufgestellt und begann, an den Rädchen rumzumachen.

— Annabella, laß das, sagte Hester in scharfem Ton. Wir waren über eine Stunde draußen, sagte sie zu Ada gewandt. Hautboy macht es offensichtlich Spaß, den Schlitten zu ziehen.

Ada lachte. – Ja, ich weiß. Er liebt die Kinder.

Annabella ging zu Bartleby, nahm einige Nußkerne aus dem Metallschälchen, das an der Stange festgemacht war, und hielt sie ihm mit ausgestreckter Hand vor den Schnabel.

– Gutenmorgen, gurrte er. Ananasananas.

Die Kleine stellte sich auf die Zehenspitzen und kraulte ihm den Hals. Wandte sich um, unschlüssig, was als nächstes kommen sollte.

Sie zog einen Schemel zum Fenster, stellte sich darauf und drückte ihre Hand auf eine der untersten Scheiben, indem sie ohne Unterlaß vor sich hin redete.

– Was tust du, Annabella?

Byron legte das Kaleidoskop auf den Teppich, sprang hoch und eilte zu ihr.

– Meine Finger machen Löcher ins Fenster, siehst du?

– Ich mache auch Löcher.

Byron wählte das andere Fenster, beide waren eine Weile damit beschäftigt, mit den Fingerkuppen die Eisblumen zum Schmelzen zu bringen.

Hester stellte Ralph auf den Boden, Ada streckte ihre Arme nach ihm aus, er kam schwankend auf sie zu. Sie hob ihn hoch und setzte ihn rittlings auf ihre Knie.

– Mein süßer Kleiner.

Ralph machte sich steif im Rücken und wand sich aus ihren Armen. Hester setzte sich mit ihm auf den Diwan.

– Hat er gegessen?

Hester nickte. – Ja, Kartoffelbrei und Reispudding. Nachher hat er fast zwei Stunden geschlafen.

Ada beobachtete Annabella, die am Fenster stand und die Hände auf die Scheibe preßte, kleine Kissen mit fünf Ausstülpungen. Die Strümpfe spannten über den dicken Beinen.

– Mama! rief Byron und wandte sich um. Ich kann den lieben Gott durch die Löcher sehen!

– Ich auch, ich kann ihn auch sehen, sagte Annabella und drückte ihr Gesicht an die Scheibe. In Ashley Combe habe ich ihn auch schon mal gesehen.

– Nein, sagte Byron dezidiert. Das kann nicht sein. In Ashley Combe ist er nicht. Den lieben Gott gibt es nur in Ockham.

Er ging, des Spiels überdrüssig, zu dem kleinen ovalen Tisch mit dem Spielbrett.

Annabella folgte ihm auf den Fersen, ein herausforderndes Lächeln auf ihrem breiten Gesicht, während Ralph Hester an der Hand nahm und sie Richtung Tür zog.

– Warte, Liebling, sagte Hester, aber Ada nickte ihr zu.

– Geh nur mit Ralph, ich bringe die beiden anderen nachher hinüber ins Spielzimmer. Bis nachher, Hester. Und vielen Dank.

– Gern geschehen. Bis nachher, Ada. Wird William zum Abendessen zurück sein?

– Ich denke schon.

– Darf ich? fragte Byron und zeigte auf das Solitär-Spiel.

– Ja, Darling.

– Jadarlingjajadarlingja, sagte Bartleby und legte den Kopf schräg.

Ada stellte das Spielbrett auf den Boden, aber bevor Byron sich dazusetzen konnte, war Annabella über dem Brett und hatte begonnen, die Steine rauszuziehen.

– Du Blöde, ich will Soliter spielen, ich!

Byron warf sich über Annabella, sie fiel auf den Rücken, kickte mit den Füssen gegen seinen Bauch.

– Du bist böse! Daß du es nur weißt! schrie Byron. Der liebe Gott sieht alles! Wenn gute Kinder sterben, dann

122

macht er sie wieder lebend. Wenn böse Kinder sterben, schneidet er sie in Stücke! Dich schneidet er in Stücke!

– Aufhören! Sofort aufhören!

Ada zerrte Annabella weg, die Kleine heulte auf. Sie rannte weinend hinaus und rief nach Hester. Wenig später schlug die Tür zum Spielzimmer zu.

Ada seufzte. Zusammen mit Byron ordnete sie das Spielbrett und stellte es zurück auf den Tisch.

Gott sieht alles.

Wie brillant. Wie außergewöhnlich für ein noch nicht fünfjähriges Kind. Byron war philosophisch veranlagt, und von William hatte er das bestimmt nicht geerbt.

– Möchtest du etwas schreiben? fragte sie.

Byrons Gesichtszüge verdunkelten sich. – Ich …

– Dann komm.

Ada setzte sich an den Schreibtisch, hob Byron auf den Schoß und drückte ihm einen Bleistift in die Hand.

– Was möchtest du schreiben?

– Meinen Namen?

– Gut, schreib deinen Namen.

Er neigte den Kopf, schob die Zungenspitze zwischen die Lippen und schrieb langsam ein B, ein Y, ein R. Er zögerte und setzte ein U hinter das R.

– Das ist nicht richtig, Byron. Wie heißt der Buchstabe, den du geschrieben hast?

– O?

– Nein, du hast ein U geschrieben. Schreib ein O. Wie sieht das O aus?

Er schaut fragend zu ihr hoch, formte mit Daumen und Zeigefinger einen Kreis.

Ada nickte, Byron strich das U durch und zeichnete ein O und ein N.

– Gut, mein Liebling. Was noch?

– Dunstan.

– Dann schreib Dunstan.

Es war der Name von Byrons Pony, ein Geschenk zu seinem vierten Geburtstag.

Byron schrieb D-U-N-S-T-O-N.

Ada sagte, er müsse ein A schreiben, er begehrte auf, sie versuchte, ihm den Unterschied zu erklären.

– Manchmal klingt es gleich, aber es wird anders geschrieben. Du mußt es auswendig lernen. Am Ende wirst du genau wissen, wie man jedes Wort schreibt.

Sie seufzte. Seit einem Jahr versuchte sie, ihm das Schreiben beizubringen, und er konnte noch nicht einmal seinen Namen richtig buchstabieren.

Byron legte den Bleistift hin.

– Ich will zu Dunstan.

– Jetzt nicht, Darling, schau, es wird schon dunkel. Bald gibt es Abendessen. Morgen früh reiten wir zusammen aus, wenn das Wetter gut ist.

Byron glitt von Adas Schoß und nahm das Kaleidoskop.

Bevor er hinausging, wandte er sich um.

– Versprochen?

– Versprochen.

Ada kreuzte die beiden Zeigefinger, streckte die Hände aus und blies Byron einen Kuß zu.

Sie setzte sich an den Schreibtisch und stützte das Kinn in die Hände.

Welch ein Desaster. Den Tag einzuteilen, zu organisieren und Anweisungen zu erteilen, das alles bereitete ihr keinerlei Schwierigkeiten, doch es ermüdete sie über alle Maßen, sich mit den dreien abzugeben. Sie liebte die Kinder, ja gewiß, aber sie waren Geschöpfe von einem anderen Planeten, fremd und ihren eigenen Gesetzen folgend.

Sie mußte, es war anzunehmen, selbst einmal Kind gewesen sein. Wie hatte es sich angefühlt? Worin hatte sie sich von den Erwachsenen unterschieden? Sosehr sie sich auch anstrengte, es kam ihr nicht in den Sinn. Vergeblich spürte sie in ihrer Erinnerung einem kleinen Menschen nach, der ihr Spiegel und Spielgenosse gewesen wäre.

Die Kinderwelt war ihr nie vertraut gewesen.

Außerdem brauchte sie mehr Zeit für ihre mathematischen Studien. Nachdem sie über drei Jahre lang nach dem großen Unbekannten gesucht hatte, der ihre Studien begleiten sollte, hatte Augustus De Morgan sich bereit erklärt, ihr als Tutor zur Seite zu stehen. Seit mehreren Monaten tauschten sie sich aus, vor allem über dem Korrespondenzweg. Ada schrieb ihre Aufgaben, sandte die Losungen an De Morgan, der sie korrigiert und mit Erläuterungen versehen zurücksandte. Erst gerade hatte sie ihm mit einem beinahe berauschenden Glücksgefühl einen vierzehnseitigen Brief mit Aufgaben und Lösungen der Gammafunktion geschickt, für die als Funktionalgleichung G G(x+1) = x mal G(x) und G(1) = 1 galt, woraus für natürliche Zahlen x G(x) = x mal (x-1) mal (x-2) ... bis 2 mal 1 folgte.

Es klopfte, die Tür wurde mit einem Schwung geöffnet, der Geruch nach Kohl und geröstetem Brot.

– Ada, meine Liebe. Ich bin ganz durchgefroren. Noch am Arbeiten?

Sie neigte den Kopf nach hinten. William drückte ihr einen Kuß auf die Stirn.

– William, schon zurück? Wieviel Uhr ist es denn?

– Bald sechs. Das Abendessen ist bereit.

## 2

William verbrachte einen Großteil seiner Zeit in Horsley, seit er dort vor einigen Monaten ein Anwesen erworben hatte. Im Herbst hatte er angefangen, das Haus umzubauen und zu erweitern. Dank Adas Mitgift konnte er jetzt seine Ausbaupläne verwirklichen.

Beim Dinner kam Ada nicht darum herum, nach dem Fortgang der Arbeiten zu fragen.

— Alles läuft nach Plan, sagte William. Im Augenblick werden der Kälte wegen Arbeiten im Innern ausgeführt. Ada, du wirst ein Badezimmer haben, und …

Hester schaute William spöttisch an.

— Oh, ich bin sicher, es wird phantastisch, sagte Ada. Horsley Towers.

Der Name löste Beklommenheit in ihr aus. Ein schloßähnliches Gebäude, die Eingangshalle mit der endlos scheinenden Treppe war schwindelerregend, nicht zu reden von der Zimmerflucht in den oberen Geschossen. Ada gefiel es in Ockham, warum um alles in der Welt mußte die ganze Familie eines Tages in hoffentlich ferner Zukunft von da nach dort, von einem luxuriösen in ein noch größeres, in unmittelbarer Nachbarschaft liegendes Zuhause umziehen? Hatte er denn wirklich nichts anderes im Kopf als mittelalterliche Türme und Zinnen, Arkaden, italienischen Stukko und Taubenschläge? Er war ja schon die ganze Zeit mit den Umbauten in Ashley Combe beschäftigt.

— Ein Badezimmer, sagte sie. Großartig. Bis dann werde ich wie eine alte Frau aussehen.

– Nein, nein, so lange soll es nicht dauern mit dem Umbau. Wenn alles nach Plan verläuft …

Ada unterbrach ihn. – Es hat nichts mit dem Umbau zu tun. Meine liebe Krähe. Hast du nichts bemerkt, an mir, an meinem Aussehen? fragte sie. Und du, Hester?

Hester schüttelte den Kopf.

William schaute sie überrascht an.

– Dein Aussehen? Nein, mir ist nichts aufgefallen.

Sie schob ihr Haar nach hinten.

– Ich bekomme graue Haare. In meinem Alter.

Er lachte.

– Um Gottes willen, Ada, mach dir keine Sorgen! Und wenn schon, was kümmert es mich, du bist genauso hübsch wie immer. Viel wichtiger ist doch das Wohlergehen, deines und das der ganzen Familie. Ada, wir haben drei gesunde Kinder! Ist das nicht ein Gottesgeschenk?

– Die Kinder, ja, darauf wollte ich zu sprechen kommen. William, wir brauchen dringend ein Kindermädchen. Du, Hester, bist mir eine große Hilfe, und deine Gegenwart ist mir jeden Tag aufs neue eine Quelle der Freude, das weißt du. Aber so kann es nicht weitergehen. Ich will mehr Zeit für mich. Ich habe Pläne. Und die Kinder brauchen Disziplin, einen geordneten Alltag. Eine Nanny. Byron sollte mit dem Klavierunterricht beginnen. Annabella muß mehr Bewegung haben. Sie ist abstoßend dick geworden.

Hester hob die Augenbrauen. Sie schwieg.

William trank seinen Wein aus und schaute Ada über den Rand des Glases an.

Was war nur los mit ihr? In letzter Zeit verhielt sie sich merkwürdig, sie war zerstreut und sprunghaft, getrieben von einer inneren Unruhe. Es stimmte, die Kinder waren ungezogen und forderten einem unendlich viel Geduld ab, aber war es denn zuviel verlangt von einer Mutter, sich in einem minimalen Maß um ihre Familie zu kümmern? Auch Lady Byron hatte sich ihm gegenüber in dieser Richtung geäußert. Und wie achtlos sie sich kleidete, in formlosen, viel zu groß geschnittenen Gewändern. Sie scherte sich keinen Deut um die Mode, vernachlässigte ihr Äußeres. Zum Frühstück erschien sie im Morgenmantel, das Haar lose, dunkle Ringe unter den Augen.

– Ich denke, du hast recht, sagte er. Dann unternimm etwas. Such ein Kindermädchen. Such einen Klavierlehrer. Aber hör auf zu klagen.

– Ada, du weißt, daß du auf mich zählen kannst, sagte Hester.

– Danke, Hester. Trotzdem.

Ada senkte den Kopf. – Ich werde ein Inserat aufgeben und Mrs. Barwell schreiben. Sie hat Beziehungen zu verschiedenen Institutionen.

– Ja, tu das, sagte William, aber bedenke die Kosten.

– Ich weiß. Es ist kein Problem.

Hitze stieg in ihrem Nacken hoch, sammelte sich prikkelnd in einem Punkt über dem Haaransatz.

Doch, es war ein Problem. Die dreihundert Pfund Haushaltsgeld reichten nirgends hin. Die Auslagen für die Kinder, für die Garderobe, die Kosten für Kutschen und Bahnfahrten, für den Zahnarzt. Auch die geplante Reise nach Paris im April würde sie aus der eigenen Tasche bezahlen müssen.

– Und, William, wegen morgen … Ich habe Byron versprochen, am Vormittag mit ihm auszureiten. Kommst du mit?

Es war eine Bitte, keine Frage.

– Ich glaube nicht, Ada. Mein Rheumatismus. Es ist wieder schlimmer geworden. Ich bleibe zu Hause am Kamin und lese.

Ada fiel es nicht schwer, ihr Versprechen einzulösen. Weder Regen, Wind noch klirrende Kälte konnten sie von ihren täglichen Ausritten abhalten. Byron war ein gelehriger Schüler, zumindest was das Reiten betraf. Signor Chisso, der Reitlehrer, lobte seinen Eifer. Byron vergötterte sein Pony, verbrachte seine Zeit lieber bei den Tieren als im Spielzimmer, oft haftete Stallgeruch an seinen Kleidern. Wheel Ridler, einer der Arbeiter auf dem Gut, der mit Pferden und Kühen umzugehen wußte, war sein Idol. Ich will werden wie Mr. Ridler, sagte Byron, wenn man ihn fragte, was er einmal werden wolle.

Wie süß. Jungenträume. Auf den Ältesten des Earl of Lovelace warteten andere Verpflichtungen, als in Stiefeln und speckigen Drillichhosen auf dem Gut herumzustapfen.

Sie folgten dem mäandrierenden Lauf des River Wey. Ada ließ den Kleinen voranreiten. Er saß aufrecht in seinem dunkelgrünen Mäntelchen und den Reitstiefelchen, die Pelzmütze über die Ohren gezogen, und hielt die Zügel fest im Griff.

Er war konzentriert und unermüdlich bei der Sache, wenn ihm etwas gefiel, anders als Annabella. Was für ein häßliches Kind mit ihrem Puddinggesicht, in dem die Augen wie zwei Knöpfe im Fett versanken. Sie aß zuviel Süßigkeiten. Störrisch dazu. Und dieses dauernde Vor-sich-hin-Reden. Manchmal wünschte sie, Annabella würde sich wieder in Nichts verwandeln. Weshalb war sie mit einem solchen Kind bestraft worden? Noch bevor Ada die Frage zu Ende gedacht hatte, schob sie den Gedanken erschreckt zur Seite. Gott sieht alles, wie konnte sie nur, letzte Woche war sie fast außer sich geraten wegen Annabella, sie hatte ihr zwei Mal täglich Calomel verabreicht gegen das Fieber, das Kind wäre fast gestorben, ausgezehrt vom Durchfall, es wäre ihre Schuld gewesen.

Ada schämte sich. William hatte recht, sie sollte dankbarer sein. Wie viele Eltern hatten den Tod eines oder mehrerer Kinder zu beklagen. Babbage. Fünf seiner acht Kinder hatte er schon begraben, darunter die einzige Tochter. Demut, ja, vielleicht, was die Kinder anging. Aber was das andere, was ihre wissenschaftliche Arbeit betraf, so war nicht Demut gefragt, im Gegenteil, sie würde alles daransetzen, der Welt zu zeigen, wozu sie fähig war, sie würde ihren Intellekt in den Dienst dieses einen großen Ziels stellen, von dem sie noch nicht genau wußte, was es denn war, aber es lag vor ihr, leuchtend, nur darauf wartend, von ihr gepflückt und der staunenden Öffentlichkeit offenbart zu werden. Ja, sie sah es deutlich vor Augen, ein helles Licht zwischen goldenen Wolken, das sie, Ada Lovelace, mit der Fackel der Imagination entzünden würde.

Als sie nach Hause kamen, war Conrad eben im Begriff, vor den Stallungen den Weihnachtsbaum, eine über sechs Fuß hohe Fichte, zu zersägen.

Harzgeruch hing in der kalten Luft.

– Guten Morgen, Conrad. Die Festtage sind endgültig vorbei, sagte Ada, während sie vom Pferd stieg und dem Stalljungen, der herbeigelaufen kam, die Zügel übergab.

Conrad richtete sich auf und schob die Mütze aus der Stirn.

– So ist es, Mylady, sagte er und rieb die Handflächen aneinander. Aber das hier gibt gutes Holz zum Anfeuern,

Ma'am, bei dem strengen Winter werden Sie es noch brauchen.

Noch während sie sich umwandte, zog er den Rotz hoch und spuckte einen grünlichen Batzen Schleim auf den Kies.

Am späten Nachmittag ging Ada in ihr Zimmer, um Harfe zu spielen. Seit einigen Wochen übte sie die Chaconne mit Variationen von Friedrich Händel. Sie tat es zu ihrem Vergnügen. Kein Hauskonzert. Kein lauer Applaus eines gelangweilten Publikums. Es waren Momente tiefster Zufriedenheit, Ada ließ sich von den Akkorden forttragen, satt und prall fielen die Töne aus den Saiten und füllten den ganzen Raum.

## 3

Babbage kam am Donnerstag mit dem frühen Nachmittagszug in Weybridge an, wo er von Finley abgeholt wurde. Die Begrüßung in Ockham war herzlich und entspannt. Er sei glücklich, Ada und ihre Familie endlich wiederzusehen. Aber nicht nur deswegen habe er sich auf den Besuch gefreut. Die Luft in London sei unerträglich, der Smog an manchen Tagen so dicht, daß man kein Fetzchen Himmel sehe und das Atmen schwerfalle.

– Ein russischer Winter! rief er und breitete die Arme aus, als wollte er die kalte Luft umfangen. Gesegnet sei die Kälte, kristallen und messerscharf. Sie wird meinen Geist erfrischen.

Adas Frage, ob er, wie im letzten Brief vorgeschlagen, die Schlittschuhe mitgebracht habe, verneinte er mit größtem Bedauern, aber in seinem Alter müsse man gezwungenermaßen auf einige Vergnügen verzichten.

Er zog sich sogleich um und machte sich mit William zu einem ausgedehnten Spaziergang auf.

Später zeigte er Byron die Gläser mit den Grottenolmen, die ihn überallhin begleiteten. Der Junge bestand darauf, dem Gast als Gegenleistung sein Fantascope vorzuführen. Er nahm Babbage an der Hand und ging mit ihm ins Spielzimmer. Babbage mußte sich auf einen Stuhl gegenüber dem Spiegel setzen, und Byron holte aus einer Schublade eine dünne Scheibe. Sie maß etwa einen Fuß im Durchmesser, war am Rand mehrfach geschlitzt und auf der einen Seite mit konzentrisch angeordneten Figuren bemalt. Als Drehachse diente ein in ein Holzklötzchen geschlagener Nagel. Byron setzte die Scheibe auf die Achse und reichte sie Babbage, die bemalte Seite zum Spiegel gekehrt.

– Sie müssen die Scheibe vor die Augen halten, Sir, und mit der anderen Hand schnell drehen, sagte Byron. Ja, genau so. Was sehen Sie im Spiegel?

– Oh! Babbage war entzückt. Ich sehe einen Clown, der mit Bällen jongliert! Phantastisch! Lord Ockham, du bist ein Zauberer!, und der Kleine lachte und hüpfte vor Vergnügen von einem Bein aufs andere.

Auch der Reiter und die beiden Tanzbären wurden vorgeführt.

– Es ist wegen der Schlitze, Sir, sagte Byron. Das hat meine Mama gesagt.

Babbage lachte. – Wenn deine Mama es sagt, dann stimmt es auch.

Noch vor dem Abendessen setzte sich Ada mit Babbage in den Salon.

– Erzählen Sie endlich, Babbage, was Sie mir Wichtiges mitzuteilen haben. Darf ich raten? Hat es etwas mit der Analytischen Maschine zu tun?

Babbage nickte.

– Wie Sie wissen, war ich im vergangenen September in Turin, am zweiten Kongreß der Italienischen Akademie der Wissenschaften, und habe dort mein Projekt vorgestellt. Ich will nicht unbescheiden sein, aber mein Vortrag hat Begeisterung ausgelöst und wurde in verschiedenen Seminaren aufs lebhafteste diskutiert. Ich wurde darauf von Luigi Menabrea kontaktiert, ein angesehener Mathematiker und Professor für Mechanik an der dortigen Universität. Er zeigte nicht nur großes Interesse an meinem Projekt, nein, er will auch einen Bericht darüber veröffentlichen, und zwar in den *Annales de la Bibliothèque Universelle de Genève.*

Ada klatschte in die Hände.

– Wie schön! Damit wird die Maschine erstmals einem größeren wissenschaftlich interessierten Publikum vorgestellt! Wann soll der Bericht erscheinen?

– Ich weiß nicht. Menabrea hat alles Material verlangt, das meinem Vortrag zugrunde lag.

– In welcher Sprache wird er es verfassen?

– Auf französisch, nehme ich an.

– Auf französisch.

Ada kniff die Augen zusammen und fixierte ihr Gegenüber.

– Verstehen Sie Französisch?

Babbage wiegte den Kopf hin und her.

– Nun, ich kann mich recht gut verständigen. Aber ich brauche das Traktat nicht zu verstehen. Es sind ja meine Unterlagen, die er benutzt.

Er lachte. – Ich bin, wie Sie sich vorstellen können, mehr als zufrieden mit diesem Resultat. Der Bericht wird endlich die nötige Aufmerksamkeit auf mein Projekt lenken. Leider hat sich betreffend der Finanzierung noch immer nichts getan. Ich hoffe, daß die Behörden in der kommenden Saison sich endlich zu einer verbindlichen Zusage durchringen können. Aber erzählen Sie von sich. Ich habe gehört, Sie hätten Reisepläne?

– Ja, ich werde im April meine Mutter besuchen. Sie ist seit mehreren Monaten in Begleitung von Sir Robert Noël, einem Verwandten, unterwegs auf dem Kontinent.

– Das wird sich bestimmt vorteilhaft auf ihre körperliche und psychische Verfassung auswirken, der sarkastische Unterton in Babbages Stimme war nicht zu überhören.

Ada zog die Brauen hoch.

– Sie reist nicht nur zu ihrem Vergnügen, Mr. Babbage. Ihr dringendes Bedürfnis, sich zu bilden und Gutes zu tun, verläßt sie auch auf ihren Reisen nicht. Neulich hat sie in Wiesbaden Flugblätter mit einer Warnung vor den Gefahren des Glücksspiels verteilen lassen. Den Frühling wird sie in Paris verbringen. Sie will dort Dr. Voisin an der Salpêtrière aufsuchen. Was ich noch mit Ihnen erörtern wollte – spielen Sie Solitär, Mr. Babbage?

Das Dinner verlief in einer entspannten und vergnügten Stimmung. Babbage war begeistert von der Ananas aus dem Gewächshaus und dem zur Zeit bei keinem Dinner fehlenden Salmagundy, dessen Symmetrie und farblicher Abstimmung er eine beinahe mathematische Perfektion abgewinnen konnte – spiralförmig auf einer Platte drapierte Hähnchenflügel, Schafszungen, eingerollte hauchdünne Tranchen Kalbfleisch, Sardellen, Salzgurken, Rote Beete und gedämpfte Zwiebelringe, nicht zu reden von den verschiedenen sich im Gaumen entfaltenden Aromen. Auf sein an die Köchin gerichtetes Lob für den schmackhaften Kanincheneintopf wurde ihm von Rose mit einem Knicks beschieden, es handle es sich um zwei Eichhörnchen, die Conrad gestern im Park geschossen hatte.

Nach dem Dessert bat William Babbage um eine Unterredung. Die beiden zogen sich in den Rauchsalon zurück.

Ada ging früh zu Bett, fand keinen Schlaf, spürte, wie die Wärme aus der Bettflasche bei den Füßen wich, zog das klamme Leintuch und die Daunendecke bis zur Nase hoch und lauschte auf das Knistern der Kälte, das Knarren im Holz.

*Annales de la Bibliothèque Universelle de Genève.*

Menabreas Vorhaben war zu begrüßen, aber außer einigen interessierten Wissenschaftlern würde kaum jemand in England die Publikation in die Hände bekommen, geschweige denn deren Inhalt verstehen.

Warum war Babbage nicht fähig, seine Vorlesung in schriftlicher Form selbst zu publizieren? Konnte er sich nicht auf eine Sache konzentrieren, oder fehlte ihm das Vermögen, die Hunderte Seiten von Zeichnungen, Tabellen und Notizen in eine verständliche Form zu bringen?

Die Kälte wich nicht. Noch Anfang Februar war der Teich von einer tragenden Eisschicht bedeckt, die auf einer etwa hundert auf sechzig Fuß großen Fläche vom Schnee geräumt worden war. Das Wasser war im Dezember innert weniger trockener Tagen zugefroren, gläsernes Eis mit haardünnen Rissen, die Tiefe darunter still und schwarz.

Wälle säumten den Rand des Feldes. Auf der einen Schmalseite stand eine nachlässig gezimmerte Bank.

William beugte sich ächzend zu seinen Füßen hinunter und zog die Lederriemen über den Schuhen fest. Ada zurrte die Schlittschuhe mit zwei, drei Handgriffen fest, streifte die Fäustlinge über und trat auf die spiegelglatte Fläche.

– Komm.

Ada zog William aufs Eis, er wankte und wäre hingefallen, hätte sie ihn nicht mit beiden Armen gehalten.

Sie lachte.

– Schieb mich, sagte sie und stellte sich ihm gegenüber, hielt ihn an den Unterarmen fest. Er machte ein paar Schritte, Ada lief rückwärts, setzte einen Fuß hinter den anderen.

– Du mußt laufen, nicht gehen, weit ausholen und lange Schritte machen, ja, so ist gut, William, du wirst es schon noch lernen.

Nach einer Weile glitt Ada neben William und nahm seine Hand, nebeneinander zogen sie dahin, William etwas wackelig, Ada zielstrebig und beschwingt.

Die Sonne stand über dem Wald im Westen, der Himmel dünn wie Molke, es ging gegen vier Uhr.

– Du hast neulich von deinen Plänen gesprochen, sagte William unvermittelt. Was hast du damit gemeint?

– Nichts Konkretes. Ich möchte mehr Harfe spielen. Meine mathematischen Studien vorantreiben und mehr Zeit in London verbringen, Vorlesungen besuchen. Außerdem brauche ich dringend Bücher. Woronzow hat versprochen, mir einige zu besorgen.

– Das wird in Zukunft wohl nicht mehr nötig sein, sagte William.

– Wie meinst du das? Was wird in Zukunft nicht mehr nötig sein?

Ada bremste scharf und faßte William am Arm.

Er blieb stehen, hielt sich an Adas Ellbogen fest.

– Ich bin als Mitglied für die Royal Society vorgeschlagen. Babbage unterstützt meine Kandidatur, er wird versuchen, weitere Mitglieder dafür zu gewinnen, mindestens sechs müssen es sein. Wenn nichts mehr schiefgeht, werde ich beim nächsten Jahresmeeting im November zum Fellow gewählt, aufgrund meiner Arbeiten über neue Methoden im Getreideanbau und in der Hydraulik.

– William! Das ist phantastisch! Ada zog ihn an den Händen zu sich heran. Ich bin stolz auf dich!

– Ja. Es ist eine große Ehre für mich. Und ich werde freien Zutritt zur Bibliothek haben. Wenn ich dir damit nützlich sein kann, werde ich dir gerne Bücher nach Hause bringen.

– Ende November, hast du gesagt? Warum dauert es denn so lange?

– Die Wahlen finden nur einmal jährlich statt, am Namenstag von St. Andrew. Mr. Babbage sagte, meiner Wahl stehe nichts im Wege.

Er atmete schwer.

– Ada, mir reicht's, ich gehe zurück. Ich fühle mich nicht gut. Und du? Es ist kalt, komm auch in die Wärme.

Er fuhr an den Rand des Eisfeldes und setzte sich auf die Bank. Schweißtropfen glänzten auf seiner Stirn.

Ada schüttelte den Kopf.

– Ich drehe noch ein paar Runden.

Sie wandte sich um, fuhr eine Schlaufe, sah William, die Schlittschuhe über den Schultern, auf dem Weg zum Haus, eine hohe schmale Silhouette vor dem verblassenden Himmel, es dämmerte, das Blau der Felder wechselte langsam in ein stumpfes Grau, der Horizont glühte nochmals für einen kurzen Augenblick auf, dann erlosch das Licht.

Ada holte aus, sie fuhr im Kreis den Rand des Eisfeldes entlang, die Stille, nur das Kratzen der Kufen auf dem Eis und ihr Atem, einatmen ausatmen, einatmen ausatmen, immer im Kreis, jeder Atemzug zerschnitt die Kehle mit Hunderten von winzigen messerscharfen Klingen, sie würde sich einer neuen Aufgabe stellen, Gleichungen mit endlichen Differenzen, imaginäre Zahlen, William würde ihr alle einschlägigen Bücher nach Hause bringen, und De Morgan würde staunen.

Sie spürte ihre Zehen kaum mehr, als sie sich endlich im Dunkel auf den Heimweg machte.

William erschien nicht zum Frühstück, er klagte über Gliederschmerzen, seine Hände waren heiß und trocken, gegen Abend fieberte er.

Die Grippe fesselte ihn für zwei Wochen ans Bett. Jeden Abend las ihm Ada, begleitet von seinem rasselnden Atem, aus dem *Raritätenladen* vor, dem neuen Roman von Charles Dickens, der seit einigen Monaten in Folgen allwöchentlich in *Master Humphrey's Clock* erschien.

Die Nächte waren sternenklar. Wenn sie nicht schlafen konnte, saß Ada in eine Wolldecke gewickelt am Fenster und betrachtete den Himmel durch das Teleskop, die hellen Bögen der Kraterränder auf der Mondoberfläche an der Tag-Nacht-Grenze, holte Orion nahe heran, die flirrende Beteigeuze, den rot schimmernden Nebel in der Mitte des Schwertgehänges, suchte die beiden Jupitermonde, und lauschte auf den bellenden Husten, der durch das Haus hallte.

William erholte sich nur langsam. An seinem 36. Geburtstag wurde eine kleine Party veranstaltet, er sah zum ersten Mal seit Wochen seine Kinder wieder, die begeistert zuschauten, wie er mit Ada einen Walzer tanzte. Der Alltag spielte sich allmählich wieder in geordneten Bahnen ab, und Ada schmiedete Pläne für die Reise nach Frankreich und für den bevorstehenden Londoner Aufenthalt, in einigen Tagen würde die Familie für ein paar Wochen in die Stadtwohnung übersiedeln.

# 4

Am Morgen des 25. Februar wurden die Kinder und Miss Boutell, die neue Nanny, in die Kutsche gepackt. William sollte in einigen Tagen folgen.

Ada ließ Tam satteln. Mutterseelenallein ritt sie querfeldein, eine Weile folgte sie dem Lauf der Themse. Das Wasser gurgelte unter den zugefrorenen Rändern, Schnee stob in Schleiern von den Bäumen, sie freute auf die kommenden Wochen.

Ihre Studien. Sich mit De Morgan austauschen. Leute treffen. Die Samstagsparties bei Babbage.

In Chelsea überquerte sie die Themse auf der Battersea Brücke, erreichte schon bald die belebten Straßen von Kensington, ritt quer durch den Green Park und traf am frühen Nachmittag in der Wohnung am St. James Square ein, wo sie schon ungeduldig von den Kindern erwartet wurde.

Am 27. Februar traf ein Umschlag aus Ockham ein. Er enthielt mehrere Schreiben.

Das eine war von Lady Byron, aufgegeben in Paris mit Datum vom 23. Februar. Die beiden anderen waren von William – sein Antwortschreiben an Lady Byron, in welchem er seine Betroffenheit ausdrückte und ihr gleichzeitig seinen Beistand zusicherte, und ein Brief an Ada mit der Bitte, sie möge das Schreiben beilegen, wenn sie ihrer Mutter antworte, was ohne Zweifel von höchster Dringlichkeit sei. Gleichzeitig bat er Ada, den Brief aus Paris umgehend zu verbrennen, sobald sie ihn gelesen habe.

Das Schreiben versetzte Ada in einen Schockzustand.

Aber hatte sie es denn nicht längst geahnt? Augustas stete schattenhafte Gegenwart während all der vergangenen Jahre. Mutters Verbot, mit der Tante zu reden. Die Liebesbezeugungen in Byrons Gedichten, Augusta, du mein Stern, mein Verhängnis, mein einziges Licht am Horizont … in dir allein habe ich die Liebe gefunden, der Baum auf weitem Feld, die Quelle in der Wüste, der Vogel in der Einsamkeit, alle singen nur von dir.

Mit heißen Wangen setzte sie einen Brief an William auf, in dem sie ihm mitteilte, die Enthüllung käme für sie nicht überraschend, so schockierend sie auch sei. Nicht umsonst habe sie im letzten Sommer ihm gegenüber diesen Verdacht ausgesprochen, ob er sich erinnere?, er habe ihre Vermutung als völlig aus der Luft gegriffen abgetan.

Der Mutter mußte sie umgehend antworten, soviel war klar. Erregt durchmaß sie mit schnellen Schritten ihr Zimmer, unfähig, einen Gedanken zu Ende zu denken, setzte sich an den Schreibtisch, schaute auf die Uhr, es war kurz vor vier, stand wieder auf. Hastig zog sie sich an, schlüpfte in die Bottinen, warf sich die wollene Stola um und verließ das Haus, ohne jemanden von ihrer Abwesenheit zu unterrichten, die Kinder und Miss Boutell saßen schon beim Abendessen.

Die Dämmerung war von einem öligen Gelb durchtränkt. Eine Rußfahne hing über den Dächern. Der Geruch brannte in der Kehle, ätzend und schweflig, Babbage hatte recht gehabt, London war in dieser Jahreszeit ein Unort, man atmete Schwermut und Verdruß.

Sie überquerte die menschenleere Mall, ein Hansom ratterte vorbei, das Profil einer jungen bleichen Frau schien hinter dem Fenster auf. Die Wiesen im St. James

Park waren schneebedeckt, ausgebreitete Laken, von den schwarzen mäandrierenden Linien der Wege durchschnitten.

Ada folgte dem Seeufer Richtung Whitehall, die Finger im Muff ineinander verknotet. Der See war noch immer zugefroren, dunkel wölbten sich die beiden Inseln aus dem Eis, Buckel von großen schlafenden Tieren.

Die Gedanken ordnen. Versuchen zu verstehen.

Die Worte und Bilder wirbelten in ihrem Kopf durcheinander und entfachten einen Sturm.

Medora die Tochter Byrons und seiner Halbschwester Augusta.

Inzest. Gab es etwas, das dieses Vergehen an Verderbtheit übertraf?

Sein Trotz. Seine Zügellosigkeit, seine Maßlosigkeit und Leidenschaft, die Gedichte sprachen davon. Childe Harolde, Manfred, Don Juan, alle trugen sie die Züge ihres Schöpfers. Die Dichtung ist die Lava der Phantasie, deren Ausbruch ein Erdbeben verhindert, seine Worte, jetzt wurde sie, einz'ge Tochter für sein Herz und Haus, vom Nachbeben einer fernen Vergangenheit erschüttert.

Sie bog auf den schnurgeraden Weg längs der Mall ein, es war dunkel geworden, die Gaslaternen am Piccadilly glimmten müde in der Ferne, dort drüben war das Haus, wo sie zur Welt gekommen war, was hatte sich wohl darin abgespielt in der kurzen Zeit, in der ihre Eltern dort gewohnt hatten? War Augusta hin und wieder zu Besuch gekommen? Wie war der Umgang der beiden Frauen miteinander gewesen? Hatte Byron sein einziges legitimes Kind im Leben willkommen geheißen?

– Ja, ich bin seine Tochter, die Worte waren an die kahlen Zierbäumchen am Wegrand gerichtet, und die Erkenntnis traf sie unvermittelt.

Es war nicht die Vergangenheit ihrer Eltern, von der sie eingeholt wurde.

Ihre eigene ausschweifende Phantasie. Ihre eigene Verachtung gesellschaftlicher Regeln. Ihr unstillbarer Freiheitsdrang.

Ein Paar kam ihr entgegen, sie wich zur Seite, die beiden drehten sich nach ihr um und tuschelten miteinander.

Ada wurde von einem plötzlichen Zorn gepackt, sie ging schneller. Wie kam Mutter dazu, ihr diese ungeheuerliche Enthüllung mit einer solchen Gewißheit aufzutischen? Warum gerade jetzt? Wie hatte sie dieses Geheimnis so lange mit sich herumtragen können?

Oder war es gar kein Geheimnis? Vielleicht redete ganz London davon, und nur sie, Byrons Tochter, war ahnungslos gewesen.

Fragen über Fragen quälten sie, als sie verwirrt und völlig durchfroren ihr Haus erreichte.

Sie wollte Antworten darauf, und sie würde sie in Paris bekommen.

## 5

Am 6. April 1841 bestieg Ada in Southampton die *HMS Boulogne*.

Die Nacht war klar, die See glatt.

Die Überfahrt nach Le Havre war, dessenungeachtet, nicht ruhig. Mitten auf dem Kanal wurde Ada wieder von diesen merkwürdigen Empfindungen heimgesucht, die glühende Hitze, das Fließen im Kopf, ihr Körper, der sich anfühlte, als würde er sich in alle Richtungen ausdehnen, sie schaute entsetzt in den Spiegel ihrer Kabine, konnte aber außer einer leichten Röte im Gesicht nichts Außergewöhnliches feststellen.

Obwohl sie die tägliche Dosis Laudanum schon zu sich genommen hatte, gab sie nochmals zehn Tropfen in ein Glas und füllte mit Sodawasser auf.

Tags darauf traf sie gegen Abend in Paris ein und wurde in dem von der Mutter gemieteten Haus an der Place Vendôme 22 einquartiert. In einem entfernten Flügel waren Medora und Marie, deren kleine Tochter, untergebracht.

Die erste Begegnung fand im Salon von Lady Byrons Wohnung statt. Ada sah sich zum ersten Mal dieser kränklichen jungen Frau gegenüber, die nun also ihre Halbschwester war, musterte ihre Züge, versuchte, Ähnlichkeiten auszumachen zwischen ihr und dem Porträt des Vaters. Medora war, wie ihre Mutter, groß und sehr schlank, mit dunklem Haar und dunklen Augen und sehr liebenswürdig. Ada bedankte sich für das seidene Nadelkissen, das ihr Medora aus Paris zugeschickt hatte, nacht-schwarz und blutrot, mit Goldfaden bestickt, es hatte ein Unbehagen in ihr ausgelöst. Man tauschte ein paar Förmlichkeiten über Paris aus, dann wurde Medora entlassen.

In den folgenden Tagen war Ada beschäftigt mit Theaterbesuchen, ihrer Präsentation am französischen Hof, einem Treffen mit François Arago im Observatoire de Paris, mit ihrem Äußeren, es schien ihr zwingend, sich der französischen Mode anzupassen. Die flüchtigen Begegnungen mit Medora waren stets freundschaftlich und frei von Argwohn und Mißgunst, obwohl Ada nicht entgangen war, daß die Halbschwester von Lady Byron mit mütterlichen Gefühlen und einer Fürsorglichkeit überschüttet wurde, die ihr selbst versagt geblieben waren.

Am Sonntag machten Mutter und Tochter einen Ausflug in den Bois de Boulogne. Sie saßen nebeneinander im offenen Landauer, unterhielten sich über die Opernvorstellung vom Vorabend, über Lady Byrons Begegnungen mit Dr. Voisin in der Salpêtrière und seinen Experimenten mit Hypnose, und endlich nahm sich Ada ein Herz.

Es war der richtige Zeitpunkt. Man war in Bewegung, unter Leuten, und man konnte jeden Blickkontakt vermeiden.

— Es tut mir leid, Mama. Alles, was geschehen ist. Ich meine, was in deinen Briefen stand, ja, ich habe sie natürlich sofort verbrannt, Mama, wie konntest du nur so lange mit dem schrecklichen Geheimnis leben?

Lady Byrons Hände zuckten in ihrem Schoß.

— Man kann mit vielem leben, meine Liebe.

— Weshalb bist du dir so gewiß? In deinem zweiten Brief vom März hast du von Vermutungen gesprochen, aber es muß doch mehr als das geben.

Nach einer einstündigen Fahrt durch den Park, der Kutscher fuhr drei Mal um den See, hatte Ada mehr in Erfahrung gebracht, als ihr lieb war, und hatte doch das Gefühl, es sei nur die halbe Wahrheit.

Die abermalige Darstellung der Geschichte, die sie aus Lady Byrons von Seufzern und langen Pausen unterbrochenem Bericht erfuhr, war lückenhaft und ohne zeitliche Abfolge. Verdächtigungen, Zugetragenes, Gehörtes und Unausgesprochenes, in Flammen aufgegangene Briefe und Worte, die sich nie mehr aus dem Gedächtnis löschen ließen, Ahnungen, die sich in Luft aufgelöst und wieder verdichtet hatten und endlich zur Gewißheit geworden waren.

Die stockend vorgebrachte Darlegung gipfelte in dem Skandal, den das gemeinsame Erscheinen von Bruder und Schwester auf einer Dinnerparty im Haus von Lady Jersey heraufbeschwor, kurz vor seiner endgültigen Abreise, tout Londres sei dort gewesen, die meisten Damen hätten demonstrativ den Raum verlassen.

– Dieses Luder, entfuhr es Ada.

Lady Byron lächelte. Sie hätte das Wort nie in den Mund genommen. Nun, wie dem auch sei. Die genauen Umstände ihrer Trennung wolle sie ihr ersparen. Alles sei aufs detaillierteste in den Zeitungen und später in Thomas Moores Biographie ausgebreitet worden. Nach seiner endgültigen Abreise habe Byron mit ihr nur noch über Augusta korrespondiert. Seine moralische Klytämnestra habe er sie genannt und ihr unter Androhung einer richterlichen Verfügung verboten, England mit dem Kind zu verlassen. Und seine Gedichte, ob sie denn seine Gedichte nicht kenne.

– Tatsächlich habe ich mich gewundert über die Stanzen an Augusta. Aber niemals hätte ich gewagt, es dir gegenüber auszusprechen. Mama, und du warst doch noch so jung und unschuldig, es ist eine furchtbare und schreckliche Geschichte, Augusta ist ein Monster, die dein Leben zerstört hat. Trotzdem – sie war doch damals längst mit Colonel Leigh verheiratet und Mutter von drei Kindern.

– Ihre Ehe muß unsäglich ermüdend und langweilig sein. Colonel Leigh ist notorisch verschuldet und widmet offenbar seinen Pferden mehr Zeit als seiner Familie. Außerdem gab es Leute, die über alles im Bild waren. Byron redete ja in den Salons darüber. Caroline Lamb. Mrs. Villiers, eine frühere enge Freundin Augustas. Sie wußte, daß Byron und Augusta im Winter 1814 zusammen in Newstead eingeschneit waren. Byron hat mich noch vor seiner Abreise in seinem letzten Schreiben gebeten, Augusta und ihren Kindern freundschaftlich zu begegnen. Alle Korrespondenz ist seither über sie gelaufen. Und schau dir doch Medora an. Sieht sie nicht Byron ähnlich, mehr als du? Und ihr eigenes Verhalten ...

Sie hielt inne, offensichtlich bestürzt über den Gedanken, den zu äußern sie im Begriff war.

– Was meinst du damit?

– Medora hat ... Der Vater von Marie ist Medoras Schwager, Henry Trevianon. Sie war schon einmal schwanger von ihm, das Kind ist kurz nach der Geburt gestorben, sie war fünfzehn damals.

– O mein Gott. Trevianon, der Mann von Medoras älterer Schwester?

– Ja, der Mann von Medoras älterer Schwester. Aber ich möchte ihr und Augusta verzeihen, verstehst du? Verzeihen. Meine Hand zur Versöhnung reichen. Ich kümmere mich jetzt um Medora und ihr Kind, um ihr endlich ein ruhiges Leben in Anstand und Würde zu ermöglichen. Um ihr alle Aufregungen zu ersparen, habe ich ihr jeglichen Kontakt zu Augusta untersagt.

Ada schwieg. Das war zuviel. Sie war in ein unsägliches Melodrama geraten, ohne zu wissen, welche Rolle sie darin spielte.

Nur soviel war sicher: Sie war nicht nur die Tochter eines Genies, sondern auch eines Wüstlings.

Zwei Jungen auf Ponys kamen ihnen entgegen. Spaziergänger. Untergehakte scherzende Paare. Vom Wind bewegte Litzen und Seidenbändel, Sonnenschirme, die sich leise drehten. Ein Lachen. Der Duft nach frischgebackenen Waffeln. Das erste Grün an den Bäumen. Federleichte Wolken am blassen Himmel.

Die beiden Frauen in der Kutsche aber, die eine jung, nicht nach der neuesten Mode gekleidet, die andere älter und ganz in Taubengrau, waren gefangen im Sog eines Wirbelsturms, der sich drohend und schwarz über ihren Köpfen zusammengebraut hatte, und nahmen nichts von alledem wahr.

Mitte Mai fuhr Ada zusammen mit William, der für ein paar Tage nach Paris gekommen war, nach London zurück. Sie hatte ihre Schlüsse gezogen. Die Entfremdung zwischen Medora und Augusta war von ihrer Mutter von langer Hand geplant, eine Vendetta unter dem Deckmantel der Barmherzigkeit und Nächstenliebe, ein filigranes Gebäude, gebaut auf Verbitterung und betrogener Liebe. Es ging auch um eine bestimmte Geldsumme, aber Ada verstand nicht genau, wer weshalb einen finanziellen Vor- oder Nachteil aus dieser oder jener Konstellation hätte ziehen können.

Medora stand ganz und gar unter Lady Byrons Einfluß und war von ihr abhängig, soviel war klar. Sie und ihre kleine Tochter lebten nicht nur seit neun Monaten auf deren Kosten in der vornehmen Wohnung, sie wurden auch eingekleidet, erhielten Französisch- und Musikunterricht, Medora führte das glamouröse Leben einer verwöhnten jungen Frau, ohne zu realisieren, daß sie zu einer Waffe gegen ihre eigene Mutter geworden war, ja sie sonnte sich in dem Licht ihrer neu gefundenen Identität als Tochter des großen Dichters, die sogar namentlich im *Korsar* als Piratenliebchen zu literarischen Ehren gekommen war.

Mochte ihre Halbschwester damit anfangen, was sie wollte.

Sie, Ada, würde sich nicht beugen.

Sie hatte eine Wahl.

Der freie Wille würde sie retten vor den Abgründen, die ihrem Vater zum Verhängnis geworden waren. Sie würde selbst entscheiden, wofür sie ihre Begabungen einsetzen, in welche Bahnen sie ihre Phantasie lenken würde, weg von den Abgründen der Leidenschaft, hin zum Licht, zur erleuchtenden Imagination, zur reinen Wissenschaft. Sie würde die Menschheit für das fehlgeleitete Genie ihres Erzeugers entschädigen, er, Prometheus, der die Not hatte lindern wollen durch die Kraft des entfesselten Geistes und doch nur Elend über die Menschen gebracht hatte.

Sie wollte nicht Statistin in diesem unsäglichen Drama sein und rettete sich unverzüglich in den Schoß ihrer Familie und in die Hände von Dr. Elliotson.

# 6

Der junge Arzt, Phrenologe und Anhänger des Mesmerismus, hielt seit einigen Semestern Vorlesungen am University College. Ada hatte von den erstaunlichen Wirkungen des Magnetismus gehört, und nach der Lektüre einer Schrift über Dr. Elliotsons Praktiken beschloß sie, darin selbst Erfahrungen zu sammeln.

Auf dem Titelbild der Broschüre war eine ohnmächtige, von drei Männern gestützte Frau mit verbundenen Augen abgebildet. Der Text erläuterte die der Methode zugrunde liegende Theorie und deren Anwendung in der Praxis.

Mesmerismus gründete auf der Irritabilität der Muskulatur, der Sensibilität der Nerven und der Sympathie der Organe. Wohl übte die Seele einen Einfluß auf die materielle Substanz wie Muskeln und Organe aus, aber die Muskelfasern besaßen auch die Eigenschaft, sich unabhängig vom Nervensystem zusammenzuziehen. Diese Reaktion hieß Irritabilität. Das Element, das solche Phänomene auslöste und alles untereinander verband, war ein subtiles physikalisches Fluidum, das als Grundkraft der Welt gelten konnte, als gestaltendes Lebensprinzip schlechthin. Es stellte die Verbindung zwischen Körper und Geist dar und war durch Magnetismus beeinflußbar. Basierend auf diesem Grundsatz, hatte der Arzt Franz Anton Mesmer, Gönner und Freund von Wolfgang Amadeus Mozart, im vergangenen Jahrhundert seine Theorie entwickelt.

Krankheiten entstanden demnach aus der ungleichen Verteilung dieses Fluidums im menschlichen Körper. Mit Hilfe bestimmter Techniken, die sich des Magnetismus bedienten, ließ sich das Fluidum kanalisieren, die dadurch hervorgerufene Krise beschleunigte den Heilungsprozeß, die Genesung trat ein, sobald das Gleichgewicht wiederhergestellt war.

Die zu behandelnden Klienten saßen in einem dunklen, verspiegelten Raum im Kreis um ein mit magnetisierten Eisenspänen, Sand und Glas gefülltes Becken. Das Fluidum wurde mittels eines Wollbands, das an einem aus dem Becken ragenden Eisenstab befestigt war, in die Körper der Patienten geleitet, indem diese unablässig mit den Händen über das Band strichen. Manche nickten dabei ein.

Bei den Experimenten von Dr. Elliotson am University College, denen Ada beiwohnte, dienten ihm die beiden Okey-Schwestern, die vierzehnjährige, auffallend hübsche Elizabeth und die zwölfjährige Jane, als Demonstrationsobjekte. Beide litten laut ärztlicher Diagnose an Epilepsie.

Bei der ersten Vorführung tanzten die beiden geheimnisvollen Geschöpfe durch den Raum, stießen wilde Schreie aus und unterhielten sich in einer Nonsense-Sprache. Ein einziger Handstrich mit einer magnetisierten Münze vor ihren Gesichtern genügte, und sie fielen augenblicklich in tiefe Trance. Dr. Elliotson stach ihnen mit einer Nadel in den Hals, sie spürten nichts. Elizabeth saß auf einem Stuhl, die Hände im Schoß, und lächelte, die Augen gegen die Decke gedreht.

Ada war beeindruckt. Vielleicht hatte der Magnetismus Antworten auf Fragen, die sie schon seit längerem beschäftigten: Wodurch war das Zusammenspiel zwischen Nerven und Gedanken bestimmt? Und hatte der

Körper über das Nervensystem einen Einfluß auf die Gefühle oder gar auf den Verstand?

Sie wollte die Methode unbedingt an sich selbst ausprobieren und bat Dr. Locock um seine Meinung. Er bestätigte sie in der Annahme, daß dem Magnetismus ein ernstzunehmendes physikalisches Prinzip zugrunde liege. Das Experiment mit einem magnetisierten Schillingstück versetzte Ada denn auch in einen merkwürdigen Zustand, es kribbelte und pulsierte in ihren Händen und löste ein Fließen in ihrem Kopf aus, das sich anfühlte wie die Sinnesempfindungen auf der Überfahrt nach Frankreich.

Sie bat Dr. Elliotson um eine baldige persönliche Konsultation, die ihr Mitte Juli in seinem Studio am Hanover Square gewährt wurde.

Ada und der Arzt saßen sich gegenüber. Er bat sie, mit dem Stuhl näher heranzurücken, umschloß ihre Knie mit seinen Beinen und drückte sie fest zusammen. Er setzte ihr Eisenmagnete auf die Schläfen, auf die Schultern, auf den Unterleib, er schaute ihr in die Augen und legte eine Hand auf ihr Zwerchfell, die andere auf ihren Bauch, berührte sie an den Oberschenkeln, strich ihr über die Glieder, sein feuriger Blick, Adas Gesicht begann sich zu röten, sie atmete flach, ihre Sinne verwirrten sich, sie bedeckte die Augen mit der Hand, die Hitze war unerträglich, und o mein Gott, Ada rettete sich erregt auf die Chaiselongue.

Ein zweiter Anlaß fand im Beisein mehrerer Leute im Privathaus eines Bekannten statt. Neben Dr. Elliotson war Charles Lafontaine aus Paris zugegen, Erfinder der Galvanischen Batterie, mittels der er seine unter Trance stehenden Patienten starken Stromstößen aussetzte, ohne daß sie etwas spürten.

Unter den Gästen war auch Phillips Kay, Sozialarbeiter und Pädagoge. Seine Aufmerksamkeit galt allerdings weniger Charles Lafontaine und seiner Apparatur als vielmehr der dunkelhaarigen jungen Frau, die alles eifrig verfolgte und die, im Gegensatz zu den merkwürdigen Vorgängen im Raum, eine magnetische Anziehungskraft auf ihn ausübte.

Der Junggeselle war bald regelmäßiger Gast am St. James Square 12, man tauschte sich über gemeinsame Interessen aus, besuchte zusammen mit Hester King und Charles Babbage die Oper. Er beriet Ada auch in medizinischen Belangen und legte ihr nahe, die tägliche Dosis Laudanum zu erhöhen, nicht nur wegen ihrer Magenbeschwerden, sondern auch, um ihren Allgemeinzustand in Balance zu halten.

An einem Sonntag Mitte Juli fuhren sie zusammen zum Derby nach Ascot. Man brach in den frühen Morgenstunden auf, die Straße war verstopft von Hunderten von Landauern und Gigs, sie kamen erst gegen Mittag an, als das erste Rennen eben zu Ende ging. Kurz nach Mitternacht war Ada wieder zu Hause, völlig aufgelöst von der Hitze und dem vielen Essen, dem Champagner und Portwein und mit einer leeren Geldbörse, sie hatte nicht nur in einem der Zelte glücklos Roulette gespielt, sondern auch in einer Dreierwette auf Little Proud gesetzt, dessen Form im *Morning Chronicle* vom Samstag hervorragend beschrieben gewesen war, er war, um mehr als fünf Pferdelängen zurückliegend, vierter geworden, und bei einem der unverschämten fliegenden Trickspieler hatte sie mit einem Einsatz von jeweils zwei Pence mehrere Male vergeblich versucht, auf den Fingerhut mit der Erbse darunter zu tippen, sie war sich jedes Mal vollkommen sicher gewesen. Alles in allem hatte sie 8 Pfund, 2 Schilling und 4 Pence verloren, fast das halbe Jahresgehalt von Miss Rose. Die liebenswürdige Gesellschaft von Dr. Kay auf der

Rückreise war ihr mehr als ein willkommener Trost gewesen.

Anfang August fuhr sie zurück nach Ockham, die Briefe zwischen ihr und Dr. Kay flogen hin und her, und noch ehe es Herbst wurde, nahm sie beunruhigt und nicht ohne eine gewisse Genugtuung zur Kenntnis, daß sie einen glühenden Verehrer hatte.

Die leidenschaftlichen Zeilen: Mein Wildfang, mein Irrlicht, mein schöner flackernder Schein über gefährlichen Fallgruben, wühlten sie auf, sie errötete schon, wenn der Butler ihr einen Brief mit Dr. Kays Handschrift überbrachte, und ihr Herz begann zu flattern.

Irrlicht. *Will-o'the-wisp.* Wie geheimnisvoll und verspielt.

Sie hatte sich getäuscht in der Annahme, die Geburten ihrer Kinder würden sie von ihrem unstillbaren Verlangen nach körperlicher Erfüllung erlösen. Möglich, daß für andere zutraf, was die Ärzte behaupteten – der Frau nämlich bleibe versagt, was dem Mann von Natur aus eigen sei, sexuelles Begehren sei ihr fremd und nicht zuträglich, es mußte stimmen, denn es war der Standpunkt der Wissenschaft und in dem kürzlich erschienen, in ganz London zirkulierenden Standardwerk des hochgeachteten Arztes und Gynäkologen Dr. Acton erhellend dargelegt. In jüngster Zeit überkamen sie jedoch Zweifel, was sie betraf. Sie begehrte, sie wollte mehr davon, sehnte sich nach William, der sich wieder einmal in Somerset aufhielt und sich seinen Tunnels und Türmen widmete.

Die Experimente mit dem Magnetismus hatten nicht die erhoffte Linderung ihrer Angespanntheit und Rastlosigkeit gebracht. Sie mußte sich ablenken.

Was bot sich Besseres dafür an als die wilde Natur und die Mathematik.

Anfang Oktober packte sie ihre Unterlagen und Bücher ein und fuhr zu William nach Ashley Combe. Die Kinder blieben in Ockham, in der Obhut von Miss Boutell und von Ellen, die der jungen Nanny, neben den üblichen Pflichten wie Näh- und Flickarbeiten, unter die Arme greifen sollte.

Ellen war es recht. Die Stimmung war gelöster ohne die Anwesenheit der Lady. In letzter Zeit war eine merkwürdige Angespanntheit spürbar, die sich oft in heftigen Diskussionen zwischen dem Ehepaar entladen hatte. Es war um Alltäglichkeiten gegangen, um Geld, um die Kinder, diese ungezogene Brut. Um den Auftritt von Madam während der Saison, Lord Lovelace hatte sich tadelnd über ihre Garderobe geäußert, worauf sie sich eiligst neue Kleider und zwei Schleppen, die eine grün, die andere purpur, hatte schneidern lassen.

Vorsichtig öffnete Ellen die oberste Schublade des Toilettentischs. Das Fläschchen stand in der vorderen rechten Ecke. Sie zögerte, nahm es heraus und hielt es gegen das Licht.

Es war noch zu drei Fingerbreit voll.

Ellen zog den Stöpsel raus, lauschte und nahm schnell einen kleinen Schluck von der braunen, bitter schmeckenden Flüssigkeit. Wenn das Laudanum gegen die Kopfschmerzen und die Schlaflosigkeit half, dann war es bestimmt auch gut gegen Rheumatismus.

Ellen stellte das Fläschchen zurück, schob die Schublade zu und rückte eine Bürste gerade.

Sie ging zum Bett, zog das Oberleintuch straff und steckte die Seiten unter die Matratze. Auf dem Kopfkissen lagen Haare, sie schüttelte es hoch, drapierte es, zupfte die Ecken zurecht.

Gegen Haarausfall schien Laudanum nichts auszurichten. Lady Lovelaces Haar, das schon zu ergrauen begann, hatte sich in den vergangenen Monaten vom Scheitel her deutlich gelichtet.

Kein Wunder, bei diesem unsteten Lebenswandel. Während der Sommermonate hatte man sich in London aufgehalten, Ellen war mitgefahren, die Lady war dauernd außer Haus, zog sich dreimal am Tag um, für den Queens Ball hatte sie sich als orientalische Schönheit mit langen, perlenbesetzten Zöpfen aufgetakelt, was ohne Zweifel für Aufsehen gesorgt hatte. Der Hausherr war mal in London, mal in Ockham oder Ashley Combe, im Juni war dieser Dr. Kay aufgetaucht, bald ein Dauergast im Haus, Madam besuchte mit ihm die Oper, die Pferderennbahn, es war ungehörig, was sich abspielte. Vorgestern war man aus der Stadt gekommen, heute morgen früh war die Lady schon wieder nach Somerset abgereist.

Aber was kümmerte es Ellen.

Ihre Tage hier waren gezählt. Vor drei Monaten hatte Fred Gillison, ein Vetter dritten Grades, um ihre Hand angehalten.

Sie war jetzt einunddreißig Jahre alt und hatte zum ersten Mal im Leben die Wahl.

Entweder sich im jederzeit kündbaren Dienst von halb sieben Uhr morgens bis spät in die Nacht abzurakkern, ein Abend und der Sonntagmorgen frei, und das für zwölf Pfund im Jahr inklusive ein Pint Bier pro Tag, ausbezahlt in zwei Raten abzüglich anderthalb Pfund für Tee und Zucker, falls man nicht selbst dafür besorgt oder nicht bereit war, die für den Tee der Herrschaft gebrauchten Teeblätter nochmals aufzugießen.

Oder aber ihren Alltag im eigenen Haushalt an der Seite eines neun Jahre älteren Gatten in einem kleinen, von den Gezeiten umfluteten Nest an der Nordküste der Themsemündung zu fristen.

Es hatte nicht viel zu bedenken gegeben. Zu Beginn des kommenden Jahres sollte Hochzeit sein, sie würde nach Leigh-on-Sea übersiedeln, in ein kleines Fischerhaus mit Blick auf die vorüberziehenden Schiffe und die ankernden Klipper und Schoner, die bei dichtem Verkehr oft tagelang zu Dutzenden in der Mitte des Flusses darauf warteten, nach London hinaufzusegeln. Fred verdiente seinen Lebensunterhalt mit Netzfischerei, es würde für beide reichen, das Häuschen hatte er als ältester Sohn von seinem Vater übernommen, was wollte sie mehr. Sie würde sich zwei, drei Kleider und neue Vorhänge nähen, bei Ebbe im Schlickwatt nach Krabben stechen, die brackigen Tümpel und Priele nach Miesmuscheln absuchen, sie würde Fische schuppen und ausnehmen, Makrelen und Heringe braten, kochen oder im Gänseschmalz dämpfen und nachts zwischen den mit ihren Initialen gezeichneten Leintüchern für ihren nach Tran und Ale riechenden Ehemann die Beine breit machen.

Ellen schüttelte das Duvet auf und legte es zusammen, warf den Quilt über das Bett, die Lady würde erst Ende November wieder zurückkommen.

Gedankenverloren glättete sie die Decke, eines konnte sie mit Bestimmtheit sagen: Sie würde Lady Lovelace nie vergessen.

Von allen Mistresses, denen sie gedient hatte, war sie bestimmt die denkwürdigste.

Manchmal lachte sie, laut und wild.

So hatte Ellen noch nie eine Frau lachen hören.

# 7

Das Anwesen in Ashley Combe hatte sich verändert. Ein System von Tunnels durchzog den Fels, das die Fuhrwerke der Lieferanten von Porlock her direkt vor den Eingang des Wirtschaftsteils im rückseitigen Untergeschoß leitete, ohne die Ruhe der Bewohner zu stören. In der Nordwestecke hatte William einen Rundturm mit einer Wasseruhr errichten lassen. Die Bäume, die er vor Jahren im Wald neu gepflanzt hatte, mehrere tausend Setzlinge, waren zu stattlicher Größe gewachsen, Rotbuchen, Bergahorn und Föhren, eine Libanonzeder gleich neben dem Haus, Lärchen, Zypressen und Steineichen auf den Terrassen und mehrere Dutzend Apfelbäume.

Adas Badehaus war fertiggestellt, ein aus Bruchsteinen gemauerter Raum in einer natürlichen Felshöhle. Man konnte es vom Haus aus über eine steile Treppe erreichen, die direkt in den kleinen, als Umkleidekabine dienenden Annex führte. Bei Flut schlug die Gischt bis hoch über den Bogen des Eingangs.

Ada hatte für das Schwimmen im Meer ein Badekostüm entworfen, eine Art Overall, derbes Tuch aus Kamelott, einer Mischung aus Wolle und Ziegenhaar, wasserabstoßend und filzig im Griff. Dazu gehörte ein Paar hochgeschlossener, doppelt vernähter Lederstiefel.

Es war ein naßkalter Herbst. Die Feuchtigkeit machte sich im Haus bemerkbar, im Erdgeschoß rieselte der Verputz von den Wänden, Sickerwasser rann von den Mauern im Keller, und der Schimmel machte sich breit. Ada hatte ihren Schreibtisch in die Nähe des Kamins rücken lassen, aber kaum hatte sie sich hingesetzt, begann schon die klamme Kälte in die Glieder zu kriechen.

Jeden Morgen nach dem Frühstück tauchte sie in die Welt der Mathematik ein. Sie war berauscht von der Schönheit der Kurven einer trigonometrischen Funktion. Von den Möglichkeiten der Ableitung einer Formel aus einer anderen, der Flüchtigkeit imaginärer Zahlen und der Problemstellung, ob Zahlen existierten, deren Quadrat einen negativen Wert ergaben, in der herkömmlichen Arithmetik ein Paradoxon. Für die Lösung kamen weder positive noch negative, sondern nur imaginäre Zahlen in Frage, die sich anders als reelle Zahlen verhielten und die zum ersten Mal von Leonhard Euler in der Formel $i^2 = -1$ ausgelegt worden waren. Die Darstellung im Koordinatensystem mit einer imaginären und einer reellen Achse ergab eine zweidimensionale Geometrie. Für Ada eröffnete sich aus dieser Gegebenheit eine neue, weitreichende Fragestellung: Gab es neben den reellen und den imaginären Zahlen noch eine dritte Zahlenreihe, die eine dreidimensionale geometrische Darstellung erlaubte?

Sie arbeitete wie besessen, fast täglich ging ein Brief mit gelösten Aufgaben an De Morgan nach London.

Ich ertrinke in Mathematik, noch nie hat mich etwas so verfolgt wie die Funktionalgleichungen, die Lösungen entwischen mir immer wieder, wie Irrlichter, kleine trügerische Geschöpfe, die jede beliebige Gestalt annehmen können. In einem Moment glaube ich, etwas Substantielles in den Händen zu haben, einen Augenblick später verschwimmt alles und löst sich in Luft auf.

Am vierten Tag, als sie allein den Wald durchstreifte, quittengelbes Laub mit den Füßen vor sich wegstieß, fand sie an einem Wegrand ein Bänkchen, eine Art Stuhl mit einer konkaven Rückwand, aus sorgfältig aneinandergefügten Bruchsteinen in die steile Böschung eingemauert, gerade groß genug für eine Person.

Sie setzte sich hinein und schaute hinaus auf den Kanal. In Porlock Weir stieg die Rauchsäule eines Laubfeuers schräg in den Himmel, der Wind trug den scharfen Geruch herüber.

Ada folgte mit den Augen einer schmalen Sonnenbahn, die sich durchs Blätterdach stahl, schwebende Partikel glühten kurz auf und entschwanden wieder. Betrachtete die überhängenden Farnwedel und bewunderte den Aufbau des Blattes. Die große Form wiederholte sich in den immer filigraner werdenden Verästelungen bis hinaus in die äußersten Spitzen. Ob sich hinter dieser Gesetzmäßigkeit eine mathematische Formel verbarg?

Sie war den Tränen nahe. William hatte Wort gehalten. Er hatte mitten in der Wildnis ein Paradies geschaffen und es darüber hinaus mit einem königlichen, sturmumwehten und von einem Baldachin aus Farnwedeln überdachten Sitz ausgestattet.

Sie verbrachten die Wochen in Eintracht und gelassener Zweisamkeit. Die Medora-Affäre wurde kaum mehr erwähnt.

Mitte November kehrten beide nach London zurück, rechtzeitig zu den Feierlichkeiten für die Inauguration der neuen Fellows der Royal Society. Kurz vor der Abreise schrieb Ada einen Brief an Charles Babbage, in dem sie ihn unter anderem wissen ließ, sie wolle sich mit ganzer Kraft und all ihrem Wissen in seinen Dienst stellen. Er möge ihren Verstand getrost als den seinen betrachten, und sie sei überzeugt davon, ihrer beider Zukunft würde eng miteinander verknüpft sein. Niemand wisse, was in dem verschlungenen System ihres Intellekts noch alles schlummere.

Babbage wurde nicht klug aus dem Schreiben. Was meinte sie mit der sibyllinischen Bemerkung über ihre Zukunft?

Lady Lovelace war eine bemerkenswerte Frau. Attraktiv, intelligent, unterhaltend und messerscharf in ihren Argumenten. Aber wenn er ehrlich war, löste ihr bisweilen bizarres Verhalten bei ihm hin und wieder Befremden aus.

Er war heute ohnehin schlecht gelaunt. Wütend geradezu. Nachdem er sich dieses Jahr mehrere Male schriftlich an die Regierung gewandt hatte, um die Finanzierung der Analytischen Maschine sicherzustellen, hatte sich Premierminister Peel endlich herabgelassen, ihn persönlich zu empfangen. Das Gespräch unter vier Augen war, gelinde gesagt, enttäuschend verlaufen. Peel hatte durchblicken lassen, er betrachte die Maschine als ein kostspieliges und für die Wissenschaft nutzloses Spielzeug. Das zumindest sei die Meinung von George Biddell Airy, königlicher Astronom, der dem Premierminister zugetragen hatte, die Maschine könne lediglich addieren und subtrahieren. Berechnungen für den Nautischen Almanach? Für das Observatorium in Greenwich? Oder irgendwelche andere für die moderne Technik nötigen Kalkulationen? Keine Rede könne davon sein.

Außer sich vor Zorn war Babbage aus dem Zimmer gestürmt, ohne sich vom Premierminister zu verabschieden.

Airy, dieser mediokre, aufgeblasene Hofastronom, der wie eine fette Made mit einem fürstlichen Honorar in

Greenwich hinter seinem Teleskop saß und Sterne zählte. Ein Pharisäer, allen Genüssen des Lebens abhold. Was glaubte er denn eigentlich? Er hatte nicht die leiseste Ahnung, wovon er redete, es war ihm noch nicht einmal in den Sinn gekommen, die Unterlagen zum Bau der Maschine zu studieren.

Und die britische Regierung, engstirnig und kleinmütig, wie sie war, wußte nichts Besseres, als Airy ihr Ohr zu leihen.

– Dieser Speichellecker, dieser ... dieser Beamte! rief Babbage und schlug mit dem zusammengefalteten *Morning Chronicle* auf den Tischrand ein.

Die Nachrichten in der Zeitung trugen auch nicht zur Besserung seiner Laune bei, im Gegenteil. Dr. Michael Ryan, ein angesehener Arzt am Metropolitan Free Hospital und geschätzter Freund von Babbage, war laut Meldung im Lokalteil mit nur 41 Jahren gestorben. Das Hospital an der Bishopsgate Street war vor fünf Jahren gegründet worden zu dem Zweck, bedürftige und mittellose Bewohner der Stadt gratis und ohne ärztliche Empfehlung zu behandeln. Das von Ryan vor zwei Jahren publizierte Buch über die Prostitution in London hatte in den feinen Kreisen der Stadt einen Aufschrei der Empörung ausgelöst.

Babbage hatte sich damals mit den darin erhobenen Statistiken beschäftigt, und einiges hatte ihn, gelinde gesagt, erstaunt. Dr. Ryan war von der monströsen Zahl von rund 100 000 Prostituierten ausgegangen, bei einer Gesamtbevölkerung von zwei Millionen. Das hieß, daß rund 16 Prozent aller Frauen zwischen fünfzehn und fünfzig sich beruflich oder gelegentlich, der Not gehorchend, der Prostitution hingaben. Polizeiliche Erhebungen aus dem gleichen Zeitraum nannten jedoch lediglich eine Zahl von rund 10 000 Prostituierten, und trotz des weiterum anerkannten wissenschaftlichen Ansehens seines Freundes zweifelte Babbage an seiner Darstellung. Ihm schien die elegante Ziffer mit den fünf Nullen eine etwas allzu frivole Schätzung und außerdem mathematisch äußerst fragwürdig.

Babbage war zum Schluß gekommen, daß die Wahrheit, wie immer, irgendwo in der Mitte lag. Kam es denn auf ein paar Tausend mehr oder weniger an?

Das Laster war auf den Straßen und Plätzen der Stadt zu jeder Tages- und Nachtzeit augenfällig. In der City, vor allem in der Umgebung von Strand und Haymarket, wimmelte es von Spielhöllen, Tavernen und Gin-Häusern, und in den schummrigen Hinterzimmern wurde nicht nur getrunken. Die Finishes waren Fixpunkte des gesellschaftlichen Lebens im West End, wo sich die Sprößlinge der Aristokratie zu später Stunde in Gesellschaft der *poules de luxe* ihren schlüpfrigen Ausschweifungen hingaben und mit ihrem ererbten und erheirateten Geld um sich warfen, um in den frühen Morgenstunden in die Behaglichkeit ihrer Stadthäuser und in die Arme ihrer gelangweilten Gattinnen zurückzukehren. Nicht zu reden von der unbenannten Zahl an Bordellen in Spitalfields, Houndsditch und Whitechapel.

Für die Straßenmädchen, die von Alkohol oder Quecksilber aufgezehrt, halb verhungert und krank starben, drängten Hunderte auf den Markt nach, frisches Fleisch vom umliegenden Land, aus den Docklands und den Slums im East End und Southwark.

Wer konnte davor die Augen verschließen?

Babbage seufzte. Es war unbestritten, seine großartige und herrliche Stadt war ein unersättlicher Moloch, der alles verschlang und verdaute und als ekelerregenden Auswurf wieder ausspie, ein Sündenpfuhl, der auf Ar-

mut, schierer Not und himmelschreiender Ungerechtigkeit gebaut war und in dem ein Großteil der Bevölkerung,
Männer, Frauen und Kinder, wenn sie denn überhaupt
das fünfte Altersjahr erreichten, von der Verzweiflung
lebten und, abgesehen vom Eintrag ins Sterberegister, die
Welt wieder verließen, ohne auch nur die geringsten Spu-
ren zu hinterlassen.

Man konnte sich manchmal die Haare raufen oder
trübsinnig werden angesichts dieser Zustände.

Aber lag es denn in seiner Macht, sich um alles zu
kümmern?

Er hatte schon genug Sorgen mit seinen Maschinen.
Nicht zu reden von seinem ebenso rast- wie fruchtlosen
Kampf gegen die Fuchsjagd und für die Einführung des
Dezimalsystems in der englischen Währung.

Etwas hatte ihn bei der Lektüre des Buches von Dr.
Ryan besonders beeindruckt. Die Franzosen waren, was
Statistiken betraf, offenbar akkurater als seine Lands-
leute. Die Erhebung der Huren in Paris hatte in einem
darin zitierten besagten Jahr ein Total von 46089 ergeben.

Babbage erinnerte sich an die Zahl, weil sie so genau
war.

– Chapeau, Messieurs, murmelte er und ging in den
Salon, zog die Silberne Lady auf und schaute mit verschränkten Armen Dr. Ryans gedenkend ihrem mechanischen Tanz zu.

# 8

Was aber ist Phantasie? Es wird viel geredet über die
Phantasie der Poeten, der Künstler usw. Ich behaupte,
im allgemeinen wissen wir nicht, was wir wirklich
damit meinen. – Die Phantasie hat zwei Seiten. Erstens: Sie ist die Fähigkeit, zu kombinieren. Sie bringt
einerseits bekannte Dinge, Fakten, Ideen und Kon-
zepte in neuen, originellen, unendlich variablen Kom-
binationen zusammen und zeigt andererseits Über-
einstimmungen auf von Dingen, die auf den ersten
Blick keinerlei Verbindung haben und darum selten
oder nie in einen Zusammenhang gebracht werden.
Zweitens: Sie stellt sich Dinge vor und erweckt men-
tal zum Leben, was weit weg erscheint, unsichtbar ist
oder in der physischen Gegenwart gar nicht existiert.
So gesehen ist sie eine religiöse Fähigkeit. Sie ist das
Fundament des Glaubens, eine göttliche Begabung.
Die Imagination macht die Welt und das Leben erträg-
lich und lehrt uns zu leben. Sie ist die Fähigkeit zu
entdecken, was wir mit unseren Augen nicht sehen,
und in die unsichtbare Welt um uns herum einzutau-
chen. Diejenigen, die gelernt haben, mit Hilfe der, wie
man sie nennt, ›exakten‹ Wissenschaften über diese
Schwelle zu treten, sind befähigt, auf den weißen Flügeln der Imagination in räumlich und zeitlich unvor-
stellbar weit entfernte Sphären vorstoßen. – Die Mathematik zeigt uns, was ist. Sie ist die Sprache des
Unsichtbaren. Aber um diese Sprache zu nutzen und
anzuwenden, müssen wir das Unsichtbare, das Unbe-

wußte erspüren und erfassen können. Gerade darum
sollte die Phantasie von der Wissenschaft gepriesen
und gefördert werden.

Ada hielt im Schreiben inne.

Wie hatte Leibniz es doch formuliert – die Erschaffung
aller Dinge aus dem Nichts durch die Allmacht Gottes?
Nach ihm hatten die Dinge ihren Ursprung aus Gott und
dem Nichts, dargestellt in den Zahlen 1 und 0. Zu Beginn
des ersten Tages war die Eins, das heißt Gott. Der letzte, der
siebte Tag, war der vollkommenste, denn an ihm war alles
geschaffen und erfüllt, deshalb schrieb sich die 7 im Dual-
system als III, ohne 0. In den beiden Ziffern war die Harmo-
nie des Universums festgelegt, alle Zahlen hatten darin
ihren Ursprung.

Waren die Eins und die Null als Metapher für die Erschaffung von Etwas aus Nichts zu verstehen?

Schnee rutschte donnernd vom Dach und verschleierte
für einen Augenblick die Sicht auf den Park.

Metapher.

Es war das Wort, nach dem sie gesucht hatte.

Die Anwendung von Metaphern. Die Vereinigung von
Wissen und Phantasie.

*Labor ipse voluptas.*

Das mochte für William stimmen, ihr genügte es nicht.
Sie tauchte die Feder in das Tintenfaß und fuhr fort.

Um wirklich Großes zu schaffen, sind mehrere Qua-
litäten gefragt: Kreativität, Imagination und die Anwendung von Metaphern. Die Vereinigung von Wissen und Phantasie. Ohne die Kraft der Imagination
ist die Wissenschaft eine leere Hülle. Sie ist unab-
dingbar für die Wahrheitsfindung und für das Verständnis der Schöpfung. Wissen kann man sich aneig-

166

nen, die Phantasie aber ist eine Gabe Gottes, und ich stehe in dieser Gnade. Möge Gott mir helfen, Licht auf einige dunkle Ecken in der Welt zu werfen, bevor ich sterbe. – Das ist das wissenschaftliche Dreigestirn, das mich dabei leiten soll: 1. Konzentration. Sie erlaubt mir, Strahlen aus jeder Ecke des Universums auf eine Sache zu fokussieren. 2. Intuition. Dank einer Besonderheit in meinem Nervensystem kann ich Dinge wahrnehmen, die anderen verborgen bleiben. 3. Verstand. Ich verfüge über immense geistige Fähigkeiten. Die ganze Zeit über beschäftige ich mich mit metaphysischen Mutmaßungen und Fragen, die sich mir von selbst aufdrängen. Manchmal habe ich das Gefühl, ich könne begreifen, was das Leben ist, der Tod und was an der Bruchstelle dazwischenliegt. Und doch ist das, was ich glaube zu verstehen, nur ein infinitesimaler Bruchteil dessen, was ich verstehen WILL. Vielleicht ist dies der Bodensatz der genialen Veranlagungen in meiner Familie – wir können uns mit unserer ganzen Existenz in etwas hineinwerfen und es auch vollbringen. *Crede Byron.* – Der Himmel hat mir einen einzigartigen geistig-moralischen Auftrag erteilt, den ich erfüllen muß.

Der Auftrag ließ indes auf sich warten. Im Verlaufe des Winters verkümmerte Adas mathematischer Furor überraschend und jäh wie eine dem Frost ausgesetzte Pflanze. Sie zeigte sich auch nicht sonderlich beeindruckt, als ein Schreiben von Babbage eintraf, in dem er sie davon unterrichtete, Luigi Menabrea habe die Abhandlung über die Analytische Maschine fertig geschrieben und werde sie demnächst dem Bureau der *Bibliothèque Universelle de Genève* senden.

Und als Dr. Kay im Februar eine gewisse Miss Shuttleworth heiratete, erlosch auch ihr weltliches Irrlichtern und Funkeln.

Eine neue Leidenschaft hatte sie gepackt.

Den ganzen Winter hindurch besuchte sie fast jede Theater- und Opernvorstellung. *Ein Sommernachtstraum* und *Der Kaufmann von Venedig* im Drury Lane Theater begeisterten sie restlos. Sie übte täglich mehrere Stunden Harfe, bis die Fingerbeeren wund waren, spielte Geige und nahm Gesangsunterricht bei Herrn Standeyl von der Deutschen Oper, der ihr von ihrem künstlerischen Tutor Mr. Roupetch empfohlen worden war.

Mr. Roupetch sei, so beschied sie William in einem Brief nach Ockham, begeistert von ihrer sängerischen und schauspielerischen Begabung und habe ihr geraten, ihre Belcanto-Stimme zu schulen. Es sei jammerschade, ein solches Talent einem größeren Publikum vorzuenthalten. Sie sei jetzt daran, ihre Lieblingsarie aus *Norma* einzustudieren, ein Duett mit Pollio, das sie in der Bibliothek in Ockham aufführen werde, mit Klavierbegleitung und einem Sänger, der den männlichen Part übernehme.

Sie übte täglich. Zwei Takte Introduzione, dann getragen: *Qual cor tradisti, qual cor perdesti,* welch dramatische Zuspitzung, welche Tragik in dem Schicksal dieser Priesterin, Geliebten und Mutter, die sich der Liebe und der Wahrheit wegen opfert, beim anschließenden Duett nahm die linke Klavierhand der Begleitung Polliones Part auf, dann Normas Beichte, das Keuschheitsgelübde gebrochen, Verrat begangen zu haben, die Worte Pollios, Geliebter und Vater ihrer beider Kinder, *deh! non volerli vittime del mio fatale errore,* dachte sie sich dazu.

Das Italienische war die perfekte Opernsprache. Der Schmelz, die rollenden Konsonanten, die hellen Vokale. Ada gab sich den Arien mit Leib und Seele hin.

William, irritiert über die plötzliche und unangekündigte Kehrtwendung zu den ephemeren Künsten hin, schrieb besorgt zurück. Wie denn das nun gemeint sei?

Meine liebe Krähe, erwiderte sie. Er habe offenbar Sinn und Zweck ihrer künstlerischen Ambitionen nicht ganz verstanden. Es gehe darum, ihre zweifellos genialen Anlagen in dieser Richtung zu fördern. Die musikalische Ausbildung, in Kombination mit ihrem poetischen Genie, diene der Entfaltung und der Vervollkommnung ihrer Persönlichkeit im Hinblick auf ein größeres Ziel. Zur Illustration sende sie ihm ein durch eine Ballade von Schiller inspiriertes Gedicht. Er werde wohl akzeptieren müssen, daß, wenn auch spät, jetzt ihre wirkliche und von der Natur geschenkte Genialität zum Ausdruck komme. Das alles habe ganz nebenbei auch positive Auswirkungen auf ihren Allgemeinzustand. Jedermann bewundere ihre jugendliche und frische Erscheinung.

Davon abgesehen standen familiäre Probleme an. Die nach wie vor virulente Angelegenheit mit Medora setzte sowohl Lady Byron als auch Ada zu, die wider Willen und in unheilvoller Weise in die Angelegenheit verstrickt war. Sie mußte zwischen ihrer Mutter und der jungen Frau vermitteln, Botschaften überbringen und auf beiden Seiten die Wogen glätten. Medora war samt Tochter mittlerweile auf Lady Byrons Kosten in Moor Place, Esher, einquartiert worden und verschoß von dort aus giftige Pfeile gegen ihre eigene Familie und gegen ihre Wohltäterin, von der sie immer noch finanziell unterstützt wurde. Die nervliche Belastung schlug auf Lady Byrons Gesundheit. Ada riet ihrer leidenden Mutter zu körperlicher Ertüchtigung und verfluchte die beigezogenen Ärzte, die ihrer Patientin devot die von ihr verlangten Medikamente und Therapien verschrieben und sich gegenseitig ins Handwerk pfuschten.

Trotz allem war Lady Byron oft in Ockham anzutreffen.

William und die Schwiegermutter hatten viel miteinander zu besprechen. Die Verwaltung der ausgedehnten Ländereien und die Finanzen. Anstehende Investitionen. Die verschiedenen Schulprojekte. Spenden für die Kirche. Die Lehrer und Gouvernanten, das Heer von Gärtnern, Advokaten und Architekten.

William und Lady Byron standen in bestem Einvernehmen. Nur ihr Umgang mit Pferden konnte ihn in Rage bringen. Lady Byron war der Meinung, Pferde seien, nicht anders als der Reste der Tiere, Kreaturen, von denen man entweder in eßbarer oder anderer Form Gebrauch machte. Die Pferde waren jeweils schweißgebadet, Schaum flockte ihnen vom Maul, wenn Lady Byrons Kutsche in Ockham eintraf.

Was die Kinder betraf, so ging er mit seiner Schwiegermutter einig, daß Byron endlich Französisch- und Lateinunterricht erhalten sollte.

Ada widersetzte sich. Byron sei dazu noch viel zu klein. Er spreche ja noch nicht einmal richtig Englisch, sei trödelig und zerstreut. Viel besser wäre es, William würde mehr mit ihm nach draußen gehen oder ihm beim Zeichnen helfen. Und im übrigen seien sowohl Signor Chisso, der Reitlehrer, wie auch Mr. Knoff und Mr. Tenniel sehr zufrieden mit dem Fortschritt der beiden größeren Kinder. Beide beherrschten jetzt sogar den Walzer, und Byron sehe in seinen neu geschneiderten Kleidern wie ein kleiner Gentleman aus.

Im großen und ganzen jedoch beobachtete Ada aus der Ferne den *ménage* von Mutter und Gatten ohne Argwohn. Sie war froh, von so trivialen Problemen wie Haushalt und Geldangelegenheiten entlastet zu sein.

## 9

Die Dinnerparty im Stadthaus des Earls von Zetland neigte sich ihrem Ende zu. Ada begab sich zusammen mit den anderen Gästen in den Salon, als sich ihr ein Mann mittleren Alters näherte, ein halbvolles Glas Champagner in der einen Hand.

– Mit Verlaub. Lady Lovelace, mein Name ist John Hobhouse. Habe ich die Ehre, mit der Tochter von Lord Byron zu sprechen?

Die Antwort war kurz und schnippisch.

– Der Name stimmt, aber ich glaube kaum, daß ich die Ehrerbietung erwidern kann.

Hobhouse, über fünfzig, verwitwet, Vater dreier erwachsener Töchter und angesehenes Mitglied des Londoner Establishments, war amüsiert.

– Darf ich fragen, was der Grund Ihrer Ablehnung ist?

– Sie gehörten zur Piccadilly Crew meines Vaters, wenn mich nicht alles täuscht.

Hobhouse bejahte.

Er habe ihren Vater seit seinen Jugendjahren gekannt und sei bis zu seinem Tod sein enger Vertrauter und Freund gewesen.

Ada zog die Schultern nach hinten.

– Das genügt, um Sie nicht zu mögen.

Sie wandte sich um und verließ den Raum mit schnellen Schritten. Hobhouse rieb sich verwundert die Nase und winkte eben einen Lakaien zu sich heran, um sich nochmals einschenken zu lassen, als Ada zu seiner Überraschung plötzlich wieder unter der Tür erschien und auf ihn zutrat.

– Mr. Hobhouse. Ich werde Ihnen meine Karte schikken. Es würde mich freuen, wenn Sie mich am St. James Square besuchen kämen.

Eine Woche später leistete er der Einladung Folge. Ada bat ihn in den Salon und ließ Tee und Gebäck servieren.

Sie setzten sich an den kleinen Tisch in der Fensternische.

– Verzeihen Sie meine Schroffheit bei der letzten Begegnung, sagte Ada. Und noch etwas, Mr. Hobhouse. Ich möchte gleich zu Beginn ein Anliegen äußern. Es wäre mir sehr recht, wenn meine Mutter nichts von diesem Treffen erführe.

Hobhouse neigte sich nach vorn.

– Meine liebe Lady Lovelace, machen Sie sich keine Sorgen. Ihre Mutter hat vor achtzehn Jahren zum letzten Mal mit mir geredet.

Er ersparte Ada die tiefere Natur seiner Beziehung zu Lady Byron und deren Eltern, sie war von allem Anfang unterkühlt gewesen war, schon seit der verspäteten Ankunft in Seaham Hall anläßlich der Hochzeit, als er und Byron nur vom Dienstpersonal empfangen worden waren, ein Affront, den er nie verziehen hatte. Und Lady Byrons Verhalten war in seinen Augen maßgeblich beteiligt gewesen am Desaster, das der Grund für die überstürzte Abreise seines Freundes gewesen war.

Er ließ sich seine Verbitterung nicht anmerken.

– Darf ich Sie beim Vornamen anreden? fragte er. Ich habe von Ihnen immer nur als Ada gehört.

– Ja, tun Sie das. Mr. Hobhouse, finden Sie, ich sehe meinem Vater ähnlich?

Er musterte ihre Züge. Sie war hübscher geworden, seit

er sie vor acht Jahren zum ersten Mal gesehen hatte. Anmutiger als die Mutter auf jeden Fall.

– Ja, Sie sehen ihm ähnlich. Vor allem der Mund und das Kinn erinnern mich sehr an Byron. Und die lebhaften Augen.

– Wie war er, Mr. Hobhouse? Erzählen Sie mir von ihm.

Hobhouse zögerte.

Sie bewegten sich auf dünnem Eis.

Er lenkte das Gespräch hin zur Jugendzeit, erzählte von den gemeinsamen Reisen nach Malta, Griechenland und Albanien, dem Empfang am Hof des Ali Pascha. Von den Jahren in Cambridge am Trinity College und dem jungen Bären, den Byron aufzog und bisweilen mit ins College brachte, wo er ihn in einem kleinen Turmzimmer einsperrte. Von den Gelagen in Newstead Abbey, den nächtelangen philosophischen Gesprächen.

– Er muß einsam gewesen sein. Ich habe gehört, das Anwesen in Newstead sei sehr groß.

– Ja, in der Tat, die ausgedehnten Ländereien, der Park, die Kirche, das Haus war allerdings damals heruntergekommen und nur zum Teil bewohnbar. Aber Byron war nicht allein, er hatte ja Rushton, seinen Kammerdiener, der immer in seiner Nähe war. Und er liebte Tiere. Der Bär war nicht sein einziger Genosse. Er hielt einen Wolf in Newstead, Hunde, eine Schildkröte. Boatswain, der Neufundländer, wich nicht von seiner Seite. Er war am Boden zerstört, als der Hund starb.

– Das kann ich gut verstehen. Auch ich liebe Hunde. Und erst die Kinder! Hautboy ist ihr liebster Spielgenosse.

Hobhouse, froh über die Wende, die das Gespräch nahm, fragte nach den dreien.

Ada sprach lebhaft über deren Eigenheiten und Vorlieben, über ihre Erziehung, die musikalischen und intellektuellen Fortschritte. Über Williams Leidenschaft für die Architektur, für Landbau und Geschichte.

– Er war auch in Griechenland, sagte sie. Haben Sie meinen Vater eigentlich nach Kephalonia begleitet?

Sie war hartnäckig, die junge Frau, das zumindest mußte Hobhouse ihr zugute halten.

– Nein. Ich habe ihn zum letzten Mal in Pisa gesehen.

– Wann war das?

– Im September 1822, kurz bevor er nach Genua und von dort nach Griechenland aufbrach. Als wir uns verabschiedeten, wußte ich nicht, daß es für immer war. Er hat oft von Ihnen gesprochen, Ada. Ich glaube, er hatte große Sehnsucht nach Ihnen. Es wäre sein höchstes Glück gewesen, wenn er Sie nur einmal hätte sehen können. Leider ließen dies die Umstände nicht zu.

Die Umstände. Ada strich ihren Rock auf den Oberschenkeln glatt.

– Er war wohl nicht ganz schuldlos daran, sagte sie. Die Umstände waren dergestalt, daß er kurz nach meiner Geburt England für immer verließ. Was hat ihn dazu bewogen, Mr. Hobhouse?

Hobhouse räusperte sich, hob die Teetasse und stellte sie wieder hin.

– Byron war ein außerordentlicher Mensch, der bemerkenswerteste überhaupt, den ich in meinem Leben kennengelernt habe. Er war leidenschaftlich und rücksichtslos. Ein Feuer hat in ihm gebrannt. Er hat die Menschen verzaubert mit seiner Art zu sprechen, mit seinem Blick. Und er war, es ist wohl kein Geheimnis, nicht für die Ehe gemacht. Das Jahr an der Piccadilly Terrace war für Ihre Eltern nicht gerade beglückend, um es mal so zu sagen. Die Gründe für seine überstürzte Abreise waren verschiedener, nicht zuletzt finanzieller Art. Über Details bin ich jedoch nicht im Bilde.

Ada schaute aus dem Fenster. Die Bäume zeigten das erste Grün.

Er log. Wenn jemand detaillierte Kenntnisse über die Geschehnisse jener Zeit hatte, war es Hobhouse.

— Machen wir uns nichts vor, Mr. Hobhouse. Ich weiß um die Sache mit Augusta. Die ganze Welt wußte darum.

Hobhouse wich ihrem Blick aus.

— Es steht mir nicht zu, über ihn zu urteilen. Heuchler und Rechtschaffene finden immer Mittel und Wege, das Gesicht zu wahren. Byron hat sich nicht an die Spielregeln gehalten. Das hat ihn verwundbar gemacht.

— Haben Sie ihn begleitet, als er England verließ?

— Bis Dover. Ich stand am Ende des Piers und habe gewartet, bis das Schiff am Horizont verschwand. Die Wochen danach waren düster und freudlos. Ein Sommer, der keiner war, wie es im Volksmund hieß, wegen eines Vulkanausbruchs irgendwo auf Indonesien im Jahr zuvor, trübe, regnerisch und freudlos, eine um sich greifende Ermattung. Genauso habe ich mich gefühlt. Alles hat zusammengepaßt. Später, Ende August, habe ich ihn in Genf getroffen. Wir sind zusammen nach Italien gereist. Mailand. Venedig.

Mailand. Venedig. Newstead Abbey. Kephalonia.

So viele Namen, stumme Begleiter jahraus jahrein, Blasen, gefüllt mit nebelhaftem und flüchtigem Inhalt, Ada sagte sie lautlos vor sich hin.

— Eine Frage habe ich noch, Mr. Hobhouse. Sie sind wohl einer der wenigen Menschen, die über Allegras Los Bescheid wissen. Woran ist sie gestorben?

— Allegra? Vermutlich an einem Malariafieber. Sie war fünf Jahre alt. Byron hatte sie im Kloster Bagnacavallo bei Ravenna untergebracht. Die Nachricht von ihrem Tod soll ihn sehr mitgenommen haben. Er ließ den Leichnam einbalsamieren und bezahlte für ein aufwendiges Begräbnis in Harrow. Ein Leichenwagen mit vier Pferden. Eine Inschrift. Das Gerücht, er habe Harrow Church gewählt, weil Lady Byron dort zu beten pflegte, entbehrt übrigens jeder Grundlage. Manchmal könnten einem graue Haare, wachsen ob der Boshaftigkeit der Menschen.

– Die grauen Haare habe ich schon, wie Sie sehen. Vom zweiten werde ich wohl auch nicht verschont bleiben.

– Darin, liebe Ada, muß ich Ihnen vermutlich recht geben.

– Was war mit Allegras Mutter?

– Sie blieb mit den Shelleys in Italien. Das Kind mußte sie in Byrons Obhut lassen, sie hat es, soviel ich weiß, nie mehr gesehen. Später ging sie als Gouvernante nach St. Petersburg und Moskau. Jetzt soll sie in Paris leben, habe ich gehört. Aber genug der schwermütigen Vergangenheit. Erzählen Sie von sich. Was machen Ihre mathematischen Studien?

Sie zuckte mit den Schultern.

– Ich bin im Augenblick mit anderen, nicht minder aufregenden Themen beschäftigt. Drama und Gesang, in beidem lasse ich mich ausbilden, es befriedigt mich zutiefst, und meine Lehrer sind begeistert von meinen Fortschritten. Außerdem schreibe ich Poesie.

– Wie schön.

Hobhouse, nicht weiter beunruhigt, nickte anerkennend. Gedichte zu schreiben gehörte in den Kreisen, in denen sie beide verkehrten, zum Repertoire weiblicher Zerstreuung. Auch Lady Byron hatte Gedichte geschrieben und sie, lange vor der Verlobung, Byron geschickt mit der Bitte um seine Meinung. Hobhouse glaubte sich zu erinnern, daß sein Freund sich anerkennend darüber geäußert hatte und aufgrund der Lektüre davon ausgegangen war, Miss Milbanke müsse ein außerordentliches Mädchen sein mit charakterlichen Stärken, die man unter der sanften Oberfläche kaum vermuten würde.

– Sie müssen uns auf dem Land besuchen, Mr. Hobhouse, sagte Ada beim Abschied, die Kinder und meinen Mann kennenlernen. Ich glaube, William und Sie werden sich mögen. Er hält sich lieber in Ockham als in London auf. Aber ich brauche die Stadt, auch wenn die Luft hier manchmal unerträglich ist. Ich ziehe das Ersticken dem Verhungern vor.

– Das, Verehrteste, kann ich gut verstehen.

Hobhouse verabschiedete sich mit der Zusicherung, der Einladung nach Ockham gern Folge zu leisten.

Ada ließ abtragen und schickte Molly, einige Kleinigkeiten zum Abendessen zu besorgen. Sie hatte ein Restaurant an der Oxford Street entdeckt, das einen Take-away-Service betrieb. Seit sie Mrs. Shriver entlassen hatte, war das Regime in der Küche chaotisch, Molly war als Köchin unbrauchbar.

William gegenüber hatte sie die Entlassung mit Mrs. Shrivers notorischer Unzuverlässigkeit gerechtfertigt.

Der wahre Grund war ein anderer.

Sie konnte so das Jahresgehalt der Haushälterin einsparen. Trotzdem reichte das Geld nirgends hin.

Sie mußte das Problem zu Sprache bringen, wenn sie das nächste Mal nach Ockham fuhr.


William brachte ihrem Anliegen kein Verständnis entgegen. Wozu die vielen Gesangslektionen? Die Theaterbesuche? Die sinnenverwirrende Lektüre?

– Nichts als Phantasmagorien, sagte er.

Sommernachtstraum. Druidinnen. Feen und Kobolde. Die Bilder eines gewissen Fuseli, gegenwärtig wieder in aller Munde. Nachtmahren und Elfen, halbentblößte Odalisken in Trance und wahnsinnige Mönche. Sylphiden im Schein von wabernden Leuchtbögen und Magnesiumblitzen. Die Shelley und ihr Monster, einer krankhaften Phantasie entsprungen.

Das Pandämonium der alptraumhaften Gestalten war William schon suspekt genug, wenn sie Bücher, Leinwände oder Bühnenbretter heimsuchten. Bei seiner Frau jedoch schienen sie darüber hinaus nicht nur eine unheilvolle Verwirrung anzurichten, sie stürzten sie offenbar auch in abenteuerliche Unkosten.

Der Entwicklung mußte Einhalt geboten werden. Er war, ebenso wie Lady Byron, davon überzeugt, daß Ada so schnell wie möglich wieder zu ihrer wahren Berufung, zur Mathematik, zurückkehren sollte.

Ada schlug seine Ermahnungen in den Wind. Die Phalanx von Gatte und Mutter hatte die gegenteilige Wirkung. Je mehr die beiden auf sie einredeten, desto leidenschaftlicher verteidigte sie ihre Hingabe an die Künste.

Auch Lady Byron war besorgt über die Wende, die Adas Karriere zu nehmen schien, aber sie hoffte, es sei eine vorübergehende Erscheinung.

Die Kreativität ihrer Tochter hatte schon hin und wieder kühne Wege eingeschlagen.

Sie stellte Ada zur Rede.

Sie mißbillige aufs entschiedenste, sagte sie, daß Ada sich mit so unnützen und ausufernden Dingen beschäftige. Man habe ja gesehen, wohin das geführt habe, damals.

Sie wisse nicht, wovon sie rede, sagte Ada.

– Flugmaschinen, sagte die Mutter. Selbst erfundene Geschichten und dergleichen.

Ada lachte.

– Mama, das war vor Jahren. Ich war ja noch ein Kind.

– Eben, sagte Lady Byron. Davon rede ich ja.

Bifrons war ein Paradies.

Wiesen und Felder. Ställe, Pferde und Kühe. Hunde und Gänse und Madam Puff.

Das Pony hieß Sylph. Jeden Tag ritt Ada auf ihm aus.

Nur Menschen gab es, außer den Dienstboten, fast keine.

Mama war unterwegs. Die Briefe, die sie schrieb, kamen aus immer wechselnden Orten. Wells. Brighton. Clifton. Swansea. Newport. Clifton. Dover.

Miss Stamp, die Gouvernante, war Adas einzige Gesellschaft.

Miss Stamp unterrichtete Ada in Französisch, Mathematik, Geographie und Tanz und versorgte sie mit Lektüre. *Gullivers Reisen* von Jonathan Swift. *Über die menschliche Natur* von David Hume. *Götter und Helden der griechischen Antike.*

Darin war auch die Geschichte von Dädalus und Ikarus, die vor Minotaurus von der Insel Kreta fliehen mußten und dafür Flügel anfertigten. Ada schüttelte den Kopf über die beiden. Wie dumm sie waren. Natürlich taugte Wachs nicht für ein solches Vorhaben. Es hatte einen Schmelzpunkt von 104 Fahrenheit, das wußte doch jeder. Wenn schon, hätte man die Federn mittels Draht befestigen müssen.

Eines Morgens fand Ada unter ihrem Bett einen mit Blut verklebten Krähenflügel. Sie schimpfte ein bißchen mit Madam Puff. Dann ging sie in die Küche, reinigte den

Flügel sorgfältig mit einem feuchten Schwamm und legte ihn auf ein Brett, das sie in der Remise gefunden hatte. Sie zog ihn auseinander, nagelte die Enden auf dem Brett fest und untersuchte das Objekt in ihrem Zimmer.

Fasziniert studierte sie die Anatomie, die Größenverhältnisse der Federn zueinander, die Art, wie sie am Knochen befestigt waren. Sie verfertigte eine Zeichnung und schrieb die einzelnen Teile auf lateinisch an: *Humerus, Ulna* und *Radius, Os carpi radiale* und *ulnare, Digitus major, Digitus minor, Digitus alulae.*

Sie war bezaubert von dem Farbenspiel. Die Federn waren nicht einfach schwarz, nein, sie glänzten in vielerlei Blautönen, je nachdem, wie das Licht darauf fiel.

Hin und wieder nahm Miss Stamp Ada mit nach Canterbury. Ada staunte ob der Höhe der Kathedrale. Die Türme ragten schwindelerregend hoch in den Himmel, fast so weit wie der Kölner Dom, den sie im vergangenen Jahr gesehen hatte.

Die bissige Kälte hielt Ada nicht davon ab, in Stall und Remise nach Werkzeugen, Schmieröl und anderem Gerät zu suchen. Miss Stamp wurde beauftragt, Seidenstoff und große Papierbögen zu beschaffen.

Ada hatte ein Projekt: die Herstellung eines Fluggeräts. Sie zeichnete und stellte Berechnungen an. Der Trick war, das Verhältnis der Flügelgröße zum Körpergewicht zu kennen. Um das herauszufinden, bastelte sie mit Draht, Papier und Seide einen Drachen, aufgrund dessen Fläche sie die Flügel entwarf, die sie sich an den Rücken schnallen konnte.

Aber sie hatte noch weitere Pläne – eine mit Dampf betriebene Flugmaschine.

Die Disziplin, in der sie jetzt arbeitete, nannte sie Flugologie.

Als sie fertig mit den Entwürfen war, schritt sie zum nächsten Projekt, ein geflügelter Apparat, der Briefe transportieren konnte. Außerdem plante sie, ein Buch über Flugologie zu verfassen, illustriert mit der kompletten Anatomie eines Vogels.

Fast jeden Tag schrieb sie einen Brief an Mama, in dem sie von ihren Fortschritten im neuen Fach berichtete.

Die Antworten der Mutter waren nicht ermutigend. Ada solle sich lieber mit wichtigen Dingen beschäftigen.

Ada schrieb zurück.

> Madam Puff, meine Tochter, hat Kätzchen bekommen, also bist du, liebe Mama, jetzt Großmutter von drei Enkelinnen.
>
> Deine dich liebende Brieftaube.

Im Frühjahr kehrte Lady Byron nach mehreren Monaten Abwesenheit nach Bifrons zurück. Sie fand ein komplett eingerichtetes Atelier und ein umfangreiches Werk vor – zwei Drachen, ein Fluggerät, Skizzen und Tabellen für eine Flugmaschine und für eine mechanische Brieftaube sowie drei von Ada verfaßte Geschichten.

Die erste handelte von Prinzessin Isabella, Tochter des Königs von Dänemark, die sehr lieb und aufopfernd war. In der zweiten Geschichte wurde die Heldin eingesperrt, weil sie ihr Pferd bei der Flucht vor den Feinden großzügig jemand anderem überlassen hatte. Die dritte erzählte von Sophia, einem Mädchen, das weder schön noch intelligent war, sich aber große Mühe gab, alles richtig zu machen, um keinen Tadel entgegennehmen zu müssen.

Lady Byron konnte das Abdriften in solch abenteuerliche Experimente nicht gutheißen. Sie drängte darauf, daß Ada sich wieder der Mathematik, den Sprachen und der Musik zuwandte. Miss Stamps Heirat und die damit verbundene Kündigung kamen gerade zum richtigen Zeitpunkt.

Im Herbst traten an ihrer Stelle mehrere Lehrkräfte in den Dienst von Lady Byron. Ada nahm einmal mehr Abschied von einem ihr lieb gewordenen Menschen, und wenig später wurden dem Vogel die Flügel gehörig gestutzt.

## II

Das Kuvert, das der Bote Ada aushändigte, enthielt einen Brief von Charles Wheatstone und eine Broschüre. Auf dem Umschlag stand: *Bibliothèque Universelle de Genève, T. LXXXII, Octobre,* 1842. *Luigi Menabrea. Notions sur la machine analytique de Charles Babbage.*

Wheatstone schrieb, er lege die Abhandlung über die Analytische Maschine bei in der Hoffnung, Ada fände Interesse daran. Ob sie nicht Lust hätte, sie zu übersetzen? Noch auf der Treppe schlug sie die Broschüre mittendrin auf und begann zu lesen.

> L'objet essentiel de la machine étant de calculer, d'après les lois qui lui sont dictées, la valeur de coefficients numériques qu'elle doit ensuite distribuer convenablement sur les colonnes qui représentent les variables, il s'ensuit que l'interprétation des formules et des résultats est en dehors de ses attributions, à moins toutefois que cette interprétation ne soit elle-même susceptible d'être exprimée par le moyen des symboles dont elle fait usage. Ainsi elle n'est point elle-même l'être qui pense, mais on peut la considérer comme l'être qui exécute les conceptions de l'intelligence.

Ada ließ ausrichten, daß sie nicht zum Lunch erscheinen werde. Sie las die ganze mit Tabellen und Formeln gespickte Abhandlung in einem Zug. Gegen vier Uhr legte sie den Text beiseite, elektrisiert und mit heißen Wangen.

Im September hatte sie ihre mathematischen Studien wieder aufgenommen, mehr aus Langeweile denn aus innerem Antrieb, und De Morgan wiederholte Male Problemlösungen der Differentialrechnung zugeschickt. Sie hatte sich vorgenommen, der Mathematik, nebst dem Harfenspiel und dem Gesangsunterricht, wieder mehr Wichtigkeit beizumessen, die Zeit würde zeigen, welches ihre wahre Berufung war, obwohl sie sich selbst eingestehen mußte, daß sie im Moment darin keinen großen Ehrgeiz hatte.

Jetzt lag die Erlösung aus ihrer monatelangen Apathie vor ihr.

Ein dünnes, unscheinbares Heft.

Die Kinder waren schon im Bett, als sie das englisch-französische Wörterbuch aus der Bibliothek holte und begann, den Anfang der Abhandlung zu übersetzen.

Obwohl jene Arbeiten, die zu den verschiedenen Zweigen der mathematischen Disziplinen gehören, dem ersten Anschein nach ausschließlich eine Sache des Intellekts sind, können sie – nichtsdestoweniger – in zwei verschiedene Bereiche eingeteilt werden. Den einen kann man den mechanischen Bereich nennen, denn er ist präzisen und unveränderlichen Gesetzen unterworfen, die mittels materieller Operationen ausgedrückt werden können. Der andere Bereich dagegen, der Überlegung erfordert, fällt unter die Zuständigkeit des Verstands. Stimmt man dem zu, kann man auf die Idee kommen, den mechanischen Zweig dieser Arbeiten maschinell auszuführen, während der andere, der vom Denkvermögen abhängt, dem reinen Intellekt vorbehalten bleibt. Die strikte Genauigkeit der Gesetze, die das Zahlenrechnen regeln, muß daher schon häufig den Einsatz von

Geräten nahegelegt haben, die solche Rechnungen entweder gänzlich übernehmen oder sie wenigstens abkürzen. Und so kam es zu verschiedenen Erfindungen, die genau dieses Ziel hatten, es aber nur teilweise erreichten. Die vielbewunderte Maschine Pascals zum Beispiel ist heute nur noch eine Kuriosität, die, auch wenn sie den durchdringenden Geist ihres Erfinders widerspiegelt, an sich doch wenig nützlich ist. Sie war lediglich imstande, die ersten vier arithmetischen Operationen durchzuführen, genauer war sie sogar beschränkt auf die ersten zwei, da Multiplikation und Division sich aus einer Folge von Additionen und Subtraktionen ergaben. Der hauptsächliche Nachteil aller bisherigen Maschinen dieser Art ist der, daß sie zur Steuerung ihrer Abläufe beständig der Bedienung durch Menschenhand bedurften, wodurch sich Fehler einschleichen können. Der Grund, warum sie für komplizierte Berechnungen keine breite Anwendung fanden, ist der Umstand, daß sie das zweifache Problem, das hier zur Frage steht, nicht wirklich lösen konnten: das der Korrektheit des Resultats in Verbindung mit dem der Zeitersparnis.

Aufgrund solcher Überlegungen hat Mr. Babbage mehrere Jahre der Verwirklichung einer gigantischen Idee gewidmet. Er hat sich nicht weniger vorgenommen, als eine Maschine zu bauen, die nicht nur arithmetische Operationen durchführen sollte, sondern auch all jene der Analyse, soweit ihre Gesetze bekannt sind.

Nach der Einleitung kam Menabrea auf die Differenzmaschine und deren hauptsächlichen Zweck, die Berechnung nautischer und astronomischer Tabellen, zu sprechen. Erst auf Seite 6 wandte er sich der Analytischen

Maschine zu. Er legte noch einmal dar, daß weder Zeiteinsparung noch Genauigkeit erreicht werden konnten, solange menschliche Intervention nötig war. Eine Maschine müsse deshalb imstande sein, sämtliche Operationen auszuführen, die zusätzlich nötig waren, um ein Problem selbständig zu lösen, waren einmal die grundlegenden numerischen Daten eingegeben. Das setze voraus, daß die Maschine nicht mit der Methode von *trial and error*, sondern mit den unmittelbaren rechnerischen Prozessen arbeite, die zum Resultat führten. Dabei müsse immer im Auge behalten werden, daß die Maschine kein denkendes Wesen, sondern ein Automat sei, der mit den ihm auferlegten Gesetzmäßigkeiten arbeite. Er erläuterte sodann das Prinzip, auf dem die Konstruktion der Analytischen Maschine beruhte.

Würde zur Lösung eines Problems die Analyse angewandt, müßten gewöhnlich zwei Klassen von Operationen durchgeführt werden: erstens die numerische Berechnung der verschiedenen Koeffizienten, und zweitens deren Verteilung in Relation zu den davon berührten Größen. Damit eine Maschine diese Operationen ausführen könne, müsse diese darum beide Fähigkeiten haben – numerische Berechnungen auszuführen und die dadurch erhaltenen Werte richtig zu verteilen. Die Analytische Maschine sei aber darüber hinaus imstande, die von ihr errechneten Resultate zu analysieren.

Sie kann mit solchen Funktionen umgehen, deren Eigenschaften sich notwendig ändern, wenn sie Null oder Unendlich überschreiten, oder deren Werte nicht zugelassen werden können, wenn sie diese Grenze überschreiten. Wenn solche Fälle auftreten, ist die Maschine in der Lage, mittels einer Glocke darauf aufmerksam zu machen, daß dieser Überlauf über Null oder Unendlich stattfindet, woraufhin sie anhält, bis ihr Wärter sie erneut in Gang setzt, welchen Prozeß auch immer man sie als nächstes ausführen lassen will. Wird nun aber dieser Prozeß im voraus geplant, dann wird die Maschine, anstatt zu klingeln, sich selbst auf die Eingabe der neuen Karten einstellen, welche sich auf die Operationen beziehen, die nach dem Überlauf über Null und Unendlich folgen sollen. Durch diesen Überlauf ist es möglich, die Maschine zu irgendeinem Zeitpunkt, an dem ein spezifizierter Zustand eintritt, beliebige andere Prozesse ausführen zu lassen.

Ende des Jahres hielt sich Ada in Ashley Combe auf. Die Übersetzung ging ihr leicht von der Hand, aber körperlich fühlte sie sich jämmerlich. Die Monatsblutungen waren schmerzhaft und anhaltend, unter Spasmen stieß ihr Körper schwarzes klumpiges Blut aus, und die chronischen Magenbeschwerden setzten ihr zu. Sie befolgte Dr. Lococks Rat und trank, als Ergänzung zur regelmäßigen Einnahme von Laudanum, jeden Tag ein Glas Brandy. Babbage hatte seinen geplanten Besuch einer schweren Krankheit wegen abgesagt. Um sich abzulenken, ritt Ada über die von Feuchtigkeit gesättigten Hügel zum Dunkery Beacon, gegen Mittag sog sich der Nebel mit Licht voll, riß auf und gab die Sicht auf die Südküste von Wales frei.

Ab und zu war Ada in Begleitung von Dr. Knight, einem Nachbarn aus Porlock. Er war jüngst nach einigen Jahren Abwesenheit vom Kontinent zurückgekehrt. Sie taten nichts, was gegen die Regeln verstoßen hätte. Verheiratete Männer vergnügten sich mit den Bediensteten, niemals mit Frauen ihres Standes. Für eine Ehefrau und Mutter galt das Gegenteil. Flirts mit einem Untergeordneten brandmarkten sie als Hure. Dr. Knight war Junggeselle und gebildet und insofern ein idealer und in Adas Augen harmloser Zeitvertreib.

Mitte Dezember hatte sie den Text fertig übersetzt. Luigi Menabrea schloß seine Ausführungen mit einigen Überlegung zu Nutzen und Zweck der Analytischen Maschine.

Die Analytische Maschine wird folgende Vorteile bieten: Erstens: strikte Genauigkeit, dank ihrer spezifischen Funktionsweise, die keinerlei menschlichen Eingriff während des Ablaufs der Operationen erfordert. Außerdem führt die Maschine selbst die Möglichkeit der Überprüfung mit sich, indem sie am Ende jeder Operation nicht nur das Resultat ausdruckt, sondern ebenso die numerischen Daten des Problems, so daß leicht zu verifizieren ist, ob die Frage korrekt gelöst wurde. Zweitens: Zeitersparnis. Die Multiplikation zweier jeweils aus zwanzig Ziffern bestehenden Zahlen zum Beispiel beansprucht höchstens drei Minuten. Drittens: bessere Nutzung der Intelligenz. Die Ausführung einer einfachen arithmetischen Berechnung erfordert einen Menschen mit nur wenig Fähigkeiten. Gehen wir zu komplizierteren Rechnungen über, wollen wir in bestimmten Fällen algebraische Formeln einsetzen, sind Kenntnisse nötig, die eine mathematische Vorbildung von gewissem Umfang voraussetzen. Die Maschine nun spart intellektuelle Arbeit ein, die ertragreicher eingesetzt werden kann, dank ihrer Fähigkeit, all diese rein materiellen Operationen selbständig durchzuführen. Die Maschine kann somit als Ziffernfabrik betrachtet werden, die ihre Unterstützung all den vielen nützlichen Wissenschaften und Künsten gewährt, die auf Zahlen aufbauen. Wer also kann die Folgen einer solchen Erfindung voraussehen? – Es ist der arbeitsreiche Pfad der Analysis, auf dem der Mensch die Wahrheit erreichen muß. Nur kann er diesen Weg nicht beschreiten, es sei denn geführt von Zahlen. Denn ohne Zahlen ist es uns nicht gegeben, den Schleier zu lüften, der die Geheimnisse der Natur umhüllt.

Am 29. Dezember fuhr Ada, die fertige Übersetzung im Gepäck, nach London zurück.

Dort galt es, die Wogen zu glätten. Die Zeitungen hatten in dieser Woche nicht nur über den Vertrag von Nanking und das Ende des Opiumkriegs berichtet. Ein kleines unbedeutendes Blatt hatte auch einen Artikel gebracht unter dem Titel »Wo Rauch ist, ist auch Feuer«, der mit folgendem Satz begann:

> Die Affinität von Lady Lovelace zu ihrem berühmten Vater hat sich, abgesehen von der verwandtschaftlichen Ähnlichkeit, bis jetzt auf eine gewisse Exzentrizität beschränkt.

Jetzt aber müsse man sich fragen, wie exzentrisch sie tatsächlich sei. Sie halte offenbar so viel von Mr. Frederick Knight, daß sie ihn sogar um seine Meinung betreffend ihrer Garderobe frage. Die *address* des erwähnten Gentleman sei zumindest so bemerkenswert wie der *dress* der Lady.

Sie erklärte sich William gegenüber. Sie habe hin und wieder Gesellschaft gebraucht in der Einsamkeit von Somerset. Und was ihre Kleidung betreffe, so glaube sie, es gebe Wichtigeres, als sich jeden Tag um die Mode zu kümmern. Ob sie sich denn wie George Sand als Lionne im

Stil der Pariser Boheme oder im aufwendigen spanischen Look präsentieren solle? Sie sei mit ihren zweckmäßigen und bequemen Kleidern zufrieden. Außerdem könne sie sich so teure Schneiderarbeiten sparen. Das müsse ihm doch wohl gelegen kommen.

Gleich zu Beginn des neuen Jahres schickte sie den englischen Text an Babbage und Wheatstone. Dieser hatte Beziehungen zu Richard Taylor, Herausgeber der Zeitschrift *Scientific Memoirs*, die spezialisiert war auf die Publikation von Übersetzungen wissenschaftlicher Artikel.

Babbage nahm es mit Staunen zur Kenntnis. Es war ihm entgangen, daß Ada Lovelace an der Übersetzung arbeitete. Ob sie nicht daran gedacht habe, fragte er sie, den englischen Text mit einem eigenen Beitrag zu ergänzen?

Ein eigener Beitrag? Nein, sagte Ada, sie habe nie daran gedacht, aber Menabrea habe in der Tat manches im Vagen gelassen, und einiges sei inzwischen auch schon überholt.

Sie zögerte nicht lange und machte sich an die Arbeit. Angesichts der brodelnden Gerüchteküche in London schien es ihr opportun, sich dafür nach Ockham zurückzuziehen.

*Anmerkungen des Übersetzers* war der Titel, den sie ihren Notizen gab. Sie überschrieb den ersten Teil mit *Anmerkung A,* worin sie sich mit dem Unterschied zwischen der Differenzmaschine und der Analytischen Maschine und deren Grundlagen beschäftigte.

Demnach war die Analytische Maschine, anders als die Differenzmaschine, dafür bestimmt, Daten zu analysieren und Befehle über die nächsten Schritte auszugeben. Sie arbeitete mit algebraischen Mustern, während die Differenzmaschine nur zu arithmetischen Berechnungen fähig war. Ihre Aufgabe war es, das verfügbar zu machen, was man ihr eingab. Mit der Analytischen Maschine war nicht nur Geist und Materie, sondern auch Theorie und Praxis der mathematischen Welt zu inniger und effektiver Verknüpfung gebracht. Man konnte also gewissermaßen sagen, sie sei eine denkende Maschine. Genauso wie ein Jacquard-Webstuhl Brokatstoffe wob, war die Maschine imstande, komplizierte algebraische Muster zu weben.

## 12

Der Sommer kündigte sich mit klaren heißen Tagen an. Die Luft flirrte. Flache Wolkenbänke standen bewegungslos über den Feldern, die sich ins Unendliche ausdehnten. Die Stille wurde nur hin und wieder unterbrochen von den gellenden Pfiffen einer fernen Lokomotive, dem Zetern der Elstern im nahen Wäldchen, dem Kläffen der Hunde, wenn ein Gefährt vorfuhr.

In der Küche dampfte und brodelte es von früh bis spät. Der Duft von Konfitüren und Kompotten zog durch das Haus, Himbeeren, Stachelbeeren, Rhabarber, Erdbeeren. Waldmeister- und Holunderlimonade gärte in großen Flaschen in der Sonne.

Lizzy und Rose hatten alle Hände voll zu tun, auch mit den verschiedenen Speisezetteln.

Weißbrot, Kartoffeln, Grießbrei, Milchreis, hin und wieder ein Stück Fleisch für die Kinder. Keine Süßspeisen, insbesondere nicht für Annabella. Der Herr verlangte nach einem üppigen englischen Frühstück mit gebratenem Speck, Würstchen und Spiegeleiern. Fleisch, Gemüse und Kartoffeln zum Lunch und Suppen, Eierspeisen oder Eintopf zum Abendessen. Miss Boutell war Mitglied des Vegetarischen Vereins, ihr Menü beschränkte sich auf aus dem Wasser gezogenes Gemüse und gekochtes Getreide. Sie sah auch so aus. Lady Lovelace war gerade auf Diät. Sie aß nur Crackers und Früchte, ihrer Gastritis wegen. Wenn Lady Byron eintraf, stand hingegen Lammfleisch auf dem Menü, in allen nur denkbaren Variationen.

Hin und wieder erschien Annabella in der Küche, druckste herum und trollte sich erst davon, wenn Lizzy ihr mit klebrigen Fingern ein Stück Kuchen oder Torte in den Mund geschoben hatte.

– Nicht verraten, flüsterte sie, und Annabella nickte und kreuzte die Finger.

Armes Würmchen, dachte Lizzy. Kein Wunder, daß die Kleine so scharf auf Süßigkeiten war.

Auf Williams Anregung hin wurde die Schulstube der Kinder ins Freie unter die große Linde verlegt. Wenn Ada sich vom Schreibtisch losreißen konnte, streifte sie mit den dreien durch die Wiesen und brachte Arme voll Rittersporn und Klatschmohn nach Hause. Miss Hewitt nahm die Blumen mit ihren derben Händen in Empfang und steckte sie lieblos und ohne Sinn für Ästhetik in unpassende Vasen, die sie an den unmöglichsten Orten im Haus plazierte. Die Nachfolgerin von Ellen Gray war eine Plage, schwer von Begriff, linkisch und kaum zu ertragen mit ihrem einfältigen Grinsen.

Ada vermißte Ellen. Wie es ihr wohl ging?

Abgesehen von diesen seltenen gemeinsamen Stunden gab es kaum Berührungspunkte zwischen der Welt der Kinder und derjenigen der Eltern. Ada bemühte sich um einen freundschaftlichen und respektvollen Umgang mit ihnen, ganz im Sinne der Fellenbergschen Pädagogik. Aber die drei wohnten in einem separaten Flügel des Hauses, betreut von der Nanny, und nahmen dort auch ihre Mahlzeiten ein. Ihr eigener Stundenplan und derjenige der Kinder ließ sich nicht in Übereinstimmung bringen. Sie war jetzt berufstätig, und selbst wenn das Mutterdasein ihrer Natur entsprochen hätte, was, wie sie ohne Umschweife eingestand, nicht der Fall war, selbst dann hätte sie sich zu Disziplin und Hartnäckigkeit gezwungen, was ihre Arbeit betraf.

Einziges Zugeständnis an die Freizeitbeschäftigung ihrer Kinder war ab und zu ein Besuch im Londoner Zoo oder in einem Museum. Und als Miss Boutell sich weigerte, allein mit den Kindern nach London zu Barnums Freakshow zu fahren, willigte sie ein, sie zu begleiten.

Phineas Taylor Barnum, der amerikanische Zirkusdirektor, tourte seit einigen Monaten durch Europa. *Promenade der Wunder*, hieß die Show. In London gastierte die Truppe in *Baileys Circus.*

William war gegen den Besuch. Primitiv und infam seien solche Shows, billige Unterhaltung ohne jeden pädagogischen Wert.

Im Zirkuszelt zogen die Besucher in Reihen an verschiedenen Stationen vorbei. Die Gipsbüste eines Kannibalenhäuptlings, das Modell der Stadt Paris, verschiedene Automaten, das mochte alles angehen. Auch der teilnahmslos mit dem Rücken zum Publikum an die Gitterstäbe gedrückte Orang-Utan, der Hund, der eine Strickmaschine bediente, und die handlesende Zigeunerin hinterließen keinen bleibenden Eindruck bei Ada. Was sie hingegen in Aufruhr versetzte und bei den Kindern basses Erstaunen hervorrief, waren die Freaks, die, darin mußte sie William recht geben, auf schändlichste und unwürdigste Art und Weise zur Schau gestellt wurden. Ein Albino, dessen Haare wie Wattebäusche vom Kopf abstanden. Ein Zwitter aus Mensch und Affe. Eine Frau ohne Unterleib und ein Mann ohne Arme. General Tom Thumb, ein zwei Fuß großer Junge, der in einer blauen Uniform auf und ab paradierte. Eine mumifizierte Meerjungfrau. Die 480 Pfund schwere Elizabeth Chester aus New Bern, North Carolina. Chan und Eng Bunker aus Siam, die an den Hüften zusammengewachsen waren und in Begleitung ihrer beiden Ehefrauen, den Schwestern Adelaide und Sarah Yates, unterwegs waren.

Byron war begeistert. Am liebsten hätte er sich gleich Mr. Barnums Truppe angeschlossen.

Ralph hingegen konnte in dieser Nacht nicht schlafen. Er habe Alpträume gehabt, sagte Miss Boutell am anderen Morgen, und immer wieder nach der Mutter gerufen.

Er habe es ja gesagt, schimpfte William. Das sei voraussehbar gewesen.

Ein Zank schon am Vormittag, einmal mehr.

In der Johannisnacht ging der Mond fett und orange hinter Box Hill auf, schwebte in der Schräge über die Bäume hinweg und schob sich allmählich hinter aufziehendes Gewölk. Es war ein schwüler Tag gewesen, und der Einbruch der Dunkelheit brachte kaum die erhoffte Abkühlung. Die beiden älteren Kinder durften lange aufbleiben. Es gab Holunderblütenlimonade, und William ließ kleine Schwärmer los. Sehnsüchtig schaute Byron hinüber zur Farm, wo die Kinder der Arbeiter um ein großes Johannisfeuer tanzten.

Kurz bevor Miss Boutell mit den beiden ins Haus geschickt wurde, ließ William einen Knaller los, der nur eine Handbreit vor Byrons Gesicht explodierte.

Der Junge zuckte zusammen, aber er verzog kaum den Mund.

– Ich weiß, Papa, du wolltest mich gewiß nicht erschrecken, sagte er.

Ada war außer sich. Sie warf William vor, er habe es absichtlich gemacht, sei verantwortungslos und selbstsüchtig. Der Streit zog sich bis vor ihre Schlafzimmertür, die Ada mit der Bemerkung aufstieß, ein Tutor müsse ins Haus, einer, der eine richtige Ausbildung und klare Richlinien in der Erziehung habe und mit den Kindern, vor allem mit Byron, umzugehen wisse.

– Gut, sagte William. Gut. Ich bin einverstanden. Ich hoffe nur, daß du zu unterscheiden weißt zwischen einem Tutor für die Kinder und einem Gespielen für die Lady.

– Wie meinst du das? Könntest du dich präziser ausdrücken?

– Du hast doch einschlägige Erfahrungen, was Hauslehrer betrifft, sagte William.

Er drehte sich um, sie hörte, wie er die Tür hinter sich zuschlug.

Ada hatte noch immer die Klinke in der Hand. Sie atmete tief durch, trat in ihr Zimmer und warf sich aufs Bett.

Sie hatte gedacht, die Sache sei erledigt. Ihre Mutter hatte William vor der Hochzeit in dieses dunkle Kapitel, wie sie es nannte, eingeweiht. Damals, in Ashley Combe, hatte er ihr, Ada gegenüber, die Affäre mit einem Schulterzucken abgetan und gesagt, er sei ja auch einmal jung gewesen.

Und jetzt das. Wie gemein. Boshaft und hinterhältig. Was wußte er denn überhaupt? Konnte er sich vorstellen, was es hieß, vierzehn Jahre alt, einsam und gelähmt zu sein?

## 13

Kurz nach Miss Stamps Weggang in Bifrons wurde Ada krank. Der Arzt Dr. Southey war sich nicht sicher, ob es sich um Röteln oder Masern handelte, er entschied sich für letzteres und hoffte, es würden sich bei seiner kleinen Patientin keine Komplikationen einstellen. Die Therapie war kräftige Nahrung und regelmäßige Aderlasse. Ada lag in ihrem verdunkelten Zimmer. Der Regen trommelte auf das Dach, gurgelnd sammelte sich das Wasser in der Dachrinne. Dann wieder stahl sich die Sonne ins Zimmer, das Licht schmerzte in den Augen, obwohl die Vorhänge zugezogen waren. Nach dem Abklingen der Fieberschübe befand der Arzt, sie könne das Bett verlassen, aber als sie, halbblind, aufstehen wollte, rutschten die Beine unter ihr weg wie die Glieder einer Stoffpuppe.

Sie war gelähmt.

Dr. Southey war alarmiert. Er zog einen weiteren Arzt zu. Die beiden untersuchten Ada von Kopf bis Fuß. Sie klopften mit einem Hämmerchen auf ihre Knie, auf ihre Füße, stachen ihr mit einer Nadel in die Waden, Ada schrie auf vor Schmerz.

Sie spürte jede Berührung. Dr. Southey sagte, die Nervenbahnen funktionierten und er verstehe nicht, was das Problem sei.

Das Problem sei, sagte Ada, daß die Beine ihr nicht gehorchten.

Über ein Jahr lang war Ada ans Bett gefesselt. Halb saß sie, halb lag sie mit steifem Rücken zwischen großen Kissen, reglos, weil meistens irgendwo ein Blutegel an ihrem Körper saugte. Kaum hatte sich das Augenlicht normalisiert, nahm sie den Unterricht wieder auf. Sie las alles, was ihr in die Hände kam. Ein Brett diente als Schreibunterlage.

Lady Byron war derweil unter dem Einsatz all ihrer Überredungskünste in London damit beschäftigt, Thomas Moore davon abzuhalten, Byrons Biographie zu veröffentlichen. Erfolglos, wie sich bald herausstellen würde. Der erste Band erschien noch im selben Jahr.

Umsonst. Alles umsonst. Das Autodafé im Salon des Verlegers Murray. Die Briefe. Die Bitten und Vereinbarungen.

Jedes Detail wurde jetzt ans Licht gezerrt und vor den Augen der dankbaren Leserschaft ausgebreitet. Wer wollte, konnte jetzt nachlesen, wie es gewesen war, aus *seiner* Sicht, Lady Byron wußte jeden Satz in dem Machwerk auswendig, der sie betraf, Wort für Wort. Meine Prinzessin der Parallelogramme nannte er sie.

> Miss Milbanke hat keinen Makel, außer daß sie zu gut ist für mich. – Ich muß gestehen, daß mir die Rolle des Bräutigams schwerfällt. Könnte ich doch nur eines Morgens als verheirateter Mann aufwachen. Ich hasse alles Aufhebens und jegliche Zeremonie. – Lieber Freund, Sie wollen also wissen, wie es mir und meiner Lady geht, doch bewahren Sie mich davor, wie Roderick Random sagt, ›das keusche Geheimnis des Hymen zu entweihen‹, verflucht sei das Wort, beinahe hätte ich es mit einem kleinen h geschrieben.

Hätte Ada, was die Mutter zu verhindern wußte, das Buch in die Hände bekommen, sie hätte lesen können, was ihr Vater seinem Verleger nach ihrer Geburt geschrieben hatte.

Lieber Murray,

das kleine Mädchen wurde am zehnten Dezember geboren, sein Name ist Augusta Ada, der zweite Name ziemlich antiquiert und bestimmt seit der Regentschaft von King John nicht mehr in Gebrauch ... Es gedeiht, ist fett und für sein Alter sehr groß, und es lutscht und brüllt ohne Unterlaß, ist Ihre Frage beantwortet? Seiner Mutter geht es gut, sie ist wohlauf. Ich bin jetzt seit einem Jahr verheiratet – heigh ho!

Moore stellte Byron in bestem Licht dar. Wild wie ein Hirsch, den Umgang mit Sporn und Zaumzeug nicht gewohnt.

Außerdem konnte der geneigte Leser dem Buch entnehmen, daß Lady Byrons Eltern ihre Tochter zur Scheidung genötigt hätten.

Diese Ungeheuerlichkeit konnte sie nicht stehenlassen. Sie beschloß, eine Entgegnung zu schreiben, die im zweiten Band, der für das kommende Jahr angekündigt war, als Anhang erscheinen sollte. Es blieb ihr kaum Zeit, sich um ihre Tochter zu kümmern.

Sie engagierte eine Lehrerin, Miss Lawrence, die Ada einmal die Woche besuchte und mit ihr die Aufgaben besprach. Miss Lawrence war, wie Lady Byron, Unitarierin.

Die Unitarier verstanden den Kosmos als Einheit von Gott, Natur und Mensch. Sie lehnten die christliche Doktrin der Dreiheit von Vater, Sohn und Heiligem Geist ebenso ab wie die Göttlichkeit von Jesus. Alles Sein, von der geringsten Pflanze bis zu den entferntesten Sternen des Universums, war vom Wesen des Göttlichen durchdrungen. Oberste Grundsätze waren der Glaube an die menschliche Vernunft und der Verzicht auf religiöse Dogmen.

Ada hatte diese Prinzipien seit ihrer frühesten Kindheit in sich aufgesogen. Nun, da sie in diesem leblosen

Körper gefangen war, gab es nichts anderes als ihre innere Gedankenwelt und die Beschäftigung mit der Wissenschaft fern aller Doktrin. Bei der Lektüre von David Humes *Von der menschlichen Natur* hatte Ada soviel verstanden: Es existierten zwei Grundhaltungen des menschlichen Daseins, Sinneswahrnehmung und Ideen. Die Sinne waren die einzige Quelle des Wissens über die Außenwelt, aber die Vorstellungskraft eines jeden Individuums verknüpfte dieses Wissen je nach seiner Erfahrung und formte so seinen Charakter und seine Wesenszüge.

Das tat Ada jetzt.

Sie schaffte sich ihre Identität.

Es ging auch ohne Körper.

Mit leidenschaftlicher Hingabe studierte sie Latein, Mathematik und Astronomie.

An einem Morgen war das Laken fleckig von Blut. Erschrocken und verwirrt rief Ada nach Mrs. Parson, der Haushälterin.

– Endlich, sagte Mrs. Parson. Es ist auch an der Zeit gewesen. Sie sind jetzt eine Frau.

Sie half Ada in einen Stuhl und wechselte wortlos die Bettwäsche. Dann verließ sie das Zimmer und kam mit einem Stapel Binden wieder.

– Hier, Miss Byron, sagte sie und zog eine Schublade der Kommode auf. Das benötigen Sie von nun an einmal im Monat.

Nach einem Jahr durfte Ada sich für eine halbe Stunde in einen Stuhl setzen.

Als sie im zweiten Jahr mit Hilfe zweier Krücken wieder gehen lernte, war sie übergewichtig, anämisch und schwerfällig wie ein Mehlsack. Sie sehnte sich danach, endlich wieder zu reiten. Schlittschuh zu laufen. Zu wandern.

An Fliegen war gar nicht mehr zu denken.

Ich bin, schrieb sie in einem Brief, sehr sehr weit davon entfernt, glücklich zu sein. Und hübsch kann ich mich auch nicht nennen.

Zum 15. Geburtstag erhielt sie eine Husarenjacke aus festgewobenem dunkelblauem Stoff mit goldenen Tressen und Knöpfen. Sie gefiel Ada. Man trug jetzt solche Jacketts in London, und das taillierte enge Kleidungsstück half ihr, sich gerade zu halten. Sie ging noch immer an Krücken, aber mit Gewichten in beiden Händen konnte sie sich hin und wieder auch ohne Gehhilfen fortbewegen.

Von Tante Augusta bekam sie ein Gebetbuch in zwei Bänden mit ihrem Namen in Goldprägung.

Augusta Ada Byron.

Sie bedankte sich nie dafür.


Bald zogen Lady Byron und ihre Tochter abermals um. Das neue Heim war Fordhook bei Mortlake nahe der Themseschlaufe, eine knappe Stunde Kutschenfahrt westlich von London. Das Grundstück grenzte unmittelbar an die königlichen Jagdgründe in Richmond an.

Adas Zimmer war groß und hell, aber sie weigerte sich, in ihrem Himmelbett zu schlafen. Statt dessen verbrachte sie die Nächte auf dem Boden, in eine Decke gewickelt.

Sie wandte sich ab, wenn ihre Mutter sie küssen wollte.

Sie hatte Angst vor Gewittern und davor, daß Fremde hinter ihrem Rücken über sie tuschelten.

Beim Frühstück schlug sie die Tasse an die Zähne, lauschte dem dumpfen Schmerz nach, der sich klingend in ihrem Kopf fortsetzte.

Sie war beseelt von dem unvereinbaren Wunsch, ihren eigenen Willen zu haben und ihre Mutter zu lieben, blieb

ihr denn etwas anderes übrig, die Mutter konnte ja jederzeit sterben, labil wie ihre Gesundheit war.

Wieder beschäftigte sich ein Stab von Lehrpersonen
mit ihrer intellektuellen und künstlerischen Entwicklung:
Count Urrea, Miss D' Espourria, Augustus De Morgan, Dr.
Frend, Professor Faia, Dr. Singer.

Alle behandelten Ada wie ein kleines Kind.

Neuerdings wohnten drei Freundinnen von Lady Byron im Haus, Miss Doyle, Miss Montgomery und Miss Carr.
Ada nannte sie die drei Furien. Wie Gespenster schlichen
sie durch Zimmer und Flure und beobachteten Ada arg-
wöhnisch. Unvermittelt stand eine unter der Tür und zog
sich wortlos wieder zurück, wenn Ada sie bemerkte. Alles,
was sich nicht in einen geregelten Tagesablauf einordnen
ließ, wurde Lady Byron hinterbracht.

Dr. Singer, ein glühender Verehrer von Byron, hatte
sich um Adas moralische Erziehung zu kümmern. Er fand,
sie habe bemerkenswert schöne Augen, und hoffte, sich in
sie zu verlieben.

Ob sie die Gedichte von Byron kenne? fragte er.

Nein, sagte Ada. Sie interessiere sich nicht für Poesie.

Und die Byron-Statue von Thorvaldsen, ob sie die gesehen habe? Er meine die Skulptur, der man einen Platz in
der Dichterecke der Westminster Abbey verweigert hatte.

Nein, auch die habe sie nicht gesehen.

Im Herbst fuhren Mutter und Tochter nach London zu Dr.
Deville. Ada sollte einer phrenologischen Abklärung un-
terzogen werden. Im Behandlungszimmer hingen Bilder
mit Ansichten von Köpfen. Auf dem Tisch stand eine Bü-
ste aus weißem Porzellan, auf deren Vorderseite *Phrenologie von J. N. Fowler* stand. Die Oberfläche des blanken
Schädels war mittels schwarzer Linien in kleine Abschnitte

eingeteilt. Jede der Flächen – Rhomben, Trapeze, Dreiecke, Kreissegmente – war angeschrieben.

Ada las: Ordnungssinn, Konzentration, Kreativität, Neid, Vorsicht, Freundschaft. Dann hieß Dr. Deville sie, sich auf einen Stuhl zu setzen und das Haar zu lösen.

Sie hörte, wie der Arzt hinter sie trat und einen Stuhl heranzog. Unter dem kritischen Blick von Lady Byron begann er, Adas Schädel abzutasten. Er schob ihr Haar zur Seite, drückte mit den Daumen auf den Schläfen herum, fuhr mit dem Zeigefinger von der Mitte der Stirn über den Scheitel und wieder zurück, er knetete die Augenwulste, die Kopfhaut, betastete die Seiten über den Ohren und die Wangenknochen.

Die ganze Zeit spürte Ada seinen Atem im Nacken.

Endlich erhob er sich und wandte sich an die Mutter.

– Die Ausbuchtungen des Schädels zeigen, daß Ada Sinn für Wunderbares und ein großes Verständnis für die Kunst hat, sagte er. Ihre Phantasie und ihre intellektuellen Fähigkeiten sind besonders gut entwickelt. Die Dellen weisen auf leidenschaftliche Gefühle und einen gewissen Hang zur Unbeherrschtheit hin. Kurz, Lady Byron, Ihre Tochter hat den Kopf einer Dichterin.

Die Mutter zuckte zusammen und verließ das Arztkabinett in Eile. Schnaubend rief sie nach einer Kutsche. Den ganzen Weg nach Hause sprach sie kein Wort.

In diesem Winter war die Themse zugefroren. Ada freute sich. Sie konnte wieder Schlittschuh laufen. Langsam verlor sie ihren Speck.

Die drei Furien begleiteten sie zum Fluß. Sie gingen am Ufer hin und her, schwarze Schatten, die Hände im Muff, den Kopf gereckt wie die afrikanischen Erdmännchen, die in *Bingleys nützlichem Wissen* abgebildet waren.

Hin und wieder war auch der Lehrer dabei, der von Lady Byron angestellt worden war, um Ada Stenographie beizubringen. Er war jung, hübsch und aus bescheidenen Verhältnissen. Seine Eltern wohnten in der Nähe von Mortlake, Ada hatte das Häuschen einmal gesehen, als sie mit Sylph ausritt.

Sie konnte jetzt auch wieder reiten.

Zusammen saßen sie am Schreibtisch über die linierten Papierbögen gebeugt.

Er roch nach Schmierseife und Äpfeln.

Die kurzen Texte, die sie in Stenographie übertragen mußte, bereiteten ihr keine Schwierigkeiten.

In der zweiten Woche redeten sie sich mit dem Vornamen an.

Er hieß Robert.

In der dritten Woche erklärte er ihr seine Liebe. Sie könnten, schlug er ihr vor, heiraten und in einem eigenen Haus leben.

Sie trafen sich im Keller, im Stall, auf dem Dachboden. Sie küßten sich. Er knöpfte ihre Husarenjacke auf. Ihre Hände erkundeten fremdes Land.

Eines Tages wurden sie von Miss Montgomery erwischt.

Robert wurde fristlos entlassen. Ada erhielt Hausarrest. Nur ihre Mutter und Dr. Singer hatten Zutritt zu ihrem Zimmer.

Bei der erstbesten Gelegenheit warf Ada sich einen Schal über, schlüpfte in ihre Bottinen, ohne sie richtig zu schnüren, und lief hinter dem Haus in den Park. Der Boden war matschig, sie stolperte über Wurzelwerk und fiel hin. Schmutzig und außer Atem kam sie bei dem Häuschen an. Robert schloß sie mit einem Seufzer in die Arme und bedeckte ihr Gesicht mit Küssen.

Sie schmiedeten Pläne zur gemeinsamen Flucht.

Dover. Ein Schiff nach Europa.

Pisa, sagte Ada. Venedig.

Endlich konnte sie alles hinter sich lassen. Die Einsamkeit. Die Mutter. Die Lehrer. Die drei Furien. Dr. Singer mit seinen salbungsvollen Moralpredigten. Die Krükken, die in ihrem Zimmer in einer Ecke standen, für alle Fälle.

Noch am gleichen Abend wurde Ada von Roberts Tante entdeckt. Lady Byron wurde verständigt, man schickte sofort eine Kutsche, um die Missetäterin heimzuholen.

Die Affäre wurde mit allen Mitteln vertuscht. Die Bediensteten in Fordhook wurden unter Androhung der sofortigen Kündigung zu absoluter Verschwiegenheit verpflichtet. Nichts durfte an die Öffentlichkeit dringen.

Ada sah Robert nie wieder.

Die Mutter und Dr. Singer fanden, das Studium der Mathematik sei geeignet, um dem Mädchen Ordnungssinn und Disziplin beizubringen, weil dieses Fach keinerlei Gefühle zuließ und der ungeteilten Aufmerksamkeit bedurfte.

Ada schickte sich darein. Sie beschloß, es sei besser, sich in Zahlen zu verlieben als in einen Mann.

Im April besuchte sie mit der Mutter die *Adelaide Galerie* in der Polytechnischen Institution in London, wo die neusten Errungenschaften der modernen Technologie ausgestellt waren, unter anderem ein Taschenthermometer, eine Gasmaske und ein dampfbetriebenes Gewehr. Am meisten faszinierte Ada ein Webstuhl, der mit Lochkarten Muster wob.

Neben dem Webstuhl hing ein Bild.

Ein Mann saß auf einem Stuhl, die rechte Hand auf einen Tisch gestützt. Auf dem Tisch lagen gelochte Papierstreifen. Durch das Fenster im Hintergrund flutete Sonnenlicht in das Zimmer. Jedes Detail war aufs feinste ausgearbeitet. Es sah aus wie ein Stich, war aber ein Stück Brokatstoff aus hunderterlei bunten Fäden. Darunter stand: *A la mémoire de J. M. Jacquard.* Der Text daneben erklärte, das Bild sei mit Hilfe von 24000 Lochkarten auf einem Jacquard-Webstuhl gewoben worden.

Während eines Dinners in Fordhook erzählte Dr. Frend von einer merkwürdigen Maschine, die er im Haus von Charles Babbage in London gesehen habe, eine kompakte Ansammlung von Metallröhren und Zahnrädern. Die Maschine könne komplizierte mathematische Rechnungen lösen in einer Geschwindigkeit, die für Menschen undenkbar war. Babbage nenne sie die Differenzmaschine.

– Unmöglich, sagte jemand und lachte. Das geht gegen Gottes Gesetze.

– Und was, fragte Lady Byron, soll der Nutzen einer solchen Maschine sein?

– Sie kann, sagte Dr. Frend, alle die Berechnungen ausführen, die man benötigt, um mathematische Tabellen zu erstellen, zum Beispiel für Ingenieure, Seefahrer, Bankleute, für Astronomen und Lebensversicherungen.

Am anderen Morgen fragte Ada ihre Mutter, ob sie diesen Mr. Babbage kenne.

Sie wolle sich unbedingt seine Maschine anschauen.

## 14

Heftiger Regen setzte den Sommertagen ein Ende.

William ging seinen Geschäften nach, war bald hier, bald in Horsley Towers, wo im Bankettsaal eine gewölbte Decke eingezogen wurde, deren Holzbalken in einer von ihm erfundenen Dampfpresse gebogen worden waren.

Auf den mittleren Balken ließ er *Labor ipse voluptas* gravieren.

Adas Eskapaden wurden nie mehr erwähnt.

Sio arbcitete wie besessen. Jeden Morgen wurde sie in ihrem Arbeitszimmer empfangen.

– Gutenmorgenananasherrreindankegutenmorgen.

Ada kraulte Bartleby das Kinn und setzte sich an den Schreibtisch.

Die Anmerkungen A bis F waren fertig geschrieben.

Ada legte darin Schritt für Schritt die Funktionen der einzelnen Teile der Maschine sowie die Anwendung der Lochkarten im Detail dar, illustriert mit Formeln und Ta-bellen. Sie erklärte den Unterschied zwischen den Loch-karten für die rechnerischen Operationen in der Müh-le und denjenigen für die Operationen, mit denen die Mühle gefüttert wurde, sowie das Verfahren, das Babbage *backing* nannte, ein Prozeß, der die Lochkarten nach Be-lieben vorwärts- oder rückwärtslaufen ließ, was endlose Wiederholungen ermöglichte.

Anmerkung E bereitete Ada einiges Kopfzerbrechen. Sie legte darin die Anwendung trigonometrischer Funk-tionen und die Art und Weise dar, wie die Analytische

Maschine Funktionen errechnete, die Variablen beinhalteten.

Täglich gingen Briefe zwischen ihr und Babbage hin und her mit Fragen und Erläuterungen, mit Korrekturen und Vorschlägen über die heranzuziehenden Abbildungen.

Ada war nicht nur begeistert von der Eleganz, der Symmetrie und logischen Vollkommenheit, die ihr aus den Formeln und Diagrammen entgegensprangen, sondern auch von ihrem eigenen Genius, was sie in einem Brief an Babbage festhielt.

> Ich kann nicht umhin, meine Anmerkungen mit großer Bewunderung zu betrachten. Ihr kerniger und kraftvoller Charakter beeindrucken mich. Ich bin ganz erschlagen von ihrer Brillanz. Eine Leistung, ganz und gar untypisch für eine Frau, aber auch mit dem Werk eines Mannes können sie kaum verglichen werden. Ich will den Geheimnissen des Universums den Lebenssaft aussaugen. Niemand weiß, welch schreckliche Energie in dem verschlungenen System meiner Gedankengänge noch liegt.

Sie war jetzt bei Anmerkung G angelangt. Ada leitete diese mit der Warnung vor allzu hohen Erwartungen bezüglich dem Vermögen der Analytischen Maschine ein.

Es wäre gut, sich vor der Möglichkeit überspannter Ideen zu hüten, die über die Fähigkeit der Analytischen Maschine entstehen könnten.

Die Maschine erhebe nicht den geringsten Anspruch, etwas hervorzubringen. Sie könne lediglich tun, was man ihr auszuführen befehle. Sie sei fähig, der Analyse zu folgen, nicht aber irgendwelche analytischen Relationen oder Wahrheiten zu antizipieren.

Dann faßte sie das Vorangegangene zusammen.

Wir wollen, damit jeder Leser sie selbst abwägen kann, die Hauptelemente, mit denen die Maschine arbeitet, zusammenfassen:

1. Die Maschine führt die vier Grundrechenarten mit allen beliebigen Zahlen aus.

2. In Anwendung bestimmter Kniffe und Einrichtungen (auf die wir hier wegen des begrenzten Platzes, den eine Publikation wie diese zuläßt, nicht eingehen können) gibt es weder eine Grenze für die Größe der benutzten Zahlen noch für die Zahl der Größen (ob Variablen oder Konstanten), die eingesetzt werden können.

3. Die Maschine kann diese Zahlen und Größen entweder algebraisch oder arithmetisch verknüpfen, wobei hinsichtlich der Relationen ebensowenig Grenzen gesetzt sind wie hinsichtlich der Varietät, des Umfangs oder der Komplexität.

4. Sie benutzt algebraische Zeichen ihren Regeln entsprechend richtig und entwickelt die logischen Konsequenzen aus diesen Regeln.

5. Sie kann für jede Formel nach Belieben irgendeine andere einsetzen, indem sie erstere aus den Spalten, in denen sie dargestellt ist, löscht und an deren Stelle letztere erscheinen läßt.

6. Sie kann bestimmten Werten Rechnung tragen. Ihre Fähigkeit, dies zu tun, wird in Menabreas Abhandlung angesprochen, wo er den Überlauf der Zahlenwerte über Null und Unendlich erwähnt. Daß es machbar ist, sie zu irgendeinem Zeitpunkt, an dem ein spezifizierter Zustand eintritt, beliebige andere Prozesse ausführen zu lassen, wie das die Substitution von

$(\frac{1}{2} \cos \overline{\cdot n + 1 \theta} + \frac{1}{2} \cos \overline{\cdot n - 1 \theta})$ für $(\cos \cdot n\theta \cdot \cos \cdot \theta)$

die in Anmerkung E erläutert wurde, bis zu einem gewissen Grad illustriert, stellt diesen Punkt sogleich sicher.

Die letzten paar Seiten sollten ihren Anmerkungen einen Glanzpunkt aufsetzen. Sie wolle, schrieb sie, ihre Anmerkungen beenden, indem Schritt für Schritt verfolgt werde, wie Bernoullizahlen berechnet werden können, was ein sehr kompliziertes Beispiel der Leistungsfähigkeit der Analytischen Maschine sei.

Es folgte eine elaborierte, mit algebraischen Formeln, Tabellen und Diagrammen ergänzte Erläuterung, die erhellte, wie die Analytische Maschine mittels Lochkarten und bestimmten Sequenzen von Operationen so programmiert werden konnte, daß sie imstande war, selbsttätig unendlich viele Bernoullizahlen zu berechnen. Ada spielte diesen Vorgang Schritt für Schritt anhand einer Abfolge von neun Formeln durch.

Die Illustrationen bereiteten ihr allerdings Kopfzerbrechen. Als sie damit schon beinahe fertig war, stellte sie fest, daß eine von Babbage schon abgesegnete Tabelle und ein Diagramm grundlegende Fehler enthielten. Sie fing nochmals von vorn an und mußte am Ende unter dem Druck des nahenden Publikationstermins William bitten, die neuen, in Bleistift erstellten Abbildungen mit Tinte nachzuziehen.

Der letzte Abschnitt schloß abrupt mit einer Bemerkung zu Formel 8.

Über den praktischen Nutzen der Maschine schwieg Ada sich aus. Wer konnte denn schon nachvollziehen, wozu die Maschine fähig sein würde. Die Atomgewichte der Elemente, die Entfernungen im Planetensystem, Listen aller bekannten Arten von Tieren. Sämtliche Lebensdaten der Menschen, alle Bauwerke einer Stadt aufgeschlüsselt nach ihren Funktionen, die Beschaffenheit von Luft und Wasser rund um den Erdball, ein Kompendium der Konstanten der Natur und der von Menschen geschaffenen Werke. Das alles würde sie berechnen können. In Zukunft würden solche Maschinen sogar fähig sein, Musik zu komponieren oder Graphiken zu zeichnen, dessen war sie sich sicher.

Die Analytische Maschine würde die Unendlichkeit durchqueren und die ganze Welt in Einzelteile zerlegen.

Ada war stolz und zufrieden mit sich selbst. Die Anmerkungen waren dreimal umfangreicher als Luigi Menabreas Abhandlung geworden. Ihre Fähigkeiten als Analytikerin, soviel war sicher, übertrafen sogar die poetische Meisterschaft ihres Vaters.

Dieses erste meiner Kinder, nannte sie ihr Werk liebevoll, dieses mein brillantes und ungewöhnlich schönes Kind mit metaphysischen Eigenschaften, solide und kraftvoll.

Sie würde damit die Macht des Prometheus in die Hände der Menschen legen.

Am 25. Juli sandte sie Babbage einen Brief, sie werde übermorgen um vier Uhr bei ihm eintreffen, um ihm ihr Werk vorzulesen.

Ob man anschließend vielleicht zusammen die Oper besuchen könne? Auf dem Programm stünde *Don Pasquale* von Gaetano Donizetti.

Babbage war beeindruckt. Die Arbeit offenbarte ein tiefgreifendes Verständnis der Maschine und ihrer Funktionen, das ihn erstaunte, insbesondere Anmerkung A, die sich mit deren metaphysischer Dimension beschäftigte, und der Anhang G, in dem Lady Lovelace ein Programm geschrieben hatte, das die Maschine befähigen würde, selbsttätig Bernoullizahlen zu berechnen. Er selbst hatte verschiedene kleine Programme für die Maschine geschrieben, sie befanden sich unter seinen Hunderten von Notizen und Skizzen. Aber hier hatte sich endlich jemand ernsthaft und vertieft mit seinem Werk auseinandergesetzt, das Potential der Maschine in seiner ganzen Tiefe ausgelotet und die möglichen Folgen davon aufgezeigt.

Ada Lovelace hatte sich mit ihrer Arbeit nicht nur als seine Interpretin, sondern auch als Visionärin offenbart.

Das durfte einer breiteren Öffentlichkeit nicht vorenthalten werden.

Mit Richard Taylor kam man bald überein, daß Adas Beitrag als Anhang zur Übersetzung publiziert werden sollte.

Doch es standen einige Überraschungen ins Haus. Ohne vorherige Absprache hatte Babbage eine Präambel geschrieben, in welcher er der Britischen Regierung vorwarf, sie verhindere durch ihr Zaudern und ihren Widerstand die Realisation des Projekts.

Ada las das Vorwort, brachte einige Korrekturen an und gab zögernd ihre Zustimmung. Gleichzeitig beschloß sie, auf Williams Vorschlag hin, alle ihre Anmerkungen einzeln mit A.A.L. zu zeichnen. Man konnte so zwischen der Autorschaft der drei verschiedenen Beiträge unterscheiden, ihre, Adas, Identität aber wurde nicht enthüllt, und niemand konnte auf die Idee kommen, daß es sich dabei um eine Frau handelte. Doch als Babbage ihr unterbreitete, seine Stellungnahme werde ohne seine Namensnennung publiziert, kündigte Ada Widerstand an. Sie warf ihm vor, er mißbrauche sie für seine Anliegen.

Was nun folgte, war ein wochenlanger häßlicher und zermürbender Streit zwischen den beteiligten Partien, geprägt von Mißverständnissen, gegenseitigen Vorwürfen und Kränkungen. Babbage schlug den Herausgebern ohne Adas Wissen vor, die Anmerkungen nicht in den *Scientific Memoirs,* sondern separat im *Philosophischen Magazin* zu veröffentlichen, was ihrem Beitrag ein größeres Gewicht gebe. Sie lehnte wütend ab, als sie davon erfuhr, und Babbage gab sich stur. Er verweigerte nicht nur seinen Namen, sondern forderte sie auf, ihre Anmerkungen ganz zurückzuziehen.

Ada war außer sich. Sie kam sich ausgenützt und hintergangen vor.

Mitte August hatte man sich endlich auf ein Vorgehen geeinigt, aber die Stimmung war auf dem Tiefpunkt und Ada erschöpft. Sie schlief schlecht. Weder das Laudanum noch der Malzlikör brachten Abhilfe. In den seltenen Momenten der gemeinsam verbrachten Stunden trieben die Kinder sie an den Rand der Verzweiflung, nicht nur Ralph mit seinen Wutanfällen. Annabella mangelte es nach wie vor an Grazie, sie bewegte sich ungelenk wie ein Stallarbeiter und verständigte sich bisweilen in einer bizarren Zeichensprache, weil sie vor lauter Französisch- und Deutschunterricht keiner Sprache mehr mächtig war. Aber sie zeigte großes Geschick im Zeichnen und sollte eine umfassende künstlerische Erziehung erhalten – Scherenschnitte, geometrisches und perspektivisches Zeichnen, Farbenlehre standen auf ihrem Stundenplan.

Byron hingegen war träge und verträumt. Als er einen Unfall, den er mit dem Pferd gehabt hatte, auf Latein nacherzählen sollte, stockte er nach jedem zweiten Wort und brachte keinen richtigen Satz zusammen.

Damit nicht genug der Kalamitäten.

Das St.-Leger-Flachrennen für dreijährige Fohlen und Stutenfüllen hatte Blue Bonnet aus dem Stall von Samuel

Wrather mit einer Quote von acht zu eins gewonnen. Ada hatte auf Early Morning gesetzt und 50 Pfund verloren.

Und sie mußte, einmal mehr, ihre Mutter in der unsäglichen Angelegenheit Medora unterstützen. Mittlerweile beschäftigten sich schon zwei Anwälte damit. Die junge Frau wohnte jetzt auf Lady Byrons Kosten in einem teuren Pariser Hotel und drohte, der Öffentlichkeit ihre wahre Identität zu enthüllen, sollte Lady Byron nicht bereit sein, ihre hohen Schulden zu bezahlen.

Am 14. August, mitten in den Korrekturen der Druckfahnen, schrieb Ada einen ausschweifenden 16seitigen Brief an Babbage, in dem sie ultimative Bedingungen für ihre weitere Zusammenarbeit stellte. Sie legte dar, welche Gefühle er ihrer Meinung nach für sie hegte, weil er selbst zu dieser Analyse nicht fähig sei. Obwohl sie wisse, daß sie für ihn eine Quelle der Enttäuschung und des Mißverständnisses sei, mache sie ihm folgenden Vorschlag: Sie würde einen Finanzierungsplan aufstellen und den Bau der Maschine vorantreiben, aber er müsse ihr dafür alle praktischen Belange überlassen, insbesondere, was die Zusammenarbeit mit Dritten angehe. Er müsse sich endlich auf das Wesentliche konzentrieren. Wie er wohl wisse, habe sie Beziehungen und könne wissenschaftlichen Druck ausüben. Aber wichtiger als Ruhm und Ehre sei ihr Wunsch, Gott und seine Gesetze zum Nutzen der Menschheit zu ergründen, und sie entschuldige sich für die Tränenflecken auf den Seiten.

Die Übersetzung samt Adas Anmerkungen erschien im September in Band 3 der *Scientific Memoirs 1843. Eine Skizze der Analytischen Maschine, erfunden von Charles Babbage, von L. F. Menabrea, Offizier der Militärischen Ingenieure. Mit Anmerkungen des Übersetzers.*

William schickte Abzüge an alle möglichen Leute, Freunde und Bekannte, unter anderem auch an Prinz Albert. Dieser sah in dem Konzept der Arbeitsteilung einen Motor der Zivilisation und stand Babbages Maschinen wohlwollend gegenüber.

Lord Lovelace war stolz auf seine Frau. Es blieb nicht lange ein Geheimnis, wer hinter den Initialen A. A. L. stand.

Die Arbeit wurde in wissenschaftlichen Kreisen mit Respekt aufgenommen. Da hatte eine junge Frau ein Programm geschrieben, das einer Maschine erlauben solle, selbsttätig Berechnungen auszuführen. Das gebildete Establishment hingegen nahm staunend und kopfschüttelnd von der Publikation Kenntnis. Kaum jemand verstand den Inhalt der Anmerkungen. Wie verstiegen. Jetzt kam also Lord Byrons Tochter daher und behauptete, man könne Maschinen bauen, die fähig waren, beinahe wie Menschen zu denken.

Sie konnte ihrem Vater das Wasser reichen. In jeder Beziehung.

Babbages Abrechnung mit der Regierung erschien einen Monat später und anonym im *Philosophischen Magazin.*

Ada und Babbage begegneten sich freundlich, aber distanziert. Der Streit war beigelegt, doch die ausgetauschten Liebenswürdigkeiten und Schmeicheleien konnten nicht darüber hinwegtäuschen, daß unter der Oberfläche die Verbitterung und die Verletzungen weiterschwelten. Die Zeit würde die Wunden heilen, doch es blieben Narben zurück, die man mit kleinen Zeichen der Freundschaft zu glätten versuchte.

Etwa als Adas Liebling starb. Eines Morgens baumelte Bartleby steif wie ein Stück Holz an seinem Fußkettchen.

Babbage bot ohne Umschweife an, das Tier auf seine Kosten bei einem Präparator ausstopfen zu lassen. Ada, so geknickt sie auch war, lehnte ab. Sie konnte sich Bartleby nicht als stummen und leblosen Gefährten vorstellen.

Ada ihrerseits versicherte Babbage mit wiederholten Einladungen, daß er nach wie vor ein gerngesehener Gast in ihrem Haus war. Und es schmeichelte Babbage, daß William in Ashley Combe eigens für ihn einen Philosophenweg hatte anlegen lassen, eine langgezogene schmale Terrasse, flankiert von zwei runden Backsteintürmchen, auf welcher der Besucher mit Blick auf den Kanal in Gedanken versunken hin und her flanieren konnte wie einst Kaiser Tiberius in seiner Villa auf Capri. Die Backsteintürmchen waren mit gefärbten Fensterchen ausgestattet, in welchen die Außenwelt rosa aufleuchtete.

## 15

Derweil bereitete Adas Gesundheit Dr. Locock Kopfzerbrechen.

Diese Frau war ihm ein Rätsel. Sie überforderte ihn, wenn er ehrlich war. Woher nahm sie die Energie, sich monatelang einer geistig so anstrengenden Arbeit zu widmen, mit diesem fragilen Körper? Sie wurde immer dünner, kein Wunder, mit der rigorosen Diät, der sie sich unterwarf, ein bißchen Brot, Crackers und Sodawasser.

Wie sollte er die Sinnesempfindungen in Kopf und Augen erklären, die sie ihm als unerträglich schilderte? Wie ihre Erregbarkeit? Die Kreuzschmerzen, den Schüttelfrost. Die chronischen Magenbeschwerden. Und den merkwürdigen Umstand, daß ihre Hände unerträglich anschwollen, wenn sie mehr als ein Pint Flüssigkeit am Tag trank?

Neulich war er an einem Samstag am St. James Square 12 eingetroffen und hatte Lady Lovelace in einem alarmierenden Zustand vorgefunden. Ein Bild des Schreckens. Die Ödeme, die ihr Gesicht und ihre Hände in grotesker Art und Weise entstellten, seien unvermittelt und innert kurzer Zeit aufgetreten, sagte sie. Er verabreichte ihr umgehend 25 Tropfen Laudanum und schickte sie zu Bett.

Auch die allgemeine Erregbarkeit behandelte er mit Laudanum, 10 Tropfen, alle paar Tage einzunehmen, sowie eine tägliche Ration Rotwein oder zur Abwechslung Gin.

Brandy zur allgemeinen Stärkung. Malzlikör gegen die Schlaflosigkeit. Warme Bäder gegen die Zitterkrämpfe.

Die zweifellos auf Adas labile Psyche zurückzuführenden Zustände konnten, so hoffte er wenigstens, damit einigermaßen im Griff gehalten werden. Was ihm hingegen ernsthaft Sorge machte, waren ihre frauenspezifischen Probleme. Er war mittlerweile zum königlichen Accoucheur aufgestiegen, hatte drei Kindern im Buckingham-Palast auf die Welt geholfen und kannte sich aus in solchen Dingen.

Im Sommer hatte Ada eine außergewöhnlich starke und verspätete Menstruation gehabt. Dr. Locock war sich sicher, daß es sich um einen Spontanabort gehandelt hatte. Er legte ihr nahe, in Zukunft eine Schwangerschaft zu vermeiden. Gut möglich auch, daß sich ihre im Unterleib lokalisierte Überempfindlichkeit durch aufgestautes erotisches Begehren erklären ließ, ebenso wie ihre Schlaf- und Appetitlosigkeit. Vielleicht aber hatte sie recht mit ihrer eigenen Einschätzung. Ich bin eines dieser Genies, die sich darauf beschränken, sich zu erholen, dank meiner bedauerlichen physischen Beschaffenheit, hatte sie einmal gesagt. Sie werde immer leidend sein, es sei der Preis, den sie für ihre geistige Kraft zu zahlen habe. Die Kombination von Kraft mit Schmerzen sei ihr aber millionenmal lieber als Wohlbefinden mit einem durchschnittlichen Talent.

Ada war mit ihrem Arzt rundum zufrieden. Er wußte um das subtile Zusammenspiel zwischen ihrer Psyche und ihrem Körper und gehörte zu ihrem Sonnensystem, das sich ihr eines Tages als Vision offenbart hatte, als sie sich nach der Einnahme ihrer täglichen Dosis Laudanum im Einklang mit sich selbst, der Natur und dem ganzen Universum fühlte.

Sie war das Zentrum des Systems, um welches mehrere Planeten kreisen.

Ein Planet war Dr. Locock, ein anderer Reverend Gamlen, der sie und William damals getraut hatte.

Mary Somerville, mit der sie brieflich in Kontakt stand, gehörte dazu.

Dr. Carpenter, der neue Hauslehrer der Kinder? Das würde sich weisen. Er übte einen ungemein starken mentalen Einfluß auf sie aus und schien nicht abgeneigt, die Gefühle, die sie ihm gegenüber hegte, zu erwidern. In seinem Buch über die Prinzipien der allgemeinen und vergleichenden Physiologie hatte er erklärt, die Grenzen der Wissenschaft seien in Auflösung begriffen. Ada fand, es sei eine zutreffende Beschreibung ihres eigenen Zustands.

Der Mutter überließ sie die Entscheidung selbst, ob sie sich als Planet zugehörig fühlen wollte. Ada, die sich gerade auf einer Welle von Transzendenz getragen wußte, hatte ihr unmißverständlich klargemacht, daß ihre wahrhaftige und reine Zuneigung ausschließlich Gott gehörte. Niemand, nicht einmal Lady Byron, konnte sich zwischen Ada Lovelace und die Große Allwissende Einheit stellen. Die mütterlichen Ermahnungen, die Familie nicht zu vernachlässigen, perlten an ihr ab wie Wasser auf Ölzeug.

William und die Kinder waren ebensowenig Teil des Systems wie Babbage. Ada war sich nicht sicher: Entweder bewegten sie sich auf einer unendlich weit entfernten Ellipse, oder sie gehörten einer anderen Galaxie an.

Letzteres galt auf jeden Fall für William.

Miss Hewitts ungestalter kümmerlicher Planet hingegen bewegte sich auf einem Schleuderkurs, soviel war sicher.

Michael Faraday wäre in Betracht zu ziehen. Ein stattlicher heller Himmelskörper mit einem Ring wie Saturn, auf einer entfernten Bahn. Er hatte jüngst die Elastizität ihres Intellektes gelobt. Sie sei ein aufgehender Stern am Wissenschaftshimmel, und er staune über ihre mentalen Fähigkeiten, angesichts derer er sich wie eine Schildkröte vorkomme.

Er hatte zweifellos recht. Es gab Tage, da sie sich stark und zu übermenschlichem Tun befähigt fühlte, offen und durchlässig für Sinnesempfindungen. Ihr Körper war ein Laboratorium, empfänglich für jedes Experiment, das Werkzeug für ein göttliches Vorhaben. Sie war ein Instrument in einem göttlichen Plan, eine Prophetin, der weibliche Eliah der Wissenschaft. Sie würde mit den Hemisphären Würfel spielen und das All umstürzen, das Universum war ohnehin kein rationales Konzept.

Diese Erkenntnis erfüllte sie mit Demut, Angst und Zittern. Ihre Fähigkeiten durften nicht ungenutzt bleiben.

Mit der Realisierung der Analytischen Maschine harzte es nach wie vor. Babbage war frustriert und erbittert, aber Ada blieb zuversichtlich. Über kurz oder lang würde sie die nötigen finanziellen Mittel auftreiben. Spätestens beim Antritt ihres Erbes, was angesichts des notorisch beklagenswerten Zustands von Lady Byrons Gesundheit durchaus in nicht allzu ferner Zukunft eintreten konnte. Zwischenzeitlich aber mußte sie sich einer neuen Herausforderung stellen.

Das Nervensystem sollte ihr neues Feld werden. Die Lektüre der Vorlesungen von Marshall Hall über Nervenreflexe war inspirierend. Ob es wohl Gesetzmäßigkeiten gab, denen die Moleküle im Hirn unterworfen waren, so wie die Gravitation die Planeten und das ganze Universum kontrollierte? Vielleicht gelang es ihr, aufgrund von Galvanis Experimenten mit Tiermuskeln, die Differentialrechnung des Nervensystems zu ergründen.

Der Galvanismus würde sich für ihre Forschungen geradezu anbieten. Außerdem hatte Baron Karl von Reichenbach eine neue, magneto-kristalline Naturkraft entdeckt, das *Od*, das von sensiblen Personen, und als solche betrachtete sich Ada, bei Magneten in einem dunklen Raum als helle Strahlung wahrgenommen werden konnte. Er hatte seine Theorie eben veröffentlicht, und Ada machte sich daran, eine Rezension darüber zu schreiben. Sie hatte im Sinn, die Differentialrechnung des Nervensystems zu ergründen, das Zusammenspiel zwischen Geist und Muskeln. Das mathematische Modell sollte zeigen, wie das Gehirn Gedanken entstehen ließ, wie die Nerven Gefühle hervorbrachten. Als erstes würde sie sich mit der Frage beschäftigen, wie die Nerven Informationen übermittelten. Wie kam es, daß das Gehirn unterscheiden konnte zwischen einem Signal für Hunger oder für akustische Reize, wo doch alle Nerven aus demselben Material bestanden?

Es leuchtete ihr nicht ein, weshalb die zerebrale und molekulare Materie für eine Mathematikerin weniger faßbar sein sollte als die siderische und planetarische Materie und deren Bewegung.

Doch ohne Versuchsanordnung war es ein erfolgloses Unterfangen. Michel Faraday war die geeignete Person, ihr Zugang zu einem Labor zu verschaffen.

Aber Faraday winkte ab. Er war seit längerem leidend und unfähig, auch nur seine Verpflichtungen an der Universität wahrzunehmen.

Als deshalb im Oktober ein Besucher in Ashley Combe ihr von seinen sensationellen Entdeckungen im Zusammenhang mit elektromagnetischen Experimenten berichtete, war Ada Feuer und Flamme.

Er hieß Andrew Crosse und wohnte zwanzig Meilen von Porlock entfernt. Er lud Ada und William zu sich nach Hause ein, aber William entschied im letzten Moment, zu Hause zu bleiben. Er gab Mr. Crosse eine Kopie der Abhandlung über die Analytische Maschine mit.

Am 22. November ritt Ada mit Andrew Crosse nach Broomfield. Die Pferde wurden in Williton versorgt, dann ging es über die Quantock Hills zu dem Crosseschen Anwesen Fyne Court.

Der Ballsaal des herrschaftlichen Sitzes war zu einem Labor umfunktioniert worden. Ein Kabel hing aus einem Fenster, zog sich mehrere hundert Yards durch den Garten, baumelte in Baumkronen, hing über Hecken und schlängelte sich durch Wiesen zu einem kleinen See.

Er werde, sagte Andrew Crosse, ihr die Anlage vorführen. Er beschäftige sich gegenwärtig mit Elektrostatik und mit der Entwicklung von Tönen mittels Elektrizität. Aber zuerst werde man sich zum Essen begeben, sie müsse unbedingt seinen Sohn John kennenlernen.

Im Verlauf des Dinners bedankte er sich nochmals für die Broschüre über die Analytische Maschine, die er mit großem Interesse lesen werde. Ada war geschmeichelt, gab aber zu verstehen, daß die Realisierung mangels Finanzierung wohl kaum zustande kommen werde, worauf Mr. Crosse seinerseits der Enttäuschung über die Abfuhr Ausdruck gab, die er von der Royal Society erhalten hatte bezüglich seines Experiments, in dessen Verlauf ihm mittels Elektrolyse gelungen war, kleine Kristalle auf Bimssteinen zu züchten, die sich in winzige Insekten verwandelt hatten.

– Ein Akt spontaner Schöpfung, sagte er. Er läuft der *Ex-ovo*-Theorie von William Harvey zuwider, ich weiß. Die Wissenschaft hält nichts von meinen Experimenten, die Fellows der Royal Society lachen über mich, und die Kirche bezichtigt mich der Hybris.

– Die Kirche ist doch gegen alle neuen Ideen, Mr. Crosse. Auch die *Natürliche Geschichte der Schöpfung* wird von ihren Vertretern geächtet und als ketzerisch verurteilt. Haben Sie von dem Buch gehört?

Crosse verneinte.

— Woronzow Greig hat es mir vor einigen Wochen zugeschickt, sagte Ada. Das skandalträchtige Werk ist schon in der zweiten Auflage herausgekommen, von einem anonymen Autor geschrieben, hinter dem man Robert Chambers vermutet. Es stellt den Menschen als Teil eines von Naturgesetzen kontrollierten Universums oder, anders gesagt, als das Resultat einer Entwicklung von einfachen zu komplexen Formen dar, ein Evolutionsprozeß, dem alle Arten und das ganze Universum unterworfen sind. Erde, Fels, Pflanzen, Fische, Reptilien, Vögel, Säugetiere und der Mensch, alles hat sich demnach aus einer früheren Form entwickelt. Der Autor glaubt, daß dieser Prozeß sich von allein, ohne das Zutun eines lenkenden göttlichen Wesens, abgewickelt habe.

— Kein Wunder, daß der Klerus aufschreit, sagte John Crosse.

Ada fand diese Bemerkung außerordentlich geistreich.

Sie blieb drei Wochen in Fyne Court. Ein merkwürdiger Haushalt. Es fehlte die umsichtige Frauenhand. Die invalide Mrs. Crosse war ans Bett gebunden, Ada bekam sie nie zu Gesicht. Frühmorgens brannte kein Feuer in den Kaminen, kein Frühstück stand bereit, die Betten blieben ungemacht, das Geschirr diente zum Essen ebenso wie zum Aufbewahren giftiger Chemikalien. Das Plumpsklo war nur über den Salon erreichbar, für Ada angesichts ihrer notorischen Verdauungsbeschwerden eine unsägliche Zumutung.

Um so aufregender war der menschliche Umgang. Nächtelang wurde über philosophische und metaphysische Themen diskutiert. Ada fühlte sich wie ein Fisch im Wasser, sie war sehr angetan, nicht nur von dem hervorragenden Rotwein aus dem hauseigenen Keller, sondern auch von dem jungen John Crosse. Er war witzig und scharfzüngig und verstand viel von Pferdewetten.

Auch die elektrischen Experimente von Andrew Crosse, denen sie an einem Morgen beiwohnte, schienen ihr vielversprechend. Das eine Ende des besagten Kabels endete auf der Orchesterempore des Ballsaals in einem großen zylindrischen Stromleiter aus Messing, einer Leydener Flasche. Das andere war mit einem in die Wiese gesteckten Messingstab verbunden. Dieser wiederum war über Metallrohre geerdet, die Wasser aus dem nahen See ableiteten. Bei geeigneten atmosphärischen Bedingungen, sagte Andrew Crosse, sammelte das Kabel eine enorme statische elektrische Ladung, mit der die Leydener Flasche gespeist wurde.

Bei der einen Vorführung zischte und knallte es, Funken sprühten entlang des Kabels, ein Nordlicht hing unter dem Dach, und eine kleine stinkende Feuerkugel sauste durch die Orchesterempore.

Am 3. Januar 1845 meldeten die Zeitungen, am Neujahrstag sei zum ersten Mal in der Geschichte ein Mörder mit Hilfe einer telegraphisch übermittelten Morsebotschaft gefaßt worden. Die Botschaft lautete:

> Eben wurde in Salt Hill ein Mord begangen. Der Verdächtige wurde beobachtet, wie er ein 1.-Klasse-Billett kaufte und den Zug nahm, der Slough um 7 Uhr 42 Richtung London verließ. Er trägt einen langen braunen Mantel, der bis zu den Füßen reicht. Er sitzt im letzten Abteil des 1.-Klasse-Wagens.

In Paddington sei der Verdächtige von der Polizei in Empfang genommen und umgehend verhaftet worden.

Ada war begeistert. Das Ereignis bestätigte ihr einmal mehr die Wichtigkeit der neuesten Erfindungen auf dem Gebiet der Elektrizität. Sie war mit ihren Plänen zweifellos auf dem richtigen Weg.

III

# I

Die Brandung rollte heran, umspülte Adas Füße, schäumend stieg das Wasser bis über die Knöchel. Zog sich wieder zurück.

Die Bohlen der Wellenbrecher waren dunkel verfärbt, es war Ebbe.

Ada schürzte das Kleid, stapfte unschlüssig am Ufer hin und her. Sie fror. Von Osten wehte eine steife Brise.

Ein jäher Schmerz im Unterleib ließ sie zusammenfallen.

Die Hände auf den Bauch gelegt, ging sie in die Knie. Sie wartete, schaute zu, wie das Wasser zwischen den bernsteinfarbenen Kieseln versickerte, horchte dem Schlürfen nach und dem Ziehen, das sich in ihrem Kreuz verlor, dann richtete sie sich auf.

Langsam stieg sie die Böschung hoch und setzte sich hin.

Nahe am Ufer zog ein Fischkutter mit geblähtem Segel vorbei. Möwen balgten sich kreischend um den Beifang, den ein Mann ins Kielwasser warf. Winzige gekrümmte Fischleiber zeichneten silberne Bögen in die Luft. Jungen hüpften in den Wellen auf und ab. Weit draußen zog ein Schiff von rechts nach links.

Die Linie Southampton–Le Havre.

Vor zwei Tagen war Ada aus London gekommen. Das Haus in Brighton hatte die Mutter vor fünf Jahren gekauft. Es war seit einiger Zeit Adas Lieblingsaufenthalt.

Eine Oase. Ein Refugium.

Brighton. Ashley Combe. Horsley Towers, das man vor fünf Jahren bezogen hatte. 4000 Quadratfuß, verteilt auf zwölf Räume, die möbliert, ausgestattet und unterhalten werden mußten, in den ersten Monaten war man von einem Zimmer ins andere umgezogen. Die neue Stadtwohnung am Great Cumberland Place in der Nähe des Hyde Parks.

Vier verschiedene Wohnsitze.

Ein rastloses Leben. William und Ada sahen sich kaum. Es war nicht schwierig, sich aus dem Weg zu gehen.

Nur den einen Ort hatte sie noch nie gesehen.

Newstead Abbey. Der Sitz ihrer Vorfahren. Ein Name, der Phantasien in ihr auslöste, unscharf und verschwommen wie die Bilder, die mit einer Camera obscura aufgenommen wurden.

Das Linienschiff draußen wurde kleiner und kleiner und tauchte am Horizont ab, ein paar verwehte Qualmwölkchen hinter sich herziehend.

Ada fröstelte. Sie zog die Strümpfe über und schlüpfte in die Schuhe.

In zwei Stunden kam John Crosse mit dem Zug aus London. Es galt, die Tips für das nächste Derby in Ascot abzusprechen. Sie wollte auf Voltigeur von Lord Zetland und auf Bolingbroke aus dem Stall von Lord Albermarle setzen.

Es war ein seit längerer Zeit eingespieltes System, das reibungslos funktionierte. Ada übergab ihre Zahlen Miss Wilson, dem neuen Hausmädchen in Horsley Towers, welche ihrerseits den Kontakt zu den Mittelsmännern herstellte. Diese wiederum händigten sie dem Buchmacher aus, der aufgrund der Tips seine Quoten vorschlug.

Außerdem wollte sie zusammen mit John die letzten

228

Korrekturen anbringen in seiner Rezension von *Natürliche Geschichte der Schöpfung,* die zusammen mit einer
Besprechung über den dritten Band von *Kosmos. Entwurf
einer physischen Weltbeschreibung* von Alexander von
Humboldt in einer Nummer der *Westminster Review* 1850
erscheinen sollte.

Was der Nachmittag sonst noch bringen würde.

Ein Wanken.

Vielleicht.

Ein Verschwinden der Zeit in dem von den halbge-
schlossenen Jalousien schmal gefilterten Licht.

Später würden sie gemeinsam in einem der eleganten
Restaurants entlang der Strandpromenade dinieren.

Übermorgen wollte sie nach Horsley Towers zurück-
fahren, um sich von Ralph zu verabschieden, der für einige Monate in die Schweiz fahren sollte. Und auf den
10. Juni war eine große Party angesagt. Neben dem gesamten Freundeskreis waren drei Dutzend Leute aus Wissenschaft und Kunst eingeladen worden. Unter anderen die
Wheatstones und Babbage. Woronzow Greig mit Agnes.
Die Zetlands. Mr. Darwin. John Herschel. Charles Dickens.
John Hobhouse. Adolphe Quêtelet, der belgische Ökonom
und Statistiker, der in London weilte. Die Faradays hatten
leider, wie immer, abgesagt.

Am Montag fuhr Ada mit dem Zweiuhrzug nach Horsley.
Gleich nach ihrer Ankunft ließ sie nach Ralph schicken.

Er klopfte an die Tür, bevor er eintrat.

– Mama …

– Ralph, mein Süßer. Komm her.

Wie dünn er geworden war, schmal und hochgeschos-
sen mit seinen elf Jahren. Sie mußte unbedingt die Mutter
fragen, was er zu essen bekam.

Seit drei Monaten hatte sie ihn nicht gesehen. Er lebte bei der Großmutter in Esher und ging dort zur Schule. Ingenieur sollte er einmal werden. Lady Byron hatte es sich zur heiligen Pflicht gemacht, ihren Lieblingsenkel von allem Unbill des Lebens und allen schlechten Einflüssen abzuschirmen.

Mit gesenktem Kopf blieb er vor der Mutter stehen. Sie schob sein Kinn hoch.

Er wich ihrem Blick aus.

– Ist alles bereit für die Reise?

– Ja, Mama. Rose hat meinen Koffer fertig gepackt. Ich habe von Papa eine Botanisiertrommel bekommen.

Ein Anflug von Traurigkeit zog über sein Jungengesicht.

– Ralph. Freust du dich nicht?

– Auf die Reise freue ich mich, das schon, Mama. Mit dem Dampfschiff nach Calais ist bestimmt aufregend. Aber nachher? Ich weiß gar nicht, wie es dann weitergeht.

– Ihr werdet mit dem Zug nach Bern fahren, das ist eine Stadt in der Schweiz, von dort dauert es nochmals etwa eine Stunde mit der Kutsche. Münchenbuchsee heißt der Ort. Dir wird es in Hofwyl bestimmt gefallen. Es sind dort nur Knaben in deinem Alter. Und es gibt einen kleinen See mit einem Schwimmplatz, stell dir vor!

Seine Augen verdunkelten sich.

– Schwimmst du denn nicht gerne?

Er schüttelte den Kopf.

– Ich kann doch gar nicht schwimmen. Mama, ich habe einen Brief bekommen. Von Byron.

– Von Byron?

Hitze stieg in die Schläfen. Ihr Herz begann heftig zu klopfen.

– Wann? Hast du ihn hier?

Ralph nickte. Umständlich holte er ein zerknittertes Kuvert aus dem Hosensack und reichte es Ada.

An: Ralph Gordon King, c/o Lady Byron, Moor Place, Esher, Surrey, England, stand auf dem Umschlag. Der Stempel in der rechten oberen Ecke: Salvador Bahía, Brasilien. Das Datum war der 25. April 1850.

– Darf ich ihn lesen?

Sie wartete die Antwort nicht ab. Mit zitternden Händen öffnete sie den Brief. Er war in einer ungelenken Schrift geschrieben, die das kindliche Alter des Verfassers verriet.

Mein lieber Bruder,
seit zehn Tagen liegen wir im Hafen von Salvador de Bahía. Auf der Überfahrt habe ich Dolphine und fliegende Fische gesehen. Sie springen vor dem Bug hoch und fliegen über das Wasser bestimmt 150 Fuß weit. Sie sind blau. Wir haben auch Albatrosse gesehen. Sie segeln im Wind neben dem Schiff her, Tag und Nacht ohne Pause. – Einmal ist mir schlecht geworden, wegen des hohen Wellengangs. Mr. Hartridge, der Schiffsarzt, hat mir Ingwer zum Kauen gegeben. Aber es hat nichts genützt. Es ist auch so vorbeigegangen. – Es ist sehr heiß hier. Ich habe noch nie so viele schwarze Leute gesehen. Die Negerinnen haben bunte Tücher um den Kopf gewickelt. Die Neger sind von den Portugiesen als Sklaven aus Afrika hergebracht worden. – Die Fregatte HMS Swift ist ein feines und großartiges Schiff. Sie ist 160 Fuß lang und hat drei Großsegel. Ich bin der Zweitjüngste an Bord. Ich bin Oberfähnrich. Ich habe einen blauen Spiegel am Mantelkragen mit einem weißen Knopfloch und einem goldenen Knopf darin. Auch die anderen Knöpfe an meiner Uniform sind

aus Gold. Jünger ist nur noch der Kadett. Er schläft in der Koje unter mir. – Morgen werden wir auslaufen. Zuerst geht es nach Rio de Janeiro, das ist die Hauptstadt von Brasilien. Dann weiter nach Buenos Aires, durch die Magellanstraße in den Pazifik und nach Van Diemens Land, wo wir in sechs Monaten eintreffen sollen.

Ich hoffe, es geht Dir gut.

Es grüßt Dich

Dein Bruder Byron, Lord Ockham.

Ada ließ die Hand sinken. Sie wandte sich ab, den Tränen nahe. Warum sandte er keine Grüße für sie? Der erste Brief von den Kanarischen Inseln war im Februar eingetroffen und an Lady Byron adressiert gewesen.

– Mama. Ich möchte ihm antworten, aber ich weiß nicht, wohin ich den Brief schicken soll.

– Ich werde Mr. Babbage bitten, bei der Admiralität Erkundigungen einzuziehen, wie die Anschrift für Buenos Aires lautet, und es dir nach Hofwyl schreiben.

Ada entließ Ralph mit einem Kuß auf die Stirn. Ohne sich umzuschauen, verließ er das Zimmer und zog leise die Tür hinter sich zu.

Ada nahm eines der gerahmten Fotos von ihrem Schreibtisch. Es zeigte einen Jungen in Matrosenuniform vor einem mit luftigen weißen Wölkchen betupften Himmel. Er saß zur Seite gewandt auf einem Stuhl, den linken Arm angewinkelt auf die Lehne gestützt, in der rechten Hand eine Offiziersmütze. Dunkles, sorgfältig über der hohen Stirn zur Seite gescheiteltes Haar. Weiche Gesichtszüge mit einem vollen Mund und Augen, die unendlich traurig ins Leere blickten.

Ein Bild ganz und gar unmännlicher Kraftlosigkeit, alles in allem.

Die Daguerrotypie war letztes Jahr gemacht worden, kurz bevor Byron an Bord der *HMS Swift* gegangen war.

Gemeinsam mit der Mutter war man übereingekommen, daß für ihn eine strenge Erziehung fern des Elternhauses die beste Vorbereitung auf seine spätere verantwortungsvolle Stellung als Gutsbesitzer sei.

Man hatte es schon lange kommen sehen. Der älteste Sprößling entwickelte sich nicht wunschgemäß. Es war bestimmt richtig gewesen, ihn zur Marine zu schicken. Man würde ihn dort Mores lehren.

Ada hatte ihm schon einige Male geschrieben. Kleine Pakete geschickt. Zimtplätzchen zu Weihnachten. Einen Kaschmirschal. Ein Aquarell von Annabella mit einer Ansicht des Hauses in Ashley Combe.

Die zweite Daguerreotypie zeigte Ralph vor dem gleichen Frühlingshimmel, das Haar gescheitelt. Auf dem dritten Bild stand ein Mädchen, die rechte Hand auf die Lehne desselben Stuhls gelegt. Eine weiße Bluse mit Spitzenärmeln, am Dekolleté ein dunkler Samtbesatz, der Rock gebauscht. Die Haare waren im Nacken zusammengesteckt. Die schwarzen Samtbänder an den Handgelenken verliehen ihr etwas Kokettes.

Das Mädchen schaute forschend und ernst an der Kamera vorbei.

Annabella war gegenwärtig in Schwalbach am Taunus, um Deutsch zu lernen. Wie schön sie geworden war. Ein Mädchen an der Schwelle zum Frausein, selbstbewußt und eigensinnig. Nachdenklich auch. Annabella war zehn Jahre alt gewesen, als ihre Tante Hester kurz nach der Geburt ihres ersten Kindes gestorben war. Das Ereignis hatte das Kind in eine tiefe Trauer gestürzt. Eine Melancholie und ein Mißtrauen dem Leben gegenüber waren geblieben. Man konnte verlieren, was einem lieb war.

Auch Ada vermißte Hester. Sie war ihrer Schwägerin über die verwandtschaftlichen Bande hinaus verbunden gewesen. Die Nachricht von Medoras Tod hingegen hatte in ihr nur ein bitteres Aufatmen ausgelöst. Die Halbschwester war im vergangenen Jahr in Frankreich an Pokken gestorben. Das Ende einer jahrelangen zermürbenden und kräftezehrenden Auseinandersetzung.

Ada, einz'ge Tochter für mein Herz und Haus. Das war sie jetzt, in der Tat.

Sie lächelte, stellte das Foto zurück auf den Schreibtisch und klingelte Miss Wilson. Es sei dringend.

Tags darauf traf früh am Morgen Mr. Herford ein, um seinen Schützling abzuholen. Alle standen sie im Nieselregen auf dem großen Kehrplatz. Conrad. Mr. Hanson. Miss Rose, nun schon seit über vierzehn Jahren im Dienst der Familie. Sie war eine korpulente und resolute Frau geworden und herrschte jetzt, nach Lizzys plötzlichem Grippetod vor drei Jahren, in der Küche.

Mr. Herford schüttelte Ada und William die Hand und versprach, gut auf Ralph aufzupassen. Die beiden würden in Horsley den Zug nach London nehmen und von dort weiter nach Dover fahren.

Conrad wuchtete das Gepäck in den Landauer, Finley stieg auf den Bock. Ralph küsste seine Mutter flüchtig auf die Wange, gab dem Vater die Hand, kletterte in die Kutsche und schlug die Tür zu, die bleiche Kinderhand flatterte hinter dem Fenster wie ein verstörter Vogel. Alle winkten und schauten der Kutsche nach, bis sie hinter den Türmen um die Ecke bog.

Ada hakte sich bei William unter. Zusammen gingen sie hinein und die breite Treppe hoch.

Sie seufzte.

– Hoffentlich wird er in Hofwyl glücklich sein.

– Warum nicht? Es ist ein Privileg, einige Zeit dort verbringen zu dürfen, das hast du doch selbst gesagt. Durchdrungen zu werden vom echten Geist der Philanthropie, neben körperlich-geistiger, sittlich-religiöser und wissenschaftlich-ästhetischer Bildung, so oder ähnlich heißt es in der Schrift von Monsieur de Fellenberg, wenn ich mich recht erinnere. Man kann sich doch nichts Besseres wünschen für den eigenen Sohn.

– Die Atmosphäre ist freundlich und liebevoll, das stimmt. Trotzdem. Die Kinder müssen den ganzen Sommer über barfuß gehen und auf Spreukissen schlafen. Ich weiß nicht, ob das Ralph gefällt.

– De Fellenbergs Erziehungsprinzipien haben noch keinem Jungen geschadet, Liobste, darin gehe ich mit deiner Mutter einig. Wie war übrigens dein Aufenthalt in Brighton?

Eine Röte flog über Adas Gesicht und verblühte wieder, noch ehe William sie bemerken konnte.

– Gut, es war angenehm und erfrischend. Aber ich bin nicht geschwommen, das Wasser war zu kalt. Ich habe Mrs. Robertson getroffen, die dort zur Kur weilt. Wir haben zusammen Tee getrunken. Sehen wir uns zum Lunch? Ich gehe einen Augenblick in die Kapelle.

– Ja. Mach das. Bis später, mein Avis. Ich fahre zur Ziegelbrennerei und bin mittags zurück.

Ada hielt sich gern in der hauseigenen Kapelle auf. Man war hier allein. Mit oder ohne Gott, wie einem gerade zumute war, niemand fragte danach. Sie war ohnehin schon lange nicht mehr in die Gnade gekommen, die Gegenwart des Schöpfers zu fühlen. Das entsprach durchaus ihrer momentanen Überzeugung, die Vorstellung von einem Leben nach dem Tod sei nichts als ein Instinkt, ähnlich wie der Hunger. Sie hatte sich während der letzten Samstagsparty an der Dorset Street mit Mr. Darwin lange und eingehend über Agnostizismus und den Grundsatz von Ockhams Rasiermesser unterhalten, der besagte, daß von mehreren Theorien, die den gleichen Sachverhalt erklären, die einfachste zu bevorzugen ist. Mr. Darwin hatte sie in ihrer Ansicht bestätigt, daß die Frage nach der Existenz oder Nichtexistenz eines höheren schöpferischen Wesens grundsätzlich unbeantwortet bleiben müsse. Zu diesem Schluß sei er nicht zuletzt durch seine langjährige Forschungsarbeit gekommen.

Außerdem war ihr Vater der gleichen Überzeugung gewesen. Der Mensch sei, hatte er geschrieben, unglücklich genug im diesseitigen Leben, wozu solle also das absurde Spekulieren auf ein jenseitiges gut sein.

Ada setzte sich auf eine Bank. Auch die Kapelle war Williams frenetischer Bauleidenschaft anheimgefallen.

Gotisches Bogenwerk aus verschieden getönten Backsteinen. Der Boden ein teppichartiges Muster aus Terrakotta. Filigranes Säulenwerk mit eingelegten blauweißen Majolikakacheln der Altar.

William.

Ihre Ehe war auf dem Tiefpunkt. Es war nicht sein Fehler. Alles in allem war er ein guter und gerechter Mensch. Sie versuchte, ihn glücklich zu machen, so gut es ging. Aber es gab keinen Mann, der zu ihr als Gatte paßte. Keiner konnte ihren Idealvorstellungen gerecht werden. Sie war bis jetzt nur ein paar Männern begegnet, die sie weniger als andere abstießen.

Was tat ihr Ältester jetzt? In Brasilien mußte es noch Nacht sein, Dämmerung vielleicht, Tagwacht, die Schiffsglocke läutet, schlaftrunken schält sich der Junge aus seiner Decke, Antreten, den Tagesbefehl entgegennehmen, ist das Schiff nicht eben in einen Sturm geraten?, es krängt und stampft, an Schlaf gar nicht zu denken, und Byron …

Er war noch viel zu jung, eben erst 14 Jahre alt geworden. Und er konnte nicht einmal schwimmen. Nicht zu reden von den gefährlichen Krankheiten. Gelbfieber. Malaria. Die choleraverseuchten Häfen.

Nein, es war nicht richtig gewesen. Er hätte hierbleiben sollen. Eton besuchen wie sein Vater, oder Harrow, und die Ferien im Schoß der Familie verbringen.

– Lieber Gott, flüsterte sie, steh ihm bei, bitte, laß ihn gesund nach Hause kommen.

Wenn es ans Bitten ging, war der liebe Gott eine gute Adresse, allen philosophischen Einsichten zum Trotz, an wen sonst sollte man sich wenden.

Auch Ralph war offenbar des Schwimmens nicht mächtig. Wie konnte ihr das nur entgangen sein.

Das mit Hofwyl war Mutters Idee gewesen. Ada hätte es lieber gesehen, wenn Ralph den Sommer bei ihnen in Horsley Towers verbracht hätte. Aber sie hatte sich nicht durchsetzen können. William hatte Lady Byron aufs vehementeste unterstützt.

Der Erbauer und Gestalter, der Gutsherr und Lord Lieutenant William Lovelace war Wachs in den Händen seiner Schwiegermutter.

Ada hob den Kopf.

Gedämpftes Licht fiel schmal durch die zinngefaßten Chorfenster.

## 2

Eine Stube mit zwei Dutzend kahlgeschorenen Jungen-
köpfen. Sie beugen sich über ihr Strickzeug. Das Klappern von Stricknadeln. Halbfertige braune Strümpfe bau-
meln an den Nadeln.

Die Jungen tragen graue Kattunhemden und knielange
Hosen. Sie sind barfuß. Beim Eintreten der Ankömmlinge
stehen sie wie auf Kommando auf.

– Guten Tag, Herr de Fellenberg! Guten Tag, Herr
Wehrli!

Die Gäste sind eben vor dem Hauptgebäude in
Hofwyl, einem stattlichen Landschlößchen, vom Schul-
vorsteher empfangen worden.

– Willkommen in Hofwyl, Lady Byron. Willkommen,
Fräulein Ada. Es ehrt uns, daß Sie unserer Institution
einen Besuch abstatten. Sind Sie gut gereist?

Beim Mittagessen sitzen die Jungen an langen Tischen. Sie sind in Adas Alter, die ältesten höchstens dreizehn.

Die Gäste essen am Tisch der Lehrer.

Herr Wehrli steht auf und räuspert sich.

– Zöglinge! ruft er. Ich möchte euch unseren Besuch
vorstellen.

Vierundzwanzig Augenpaare richten sich auf Ada.

– Lady Byron und ihre Tochter Ada befinden sich auf
einer Reise durch Europa und sind heute morgen aus
Bern gekommen. Sie sind in Begleitung von Adas Gouvernante, Miss Stamp – ein Nicken nach links, und von Miss

Chaloner – ein Nicken nach rechts. Lady Byron und Ada kommen aus England. Ihr habt in der Geographiestunde von London, der Hauptstadt, gehört. Wer weiß, wie der Fluß heißt, der durch London fließt?

Einige Arme schnellen in die Höhe.

– Ja, Matter Köbi?

Matter Köbi steht auf. – Die Themse, Herr Wehrli.

– Und welche Sprache spricht man in England? Amberg Hansi?

– Englisch, Herr Wehrli, antwortet Amberg Hansi.

– Grüß Gott, sagt Ada laut und vernehmlich. Ich spreche auch Deutsch.

Gekicher. Ellbogen fahren in die Rippen des Nachbarn.

Vor dem Auftischen wird gebetet: Komm Herr Jesus sei unser Gast und segne was du uns bescheret hast. Amen.

Es gibt Bohnensuppe, Kartoffeln und Fleisch, das in einer braunen Soße schwimmt. Fliegen umschwärmen den Teller.

Das bitter schmeckende Gemüse schiebt Ada zur Seite.

Auf den Tellern der Zöglinge sieht sie kein Fleisch.

Nach dem Essen bricht man auf, um das Schwimmbad am Ufer des Moossees zu besichtigen.

Hinter dem Haus erstreckt sich ein Garten. Gemüsebeete. Brombeerhecken. Obstspaliere. Eine Wiese mit Apfelbäumen. Es riecht nach Fallobst und warmer Erde.

Zwei Jungen harken ein Beet. Obwohl die Sonne vom Himmel brennt, sind sie ohne Kopfbedeckung. Ihre Arme sind braun wie Leder.

Sie schauen auf, als Herr Wehrli und die drei Damen mit den blütenweißen Sonnenschirmen vorbeigehen.

Ada folgt ihnen hüpfend auf dem Kiesweg.

– Hesch gsee, dä Huet won äs anne hett, sagt der eine.

– Joo. Heiterefaane. En Gring wiene Leitchue, mit sövu Bändu, sagt der andere. U gschnäderfräßig isch es ou.

Ada nickt ihnen zu und lächelt. Merkwürdig. Sie versteht kein Wort, dabei hat sie doch während Wochen eifrig Deutsch gelernt.

Still und dunkel liegt der kleine See.

– Der Turm mit dem einskommafünf Klafter hohen Sprungbrett ist unser besonderer Stolz, sagt Herr Wehrli.

Miss Chaloner schaut sich fragend um. – Wieviel ist das in Fuß?

– Neun, sagt Ada.

In ihrem Zimmer schlägt sie ihr Wörterbuch auf. Von den Wörtern, die sie glaubt gehört zu haben, findet sie kein einziges. Dafür wird sie bei den Namen fündig.

München. Buch. See.

Moos. See. Dorf.

Komische Bezeichnungen haben die hier in der Schweiz.

Das Abendessen wird an der gepflegten Tafel in der Fellenbergschen Wohnung eingenommen, im Beisein der Gattin Madame de Fellenberg geborene Tscharner. Während des Essens doziert Herr de Fellenberg auf englisch über die Grundsätze seiner Erziehung. Er sagt, sie diene der Rückkehr aus dem Sumpf der Entartung, damit das Reich Gottes auf Erden wahr werde. Das rettungslose Elend des niederen Volkes, die sittliche Versunkenheit des Vaterlandes habe wie ein Krebsschaden um sich gegriffen. Und aus welchem Grund?

– Der Grund dafür, sagt Herr de Fellenberg, ist das Abweichen des Menschengeschlechts von dem einzig richtigen fehllosen Weg des göttlichen Pflichtgebots, durch die innere Stimme der Vernunft und die heilige Schrift verkündet, und die Verstrickung in Genußsucht, Habgier und Selbstsucht.

Lady Byron und Miss Chaloner nicken.

– Deshalb sollen die vom Glück verlassenen Kinder der untersten Gesellschaftsstufen den verpestenden Einflüssen der häuslichen Verwilderung entrissen und frühzeitig an Mäßigung, Enthaltsamkeit und Selbstbeherrschung gewöhnt werden durch geregelte bildende Arbeit und regelmäßige Leibesübungen.

– Mens sana in corpore sano, sagt Lady Byron.

Herr de Fellenberg lächelt anerkennend. – Der Landbau, sagt er, ist die Basis aller menschlichen Arbeit und Quelle zuverlässigen Wohlstands. Zu diesem Zwecke arbeiten die Knaben neben der Schule im landwirtschaftlichen Musterbetrieb, in der Schreinerei, in der Gärtnerei. In allem Tun setzt man auf Eigenverantwortung und freiwillige Mitarbeit. Die Knaben stehen am Morgen auf und gehen abends zu Bett, wann es ihnen paßt.

– Und die Mädchen? fragt Ada.

– Sie wohnen in einem anderen Gebäude, von meiner lieben Frau Margaretha geführt, antwortet Herr de Fellenberg, wo sie durch eine sorgfältige einfache Lebensart, Gottesfurcht und Tugend bezweckende Erziehung zu zuverlässigen treuen Dienstboten und wackeren Hausmütterchen herangebildet werden sollen.

Morgen werde man alles besichtigen. Und was die Söhne der Reichen und Mächtigen angehe, so sollen diese durchdrungen werden mit dem echten Geist der Philanthropie, denn die sittliche Weltordnung sei die Lebenssphäre der gebildeten Menschheit.

Ada schläft in einem Dachzimmerchen. Die weißrot karierte Bettwäsche riecht nach Molke.

Auf dem morgendlichen Rundgang durch die Mädchenschule in Begleitung von Fräulein Marchand besichtigen sie das Nähatelier. Ein paar Halbwüchsige in blauen Schürzen schneiden auf langen Tischen Stoff zu. Die kleineren haben Blumen gepflückt. In Grüppchen sitzen sie barfuß auf der warmen, sonnenbeschienenen Loggia am Boden und binden Sträuße, eine schnatternde rotbackige Schar.

Ob sie nicht für die Gäste etwas singen wollen?

Eifrig erheben sie sich und stellen sich im Halbkreis auf.

Zöpfe werden befingert, Schürzen glattgestrichen, Röcke zurechtgezupft.

Fräulein Marchand dirigiert.

Das Lied ist im Dreivierteltakt. Wieder versteht Ada nichts, aber ihr fällt auf, daß fast jedes zweite Wort mit einem -li endet.

Bürschteli. Meiteli. Schlüsseli.

Die Frage von Miss Chaloner, ob die Kinder nicht einen Jodel vortragen können, wird von Fräulein Marchand mit Bedauern verneint. Der Jodel sei eine Kunstform, die der langen Stimmschulung bedürfe.

Am fünften Tag fährt die Gruppe weiter nach Lausanne.

Herr de Fellenberg und Herr Wehrli schütteln jeder der Damen die Hand und wünschen eine gute Reise.

– Italien, sagt Herr Wehrli und legt seine Hand auf Adas Kopf. Das Land, wo die Zitronen blühn.


Seit mehreren Wochen schon sind Ada und ihre Mutter unterwegs. Im Juni haben sie in Dover ein Schiff nach Calais bestiegen.

Brüssel. Köln. Heidelberg. Baden-Baden. Stuttgart.

Überall gibt es Kirchen mit mächtigen Mittelschiffen, in denen Orgelmusik gespielt wird.

In den Hotelfoyers und Speisesälen folgen den Ankömmlingen neugierige Blicke.

Lady Byron und Ada. Lord Byrons Tochter.

In Adas Reisegepäck sind drei Wörterbücher: Deutsch, Französisch und Italienisch. Ein botanisches Bestimmungsbuch. Eine Botanisiertrommel. Ein Zeichenblock. Bleistifte und Aquarellfarben. Briefpapier und Umschläge. Ein Schmetterlingsnetz. Eine Holzschatulle mit Tinte und Federn.

Der Genfersee gefällt Ada. Mit einer Schaluppe fahren sie von La-Tour-de-Peilz nach Villeneuve. Ada studiert das Spiel des Lichtes auf der bewegten Wasseroberfläche. Das Schiff gleitet an schmucken Dörfern und herbstlich verfärbten Weinbergen vorbei. An den Mauern eines Schlosses, die trutzig aus dem Wasser in den Himmel ragen.

– Das ist doch Schloß Chillon, sagt Miss Chaloner. Gibt es nicht ein Gedicht darüber von …

– Ja ja, sagt Lady Byron. Mit einem Nicken Richtung Ada bedeutet sie ihr zu schweigen.

In Genua wohnen sie im Hotel d'Amérique mit Blick aufs Meer. Ada und Miss Stamp in einem Zimmer. Mama und Miss Chaloner je in einem eigenen Zimmer.

Auf Miss Stamps Nachttischchen liegt ein Buch. Es heißt *Corinna oder Italien, ein literarischer Reiseführer* von Madame de Staël. Manchmal liest Ada verstohlen darin. Es geht um eine Dichterin, die durch Italien reist und sich in einen Lord verliebt.

Signor Isola unterrichtet Ada im Zeichnen. Sie malt Sonnenuntergänge und ein Bild mit dem vom Vollmond beschienenen Wasser, die stille und an anderen Stellen silbern bewegte Oberfläche in verschiedenen Farben.

Zum Frühstück bringt ihr der Kellner heiße Schokolade. Das Getränk ist fest und sämig, der Löffel steht fast darin.

Per la bella signorina, sagt er mit einer Verbeugung.

Ada findet in ihrem Zimmer einen Skorpion und zeichnet ihn. Eidechsen, die sich in den Falten der Vorhänge verlieren und plötzlich weit oben an der Wand wieder auftauchen.

Lo scorpione. La lucertola.

Alle paar Wochen schreibt Ada an Mrs. Parson nach Bifrons und bittet sie, gut für Madame Puff zu sorgen. Sie wisse ja, Madame Puff bevorzuge Steinbutt.

In Florenz besuchen sie ein Museum mit Bildern von Malern, die ungemein schön klingende Namen haben. Auf dem Platz davor sieht Ada die Marmorstatue eines nackten Manns.

Er heiße David und komme in der Bibel vor, sagt Miss Stamp und geht schneller.

I genitali. Il sesso masculino.

Im Frühjahr geht es wieder zurück nach Turin und weiter nach Chamonix. Wie nah die Berge hier sind!

Ada, Miss Stamp und Miss Chaloner wandern auf einem schmalen Bergpfad nach Montenvers. Von hier aus sieht man den Gletscher. Ada ist begeistert von der Eisflut, die sich bis hinunter in das Tal ergießt. Die in die Fließrichtung gebogenen Linien im Eis erinnern sie an die geringelte, schleimig glänzende Haut der Blutegel.

La mer de glace.

– Einer unserer berühmten Maler hat ein Bild davon gemalt, sagt Miss Stamp.

– Ich weiß, Miss Stamp. Joseph Mallord William Turner. Die Quelle des Arveron, sagt Ada.

Auf der Rückreise nach England macht man halt in

Luzern. Von oben hat das Wasser des Vierwaldstättersees diese unergründliche Farbe.

Ein milchiges Türkis.

Genau wie der Hintergrund im Medaillon mit der Locke darin, das Mutter Papa nach Italien geschickt hat.

## 3

Wieder fuhr der Schmerz in ihren Bauch, sie krümmte sich, umfing die Fesseln mit ihren kalten Händen.

– Hilf mir, flüsterte sie. Hilf mir. Wo führt das alles noch hin. Wann immer dieser unvergleichliche Bogen ... wann immer dieser unvergleichliche Bogen aus strahlenden Farben sich über die irdischen Farben erhebt ...

Der Anfang eines Gedichts.

Sie erhob sich und ging in ihr Zimmer. Zehn Tropfen Laudanum ins Wasserglas.

Die zwei Stunden bis zum Mittagessen verbrachte sie schreibend. Ein 15zeiliges Sonett in einem Zug.

Zu mehr war sie nicht fähig.

Die Bernoullizahlen. Die Differentialrechnung. Das Nervensystem. Alles hatte sich in den nebulösen Innenwelten ihres Genies verloren.

Das Universum? Zu groß. Seit Monaten schon hatte sie das Teleskop nicht mehr angerührt. Nichts als Leere dort draußen, gespickt mit toter Materie.

Und die Analytische Maschine ... Kein Mensch redete mehr von diesem ersten und schönsten ihrer Kinder.

Eine Fata Morgana. Hybrid, bestechend und nutzlos.

Zum Singen fehlte ihr die Stimme, atemlos wie sie war, und das Harfenspiel ermüdete sie über alle Maßen. Die Töne gerieten ihr nicht, spröde wie Mürbeteig zerfielen sie zwischen den Fingern oder zerbarsten klirrend an den Wänden. Hin und wieder ein paar Takte am Klavier war alles, was sie zustande brachte.

Sie bewegte sich im Kreis, immerzu in einem Kreis, dessen Zentrum sie nicht kannte. Wo immer sie sich hinbewegte, rannte sie gegen Mauern an. Schürfte sich die Fingerknöchel auf. Schlug sich die Stirn wund.

Ihr Leben war eine ununterbrochene Kette von kleinen Enttäuschungen.

Aber ging es ihr deswegen schlechter als anderen?

Alle waren mehr oder weniger unglücklich.

Der Wind trieb tiefsegelnde graue Wolken vor sich her.

Schatten großer Vögel stürzten über die Turmmauern.

Mary Wilson hatte gezögert, als Mr. Babbage, ihr früherer Arbeitgeber, ihr eine Anstellung bei den Lovelaces in Aussicht stellte. Man hörte ja so allerlei, vor allem über die Lady. Ihres Vaters Tochter halt, kein Wunder, sagten die Leute. Schlimme Worte, die sie, Mary Wilson, nie in den Mund nehmen würde.

Ein merkwürdiger Haushalt war das hier in Horsley Towers. Keine Spur von Familienleben. Von den Kindern bekam man kaum etwas zu sehen. Der Älteste auf hoher See. Ralph, der Jüngste, in der Obhut der Großmutter. Das Mädchen war zur Ausbildung mal hier, mal dort.

Das riesige schloßähnliche Haus, das nicht wirklich bewohnt wurde, Fluchten von Räumen, in denen die Geräusche fehlten. Kein Lachen, kein Kindergeschrei.

Nur wenn Besuch kam, war alles wie umgedreht. Dann wurde es hektisch, zumindest für die Dienstboten. Wie neulich, als bestimmt 50 Leute zu dieser Party gekommen waren. Ein Konzert in der Bibliothek. Ein Dinner im Gewölbesaal. Feuerwerk und Champagner auf der großen Terrasse. Berühmte Leute, hieß es.

Mary hatte niemanden gekannt, außer Mr. Babbage, der oft zu Gast in Horsley Towers war.

Lord Lovelace hatte einen Toast gesprochen. Auf die Wissenschaft. Auf die Künste. Auf Lady Lovelace.

Er war ein überaus liebenswürdiger Dienstherr. Immer beherrscht. Immer korrekt und freundlich.

Mary hatte ihn noch nie zornig gesehen. Auch im Umgang mit Lady Lovelace war er zuvorkommend, geduldig und höflich, obwohl er doch Grund genug gehabt hätte, sie hin und wieder zurechtzuweisen.

Und seit jüngstem nun das mit der Wetterei.

Sie, Mary Wilson, war wider Willen ein Teil davon geworden, ein Rädchen in dem wie geschmiert laufenden Getriebe. Erst nachdem sie ihre Stelle angetreten hatte, war ihr bewußt geworden, daß Mr. Babbage und Lady Lovelace genau das im Schilde geführt hatten.

Sie brauchten einen *Go between* für das Wettgeschäft. Nichts verband einen mehr mit einem anderen Menschen als ein geteiltes Geheimnis. Sie konnte von einem Tag auf den anderen entlassen werden, das wußte Mary.

Also nahm sie von den Mittelsmännern geflissentlich die Zettel mit den Tipquoten entgegen und händigte sie Lady Lovelace aus. Andererseits überbrachte sie die Wetteinsätze von Lady Lovelace entweder Mr. Fleming oder Mr. Richard Ford in London. Es waren in der Regel versiegelte Couverts. Aber beim letzten Mal war der Umschlag offen geblieben. Auf dem Zettel standen zwei Namen von Pferden, die Tipquoten, 4/1 und 6/1, und die Höhe des jeweiligen Einsatzes, 280 Pfund.

Mary verstand nichts von Pferderennen. Aber, so rechnete sie, wenn beide Pferde, deren Namen auf dem Zettel standen, das Rennen verlören, dann würde Lady Lovelace an einem einzigen Tag um mindestens 560 Pfund erleichtert sein.

Wie viele ihrer, Marys, Jahresgehälter das waren, das

auszurechnen war sie nicht imstande. Wie hoch andererseits der Gewinn wäre, sollte eines der besagten Pferde erster sein, das entzog sich auch ihren Kenntnissen. Außerdem, so vermutete sie, würden ja auch die Tipgeber einen Teil des Gewinns einstreichen.

Nun ja, jeder konnte mit seinem Geld machen, was er wollte. Nur ging es nicht immer gut aus. Erst neulich hatte man von dem Selbstmord eines angesehenen Gentleman erfahren, den die Spielleidenschaft seiner Frau in den Ruin getrieben hatte.

Anfang August sollte Mary die Herrschaften nach Ashley Combe begleiten, um der Lady zur Seite zu stehen. Sie war noch nie in Ashley Combe gewesen. Am Ende der Welt sei es.

Egal. Hier oder dort, ihre Aufgaben waren immer die gleichen.

Neben den Botengängen war sie verantwortlich für die Garderobe, die Lady leistete sich ja seit einiger Zeit keine Zofe. Außerdem mußte sie ihr jeden Morgen das Wasser in der Karaffe erneuern und vor dem Schlafengehen ein Glas Brandy aufs Zimmer bringen. Das Wasser brauchte die Lady für das Laudanum. Die Tropfen machten sie philosophisch, hatte sie einmal gesagt.

Da auch in Ashley Combe viele der Dienstboten entlassen worden waren, würde es Mary obliegen, mit einem der Männer hin und wieder nach Minehead zu fahren, um einzukaufen.

Außerdem war Besuch angesagt. Mr. Babbage. Vater und Sohn Andrew und John Crosse. Die Pearces.

Das würde für Abwechslung sorgen.

Anfang des kommenden Monats wollten die Lovelaces von Ashley Combe weiter in den Norden Englands reisen, nach Nottinghamshire und in den Lake Distrikt.

# 4

Ada und William trafen am Abend des 7. Septembers bei heftigem Regen in Newstead Abbey ein. Als die Kutsche bei Ravenshead in die Allee einbog, die zur Abtei führte, beschlich Ada eine jähe Beklommenheit.

War es richtig gewesen, hierherzukommen?

Vielleicht hatte Mutter recht gehabt. Sie hatte mit unverhohlenem Unwillen auf die Ankündigung des Besuches in Newstead reagiert. Wozu das alles? Man solle schlafende Hunde nicht wecken.

Der Pförtner beschied ihnen, Colonel Wildman erwarte sie freudig.

Das war mehr als beschönigend. Ada hatte William zu diesem Besuch außerhalb des Programms ihrer Reise gedrängt. Colonel Wildman war erst tags zuvor über ihr Eintreffen unterrichtet worden.

Nach dem Tor ging es mehrere Meilen auf einem von dichtem Wald gesäumten Weg Richtung Westen.

Fichten. Eichen. Triefende Farnwedel. Eukalyptus und Rhododendren.

Unvermittelt öffnete sich der Wald auf eine große Ebene. Zur Rechten erschien ein Hof mit Wirtschaftsgebäuden, zur Linken kam die Abtei in Sicht.

Die Ankömmlinge wurden von zwei Lakaien empfangen, man brachte ihr Reisegepäck ins Haus, Finley fuhr das Gefährt in die Remise.

Erst jetzt bemerkte Ada die Ruine der Kirche. Nur die Fassade war erhalten. Durch die gotische Pforte sah man direkt in den dahinterliegenden Park mit alten dunklen Bäumen.

Alles atmete Melancholie und Düsterkeit.

Thomas Wildman empfing seine Gäste trotz einer leisen, kaum überspielten Verwunderung aufs herzlichste. Es sei nur leider so, daß seine liebe Frau abwesend sei, sie weile zur Kur in Bath, wenn man früher gewußt hätte, aber ja, er freue sich sehr über ihren Besuch und hoffe, sie würden sich wohl fühlen.

Zum Abendessen in dem hohen, mit dunkler Eiche getäfelten Speisesaal wurde nach dem Austauschen der üblichen Höflichkeiten – Ihre mathematischen Studien, Lady Lovelace, die Arbeit über diese Maschine, bemerkenswert, ich habe davon gehört. – Ach, nichts von Bedeutung, lieber Colonel. – Und die Kinder? – nach der höflichen Konversation also wurde über nichts anderes als Newstead gesprochen. Ada erfuhr von Colonel Wildman zum ersten Mal die Geschichte des Hauses, die auf das 12. Jahrhundert zurückging. Als der zehnjährige Lord Byron Newstead 1798 beim Tod seines Großonkels das Anwesen erbte, war es halb zerfallen, weil der notorisch betrunkene Lord sich nicht um den Unterhalt gekümmert hatte. Byron richtete sich später in einigen noch bewohnbaren Räumen häuslich ein. 1817, im Jahr nach seiner Wegreise, kam die Abtei nach langwierigen Verhandlungen in seinen, Colonel Wildmans, Besitz. Mit Hilfe des Architekten John Shaw wurde es unter Wahrung des mittelalterlichen Charakters nach und nach renoviert, der Park wurde umgestaltet, aber vieles sei trotzdem noch so, wie er es angetroffen habe.

Byrons Schlafzimmer mit den grünen und gelben Tapisserien. Die Bibliothek. Der Salon und das Studierzimmer. Die Kapelle.

Ob sie das Gedicht kenne, er wandte sich an Ada, *Abschied von Newstead Abbey*? Deine Zinnen, o Newstead, die Stürme umtosten, o Halle der Väter, du sinkst zum Verfall, in sonst lächelnden Gärten ersticken die Rosen in Disteln und Schierling, die duftenden, all, er schaute sie erwartungsvoll an.

– Ja, ich kenne es, sagte Ada und glättete mit dem Zeigefinger eine Falte auf dem Tischtuch. Aber es gebe ja auch die *Elegie an Newstead*, die mit den schönen und verheißungsvollen Versen ende: Vielleicht daß deine Sonne licht dir scheine im Meridian noch einmal, strahlend frei von Wolken, segensreich, damit wie deine Vergangenheit auch deine Zukunft sei.

Wildman lächelte.

– Sie scheinen das Werk Ihres Vaters gut zu kennen, Lady Lovelace.

– Ja, Colonel, in den letzten Jahren habe ich viel gelesen. Ich hatte Nachholbedarf.

Auf dem morgendlichen Rundgang wies der Colonel auf eine steile Steintreppe, die vom Kreuzgang in eine Gruft hinabführte.

– Byrons Schwimmbecken, sagte er. Der Raum war fünf Fuß hoch mit eiskaltem Wasser gefüllt, als ich zum ersten Mal herkam. Byron sagte mir, er habe täglich darin geschwommen.

Sie spazierten durch den trüben, naßkalten Morgen.

Ada glaubte alles zu kennen.

Den See, klar und tief. Die alleinstehende Eiche inmitten einer Wiese. Die düster schweigenden Mauern.

Hinter den Gebäuden erstreckte sich ein Spanischer Garten, die geometrischen Rabatten von kantig geschnittenen Ligusterhecken eingerahmt. Ein Rosengarten, pralle

Hagebutten glänzten wie Schmucksteine zwischen den verdorrten Blättern.

Ein rechteckiger künstlicher Teich.

In Sichtweite der Fenster im ersten Stock des rückseitigen Trakts stand das Denkmal, das Byron seinem Hund gesetzt hatte. Eine Marmortafel mit einer Elegie an Boatswain, den Gefährten, der alle Tugenden in sich vereinigte ohne die dem Menschen eigenen Fehler. Geboren in Neufundland im Mai 1803, gestorben in Newstead am 18. November 1808.

— Was geschah mit dem Bär? fragte Ada.

— Der Bär? Ach ja, der Bär. Der ist vermutlich auch hier gestorben, sagte Colonel Wildman. Als ich das Gut übernahm, lebte er jedenfalls nicht mehr.

William und der Colonel unterhielten sich im Gehen angeregt. William machte da und dort Verbesserungsvorschläge. Bäume, die gefällt werden müßten, die Terrasse, die man zum Park hin öffnen sollte.

Immer wieder versuchte der Gastgeber, Ada ins Gespräch zu verwickeln, aber sie wich aus, war einsilbig und verschlossen. Sie ging die meiste Zeit neben ihnen her, die Augen auf den Boden gerichtet, grübelnd und mißmutig.

Alles deprimierte sie. Newstead war ein Mausoleum. Ein jeder Baum, die zurechtgestutzten Hecken, ein jeder Mauervorsprung vom Tod angehaucht.

Die Becher leer, der Herd erkaltet.

Warum vermißte sie plötzlich die Kinder? Sollte dies das Los ihrer Familie sein, in alle vier Himmelsrichtungen zerstreut? Müßte nicht von Rechts wegen dieser ganze Besitz ihr gehören? Nicht auszudenken, wie ihr Leben verlaufen wäre, hätte sie darüber verfügen können.

Bei der kleinen Brücke, die über den River Leen führte, blieb Ada stehen.

– William. Ich gehe zurück.

Die beiden Männer wandten sich um, bis später, ein kurzes Winken.

– Lassen Sie sich heißen Tee servieren! rief ihr Colonel Wildman nach.

Ada setzte sich in den Salon.

Sie trank den Tee und aß einige der Kekse, die ein Mädchen brachte. Dann ging sie auf ihr Zimmer und schrieb einen Brief an die Mutter. Die beiden Männer waren noch nicht zurück, als sie den versiegelten Umschlag einem Dienstboten übergab und sich zu einem Rundgang durch das Haus aufmachte.

Endlose schmale Flure. Treppenaufgänge mit glänzenden Holzgeländern. Fluchten von Gemächern mit alten Tapisserien, Waffen und Rüstungen. Uralte, dunkel furnierte Möbel. Ein Gymnastiksaal mit Fechtmaske und Schwert, ein Paar Boxerhandschuhe an der Wand.

Byrons Schlafzimmer war ein kleiner Raum. Ein Himmelbett, die Draperien aus Goldbrokat. Eine Waschkommode, ein runder Tisch.

Sie legte sich aufs Bett. Strich über den Satinüberwurf. Betrachtete die roten Kordeln, die grün gemusterte Tapete. Mit wem hatte er es wohl unter dem goldenen Sternenhimmel getrieben?

Gleich nebenan und durch eine Tür verbunden war eine Ankleidekammer mit einem schmalen Bett. Die Schlafstätte des Kammerdieners.

Finley brachte das Pferd am Zügel vom morgendlichen Auslauf zurück, als das Küchenfenster im Pächterhaus aufgestoßen wurde.

– Mr. Finley! Es gibt gleich Lunch, wenn Sie sich zu uns gesellen wollen!

– Das hört sich gut an, Mrs. Crosby. Vielen Dank, ich bringe nur das Pferd zurück in den Stall.

Als Finley in die Küche trat, standen auf dem für vier gedeckten Holztisch schon zwei Gläser Brandy bereit. Ein rothaariger Junge saß am rußgeschwärzten Kamin und stocherte im Feuer.

– Jeremy, sag Mr. Finley guten Tag.

Mrs. Crosby kam aus der Vorratskammer, in der einen Hand einen Krug Bier, in der anderen einen Brotlaib.

Der Junge murmelte etwas Unverständliches, ohne den Kopf zu heben.

– Unser Jüngster, sagte Mrs. Crosby. Aber kommen Sie, setzen Sie sich, mein Mann wird gleich hiersein. Er war heute morgen mit dem Boot auf dem See, um nach den Hechtreusen zu sehen. Ein trüber Tag, schade, jetzt, wo Besuch hier ist, Ihre Herrschaften wollen sich sicher das Anwesen anschauen. Die Lady ist doch die Tochter von Lord Byron, nicht wahr? Es muß sie bestimmt merkwürdig ankommen, soviel ich weiß, ist es das erste Mal, daß sie Newstead einen Besuch abstattet. Wie lange sind Sie denn schon im Dienst der Lovelaces?

Finley hatte sich an den Tisch gesetzt und drehte seine Mütze in den Händen. Er antwortete nicht gleich. Mrs. Crosby war geschwätzig, das hatte er schon gestern bemerkt. Kaum hatte er das Pferd versorgt, war sie im Stall aufgetaucht und hatte ihn über die Herreise ausgefragt.

– Über fünfzehn Jahre, Mrs. Crosby, sagte er.

– Fünfzehn Jahre! Eine lange Zeit. Da gehören Sie bestimmt schon fast zur Familie, Mr. Finley.

– Das nicht gerade, aber ich kann mich nicht beklagen. Lord Lovelace ist ein überaus angenehmer Brotgeber. Ich könnte mir keine bessere Arbeit vorstellen.

Die Tür wurde aufgestoßen. Mr. Crosby polterte herein. Er setzte sich Finley gegenüber, schüttelte ihm über den Tisch die Hand und schob ihm eines der beiden Gläser zu.

– Und? fragte Mrs. Crosby.

– Nichts, sagte Mr. Crosby, kein einziger verdammter Fisch. Muß wohl an dem verdammten Wetter liegen. Auf Ihr Wohl, Mr. Finley.

Er hob das Glas und leerte es in einem Zug.

Mrs. Crosby trug die Suppe auf und setzte sich zu ihnen.

– Jeremy. Essen, sagte sie.

Der Junge fläzte sich wortlos auf einen Stuhl, senkte den Kopf über den Napf und begann die Suppe zu löffeln.

Nachdem sich Mrs. Crosby nach den Reiseplänen der Lovelaces erkundigt hatte und die Biergläser vollgeschenkt waren, lenkte Mr. Crosby das Gespräch interessanteren Themen zu.

Wie alt der Brougham sei, wollte er wissen.

– Bestimmt schon zwölf Jahre, sagte Finley. Aber er ist in gutem Zustand. Robust und wendig. Wurde schon zweimal überholt. Eine neue Deichsel. Neue Achsen. Wo er doch mindestens dreimal im Jahr nach Somerset und wieder zurück gefahren wird.

– Was steht denn bei den Lovelaces sonst noch so rum?

– Ein Landauer. Ein Gig. Ein Schlitten. Und ein kleiner leichter Gig für die Kinder, der vom Pony gezogen wurde. Wird kaum mehr gebraucht. Die drei reiten ja lieber selbst.

– Drei Kinder? Mrs. Crosby war ganz Ohr.

– Ja, zwei Jungen und ein Mädchen. Der älteste ist vierzehn.

– Wie du, Jeremy, hast du gehört? sagte Mrs. Crosby.

– Herrensöhnchen, sagte Jeremy.

Der Vater verpaßte ihm eine Kopfnuß.

– Hör auf, so zu reden. Und die Pferde? fragte er an Finley gewandt.

Finley und Mr. Crosby unterhielten sich lange über die Tiere ihrer Herrschaft. Die Pferde. Das Vieh. Die Hunde.

– Ein Rudel Vorstehhunde sind es bei uns, sagte Finley. Und zwei feine, treue Irish Setter, Nelson und Sprite.

Man war schon beim Nachtisch, Jeremy war grußlos hinausgegangen, als sie auf die Landwirtschaft und auf den Ertrag zu sprechen kamen, den Newstead abwarf.

– Vier-, fünftausend Pfund im Jahr sind es bestimmt, sagte Crosby, so genau weiß ich es auch nicht.

– Das Gut muß ein Vermögen gekostet haben, sagte Finley. Seit wann ist es überhaupt in Colonel Wildmans Besitz?

– Seit über dreißig Jahren.

Finley mußte seine Frage gar nicht erst aussprechen, er neigte nur den Kopf leicht zur Seite und schaute Mr. Crosby forschend an.

– Jamaika. Zuckerrohr- und Kaffeeplantagen. Ein beträchtliches Erbe, sagte Mr. Crosby.

– Leider haben die Wildmans keine Nachkommen, sagte Mrs. Crosby. Aber es war ja auch wirklich jammerschade, daß das Gut nicht im Besitz der Byrons blieb, damals, finden Sie nicht auch, Mr. Finley?

Finley zuckte mit den Schultern. – Nun ja, so ist halt der Lauf der Dinge. Dazu kann ich mir keine Meinung bilden. Lord Byron wird wohl seine Gründe für den Verkauf gehabt haben.

Mrs. Crosby hob die Augenbrauen.

– Seine Gründe, so kann man es auch sehen. Er war ja ein wunderlicher Mensch, um es mal so zu sagen.

– Haben Sie ihn denn gekannt?

– O ja. Mein Vater stand bei ihm im Dienst, ich bin hier aufgewachsen, im Kutscherhäuschen. War noch ein Kind, als er England verließ, elfjährig muß ich wohl gewesen sein, aber ich erinnere mich gut an ihn. Ein bißchen verrückt war er, ging mit einem Bären spazieren, und was man sonst alles so hörte, es muß bunt zu- und hergegangen sein da drüben. Ist Lady Lovelace eigentlich sein einziges Kind, sein legitimes, meine ich?

– Soviel ich weiß, ja, sagte Finley. Was meinen Sie denn …

Mr. Crosby schüttelte den Kopf. – Betty, sagte er unwirsch, aber Mrs. Crosby ließ sich nicht beirren.

– Da war doch diese Haushälterin, die sich ab und zu als Page verkleidete, Lucinda hieß sie, wenn ich mich recht erinnere, Mrs. Crosby redete sich in Fahrt. Die hatte ein Kind, das heißt, sie war schwanger, aber vor der Geburt war sie plötzlich verschwunden, achtzehn acht oder neun muß es gewesen sein, und als sie später wiederkam, ließ sie das Kind auf dem Land bei Verwandten. Schade, ich hätte mich über einen Spielgenossen gefreut, es gab ja sonst keine Kinder hier, man munkelte später, der Lord habe ihr und dem Kind einen jährlichen Unterhaltsbeitrag von 100 Pfund ausschreiben lassen, bevor er England verließ. Lucinda arbeitete noch eine Weile für Colonel Wildman, aber dann …

Sie wurden unterbrochen durch ein Mädchen, das klopfte und Finley ausrichtete, er möge die Kutsche bereitstellen, die Lovelaces wollten nach Hucknall fahren, um der St. Mary Magdalene Church einen Besuch abzustatten.

Finley, froh über die Gelegenheit, sich zu verabschieden, erhob sich und setzte die Mütze auf.

– Ja dann muß ich wohl gehen. Vielen Dank, Mrs. Crosby, das Essen war vorzüglich. Ihnen beiden noch einen angenehmen Tag.

Bei der Tür wandte er sich nochmals um.

– Das Kind, sagte er. War es ein Junge oder ein Mädchen?

– Das weiß ich auch nicht, Mr. Finley, antwortete Mrs. Crosby. Meine Mutter sagte, Lucinda habe über die Sache geschwiegen wie das Grab.

Finley ging kopfschüttelnd in den Stall.

– Schweigen wie das Grab, murmelte er.

Genau das würde er auch tun.

Wenn er etwas gelernt hatte in den vergangenen Jahren, dann war es das.

Wegschauen, die Ohren verschließen und den Mund halten.

## 5

Vor der Pforte der Kirche in Hucknall trafen William und
Ada auf den Küster, ein rundlicher Mittfünfziger mit
Brille und Backenbart, der sich eilfertig anerbot, ihnen al-
les zu zeigen. Ob sie etwas Besonderes sehen wollten? Er
kenne sich aus, stehe schon seit über dreißig Jahren im
Dienst der Pfarrei.

– Die Familiengruft der Byrons, sagte William.

– Haben Sie verwandtschaftliche Beziehungen?

Lauernd forschte der Mann in ihren Gesichtern.

– Nein nein, sagte Ada schnell, reine Neugier.

Der Küster erläuterte ihnen die Geschichte des Baus,
der in den Grundmauern aus dem 12. Jahrhundert
stammte. Er beschrieb jedes Detail aufs liebevollste, un-
terstrich seine Rede mit gewichtigen Gesten, ganz Hausherr und Besitzer.

Endlich führte er sie zum Chor und zeigte auf eine in
den Boden versenkte schlichte Platte aus dunkelrotem
Marmor mit einer in Gold eingelegten Inschrift.

*Byron. Geboren am 22. Januar 1788. Gestorben am
19. April 1824.*

In unmittelbarer Nähe befand sich eine Steinplatte
mit einem eisernen Ring in der Mitte.

– Der Eingang zur Gruft. Elf Stufen führen hinunter.
Es ist eng da unten, das kann ich Ihnen sagen.

– Wie meinen Sie das?

Ada und William tauschten fragende Blicke aus.

– Nun ja, sechsundzwanzig lagen da ja schon drin,

als der jüngste Byron begraben wurde. Ein richtiges Gedränge. Ich erinnere mich, als wäre es gestern gewesen. Die Särge stapelten sich in drei Reihen fast bis zur Decke des Gewölbes, man mußte Platz schaffen für den neuen. Und dann war ja da auch noch die Urne.

– Eine Urne?

– Ja ja, ein Schrein mit der Urne, in welcher sein Herz und sein Hirn aufbewahrt sein sollen. Wurde einfach auf einen Kindersarg draufgestellt, der unter dem Gewicht beinahe zusammengekracht ist. Aber wird ja wohl der letzte gewesen sein, der hier beigesetzt wurde.

Er lächelte und schaute sie über den Brillenrand an.

– Der Gedenkstein wurde von seiner Schwester gestiftet. Schauen Sie, gleich da drüben an der Wand.

Die Inschrift des in die Chormauer eingelassenen Steins war ein ausgreifender Denkspruch für Byron, hier begraben, wo die Reste seiner Vorfahren liegen, gestorben im heldenhaften Kampf in Griechenland, gestiftet von seiner Schwester Augusta Leigh.


Am Morgen des dritten Tages kündigte William nach dem Frühstück an, er wolle einige Bücher und Pläne in der Bibliothek studieren.

Ada warf den Mantel über und band sich den Hut um.

Sie suchte den Spanischen Garten auf. Gemächlich schritt sie die schmalen Pfade zwischen den Hecken ab.

– Lady Lovelace!

Colonel Wildman erschien unter einem Mauerdurchgang, einen Hund an seiner Seite.

– Ich habe gehofft, Sie hier zu finden. Kommen Sie, er bot ihr seinen Arm. Spazieren wir ein bißchen zusammen. Lady Lovelace, seit drei Tagen sehe ich Sie einsilbig und in sich gekehrt. Ich bin besorgt und, um ehrlich zu sein, als Gastgeber und väterlicher Freund auch gekränkt. Ich fürchte, es gefällt Ihnen hier nicht?

Peinlich berührt durch seine Offenheit, hakte Ada sich bei ihm unter.

– Colonel Wildman. Wie freundlich von Ihnen.

Thomas Wildman war groß, und obwohl er leicht gebückt ging, reichte Ada ihm nur bis zur Schulter.

– Gehen wir hinüber zum See, dort ist es hell, sagte er.

Nach einer schweigsam unter der wäßrigen Herbstsonne zurückgelegten Wegstrecke begann Ada plötzlich zu reden.

– Es tut mir leid, Colonel. Sie zu kränken wäre das Letzte, wonach mir der Sinn steht. Ich schätze Ihre großzügige und zuvorkommende Gastfreundschaft. Aber es geht mir alles sehr nahe. Als wäre mein Vater eben erst ausgezogen. Überall ist er gegenwärtig. Wie Sie ja wohl wissen werden, habe ich ihn nicht gekannt. Und jetzt ... Es ist das erste Mal, daß ich ihm wirklich begegne.

– Ich erzähle Ihnen gern, Lady Lovelace. Alles, was Sie wissen wollen.

Über eine Stunde lang flanierten Ada und Colonel Wildman durch den Park. Der Hund trottete neben ihnen her, schlug sich hin und wieder ins Gebüsch, Wildman rief ihn mit einem Pfiff zurück.

Zu Colonels Wildmans Überraschung öffnete Ada jetzt ihr Herz. Jedes Detail interessierte sie. Wie die Räume ausgestattet waren. Das Badezimmer. Die Bibliothek. Die Besucher, die er empfangen hatte.

Wer die Dienstboten waren. Ob er als neuer Hausherr auch diese übernommen habe?

– Ja ja, einige sind geblieben, es ist ja lange her, wissen Sie.

Er strich mit den Fingerspitzen den Schnurrbart glatt.

– Doch, ja, ich erinnere mich an die Haushälterin, Lucinda. Jung und bildschön. Sie verließ Newstead kurz nach meinem Einzug. Aber kommen Sie, wir sind gleich da, im Teufelswäldchen. Sie wollen bestimmt den Baum mit den Namen sehen, er ist da drüben.

Mitten zwischen Unterholz und Gestrüpp blieb er stehen.

– Hier, sagte er und wies auf einen Baum.

Es war eine Ulme mit zwei ineinander verschlungenen Stämmen, die sich zu einer einzigen Baumkrone vereinigt hatten.

Colonel Wildman führte sie um den Baum herum.

In einem der Stämme waren auf Augenhöhe zwei Namen eingeritzt.

*Byron. Augusta.*

Hätte es eines Beweises mehr bedurft?

Ada fuhr mit dem Finger über die vernarbten Buchstaben. Wie lange war es her? Der kalte Winter 1814?

– Eine Rarität, gewissermaßen, sagte Wildman. Einmal sind mir dafür 500 Pfund angeboten worden. Phineas Taylor Barnum wollte den Stamm fällen und in seiner Promenade der Wunder zeigen.

– Barnum, der Zirkusdirektor? Ich erinnere mich, er gastierte während einiger Wochen in London. Ada lachte schrill auf. Wie geschmacklos! Aber ich sehe, Sie sind auf den Handel nicht eingegangen.

– O nein, bestimmt nicht. Wiederholte Male mußte ich Reliquienjäger abwimmeln. Ich hätte halb Newstead unter den Hammer bringen können.

Wildman hatte sich von ihr losgemacht und kraulte den Hund zwischen den Ohren. Durch das Blättergewirr fiel zerfranstes Licht.

Er lachte.

– Ein Anfall von jugendlicher Verzückung. Augusta. Ist das übrigens nicht Ihr zweiter Name?

Ada und William blieben vier Tage in Newstead. Im Verlaufe dieser kurzen Zeit vollzog sich in Ada eine merkwürdige Wandlung. Sie konnte nicht verstehen, weshalb ihr bis jetzt alles so melancholisch vorgekommen war.

Lag es am Wetter?

Die Mauern erschienen ihr nicht mehr düster, sondern erhaben und durchtränkt von einer jahrhundertealten Geschichte, die auch ihre eigene Geschichte war. Der Park glänzte heiter unter der herbstlichen Sonne. Und was Colonel Wildman über ihren Vater erzählt hatte, entsprach nicht dem Bild, das sich über all die Jahre in ihr eingegraben hatte.

Wildman redete liebevoll über seinen Freund, über seine Launen und Späße, die spitzbübische Freude, die ihn überfiel, wenn er als Mönch verkleidet durch das Haus spukte und seine Gäste erschreckte. Der freundliche Umgang mit den Dienstboten. Seine Liebe zu den Bäumen, den Quellen, den Tieren. Seine Brillanz, seine Großzügigkeit und Lebensfreude.

Am Morgen des Reisetags bat Ada Colonel Wildman um ein Gespräch unter vier Augen. Es gehe um eine dringende Angelegenheit, die sie ihm ans Herz legen wolle, ihren letzten Wunsch nämlich, was das Vorgehen nach ihrem Ableben betreffe, mit dem sie ja in naher oder ferner Zukunft rechnen müsse.

Von Newstead aus fuhren Ada und William nach Norden, übernachteten jeden Tag in einem anderen Gasthaus, das Nomadenleben gefiel ihr. In Radbourne trennten sie sich. William machte sich zusammen mit Finley auf nach Lincolnshire, wo er einige Schlösser und Kirchen anschauen wollte. Ada reiste mit dem Zug nach Doncaster. Man würde sich dort rechtzeitig zum Schlußrennen des Derbys wiedertreffen.

Am Freitag, dem 20. September, gewann Voltiguer, Adas Favorit, das Rennen knapp vor Flying Dutchman. Es war ein triumphaler Sieg. Voltiguer hatte nicht nur den Cup, sondern auch das Derby und das St. Leger-Rennen gewonnen.

William fieberte zusammen mit Ada, die den Endspurt der beiden Pferde mit frenetischen Rufen anfeuerte. Aber wenn er sich auch mit ihr über den Sieg freute, ihre Begeisterung für die Pferderennen schien ihm leicht übertrieben.

Ein Abstecher in den Lake District beendete die Tour. Ada fühlte sich stark und voller Tatendrang. Das Ziehen im Unterleib, das sie manchmal in der Nacht plagte, schrieb sie der Kälte und Feuchtigkeit zu.

Zusammen bestiegen sie den Skiddaw. Von Keswick aus ging es über karges, vom Nebel umhülltes Weideland die Bergflanke hinauf. Das Ausgesetztsein in der rauhen Natur ließ Nähe und Vertraulichkeit aufkommen. Ada fühlte sich in Williams Gegenwart geborgen. Sie redete und redete, der Wind riß ihr die Silben von den Lippen, sie mußte schreien. Von der Katharsis sprach sie, die die Begegnung mit Newstead für sie bedeutete. Wie sie den Ort liebgewonnen habe und mit ihm alle ihre verruchten Vorfahren. Der alte Mythos, wonach die Byrons eines Tages nach Newstead zurückkehren würden, sei endlich wahr geworden.

Ja, etwas sei mit ihr passiert. Sie habe eine Erkenntnis gewonnen. Das wirklich große Ziel sei, zu spüren, daß man lebe, wenn auch unter Schmerzen.

Bei ihrer Heimkunft erwartete sie neuer Verdruß.

Die Mutter war aufgebracht. Die wenigen Briefe ihrer Tochter, die sie aus Newstead erreicht hatten, bestätigten ihre schlimmsten Befürchtungen.

Heimgekommen. Die verrückten Vorfahren liebgewonnen.

Colonel Wildman hatte Ada Honig um dem Mund geschmiert, was Lord Byron betraf, soviel war sicher.

Alles war umsonst gewesen. Was sie von allem Anfang an hatte verhindern wollen, war jetzt eingetreten.

Ihre Tochter hatte die Seite gewechselt.

Der Inhalt des Briefes, den sie an Ada schrieb, war ebenso feindselig wie klar in der Absicht.

Nun, da Ada sich der mythischen Verehrung ihres Vaters hingebe, müsse sie, Lady Byron, Konsequenzen ziehen. Ihre Versuche, die Kinder positiv zu beeinflussen, seien vergeblich gewesen und zu ihrem Nachteil verkehrt worden. Es wäre besser gewesen, ihre Enkel hätten sie nie gekannt, wenn sie in der Überzeugung aufwuchsen, sie habe ihren Gatten aus Mangel an Hingabe und Zuneigung verlassen oder aus kalten berechnenden und rachsüchtigen Beweggründen gehandelt, wie es unter anderem ja in verschiedenen Veröffentlichungen behauptet worden sei. Alles unwahr. Sie schloß ihr Schreiben mit den Zeilen:

Ich urteile nicht für Dich und William als Eltern. Aber sicherlich könnt Ihr in dieser Rolle nicht zur Auffassung gelangen, daß es für Eure Kinder besser gewesen wäre, – um Lord Byrons Ruhm willen – in mir etwas zu sehen, das ich nicht bin. Ich komme zu dem Schluß, daß die Kinder in Zukunft möglichst wenig Kontakt zu mir haben sollten. Anworte mir, was du darüber denkst.

Ada hielt gar nichts davon. Sie brachte der Gekränktheit der Mutter kein Verständnis entgegen, und außerdem habe sie, was ihren Vater betreffe, keine Illusionen.

Sie wisse alles.

Lady Byron bezweifelte das entschieden. Niemand konnte die wahre Natur ihrer Beziehung zu Lord Byron kennen – romantisch, sinnlich, bösartig, kalt, abgestumpft, in dieser Reihenfolge –, bevor man nicht das Buch gelesen hatte, das sie zusammen mit Reverend Robertson zu schreiben im Begriff war und in welchem die damaligen Ereignisse ins rechte Licht gerückt würden.

Dann, erst dann, könne jeder selbst entscheiden, auf welcher Seite er stehe.

# 6

Wenn Ada im Frühling dieses Jahres 1851 die Wohnung am Great Cumberland Place verließ und sich Richtung Serpentine wandte, kam schon nach ein paar hundert Schritten hinter den Bäumen das Wunderwerk in Sicht. Ein gigantischer, aus dem All herabgesenkter Glaskörper.

Der Kristallpalast.

Schon vor Monaten waren im Hyde Park die Vorbereitungsarbeiten für die erste Weltausstellung angelaufen. Ein in der Konstruktion ebenso filigranes wie in seinen Dimensionen überwältigendes Gerüst aus gußeisernen Trägern und Säulen war entstanden. Der Ingenieur John Paxton hatte Prinz Albert mit zwei während einer Sitzung des britischen Eisenbahnkonsortiums flüchtig auf Löschpapier hingeworfenen Skizzen von dieser bestechenden Lösung überzeugen können.

Um die Flut neugieriger Gaffer auf der Baustelle in Schach zu halten, hatte man eine hohe Holzpalisade um das Gelände gezogen, das nur mit einem Zuschauerticket betreten werden konnte. Man war gut beraten, bei einem Rundgang solides Schuhwerk und robuste Kleidung zu tragen.

Das legte Babbage auch Ada nahe, als er sie zu einer Besichtigung einlud.

Eine Flucht von drei gläsernen Längshallen war im Entstehen begriffen. Hunderte von Arbeitern waren damit beschäftigt, auf eigens dafür konstruierten Wägelchen entlang der Querstreben Scheiben für das Sheddach einzupassen. Ein Rasseln, Hämmern und Dröhnen. Pferde zogen schwer beladene Kisten an Flaschenzügen hoch. Das mächtige, 140 Fuß hohe Querschiff, der Transept, war von einem Tonnengewölbe überdacht. Dort hatte man die schönen alten Bäume stehenlassen. Eine Kunstlandschaft, wie man sie noch nie gesehen hatte.

Jetzt, Ende April, fieberte ganz London auf die Eröffnung am 1. Mai hin.

Auch die Lovelaces bereiteten sich für das Großereignis vor. Sie waren zum Eröffnungsball im Buckingham-Palast eingeladen.

Ada hatte sich für die Robe in Kosten gestürzt. Der Krinoline wegen wurden für ein Kleid Unmengen an Stoff benötigt. Das Gestell aus Fischbein oder aufblasbaren Gummischläuchen war eine von Ada nur widerwillig zugestandene Konzession an Williams Konformismus und an die gängige Mode. Der Reifrock machte nicht nur das schnelle Gehen unmöglich, er war auch beim Ein- und Aussteigen hinderlich und überhaupt in jeder Beziehung unpraktisch. Zum Ankleiden benötigte man die Hilfe von zwei Mädchen, und der Gang zum Klosett war ein zeitraubendes und allein kaum zu bewerkstelligendes Unterfangen. Das Oberteil andererseits, schulterfrei und hauteng geschnitten, hinderte einen daran, den Arm zu heben, und sei es auch nur, um eine losgelöste Haarnadel zu fixieren.

Wunderliches hatte man schon seit Wochen über die Ausstellung in den Zeitungen lesen können, das sich vor allem in beeindruckenden Zahlen niederschlug.

Die *Times* schrieb:

Die ganze Welt blickt in diesem Frühjahr nach London. Augen, die den sibirischen Schnee gesehen haben, die Wälder Norwegens und die Minarette von

Konstantinopel. Die spanischen Weinberge und die Pyramiden von Kairo. Den ewigen Schnee der Alpen. Afrikanische Wüsten und die Kuppeln von Rom. Augen, die Zeugen von kannibalischen Festen in Polynesien und Sklavenmärkten in Äthiopien geworden sind. Alle diese Augen richten sich jetzt auf unser Land.

Die Erwartungen waren entsprechend groß. Sie wurden nicht enttäuscht.

Schon im voraus waren für den Eröffnungstag Eintrittkarten zu 1 Pfund verkauft worden. 25 000 Leute wohnten der Zeremonie bei. Die mittlerweile auf neun Mitglieder angewachsene königliche Familie fuhr in mehreren Kutschen vor. Der kleine Prinz Arthur saß auf dem Schoß seiner Nanny, es war ihm einerlei, daß heute auch sein erster Geburtstag gefeiert wurde.

Begleitet von Kanonendonner und Fanfarenstößen, öffneten sich die Tore der Ausstellung. Der Bischof von Canterbury sprach ein Gebet, und ein hundertstimmiger Chor sang das Halleluja aus dem *Messias* von Händel.

Dann nahmen die Massen die fähnchengeschmückten Hallen in Besitz, mitten unter ihnen William, Ada und Annabella, die sich bei ihrer Mutter untergehakt hatte.

Zum ersten Mal in ihrem Leben verschlug es Ada angesichts eines von Menschen erschaffenen Werks die Sprache. Sie war wie betäubt. Verwirrt und überwältigt.

Reihen von blau, weiß und gelb gestreiften Säulen verloren sich in der lichtdurchfluteten Unendlichkeit und kontrastierten mit den dunkelroten Vorhängen, Baldachinen und Schildern. Abfolgen von Räumen und Ausstellungskojen taten sich in alle Richtungen auf. Im Transept schweifte der Blick frei in die Höhe, scheinbar

schwerelos erhoben sich die Träger und Säulen, über-
spannt von dem gebogenen Dach aus opakem Glas,
schimmernd wie Alabaster. Das Ende der Halle verlor
sich im diffusen Gewirr von Farben und Licht. Magisch
zog es einen zum Mittelpunkt hin, wo der Kristallbrun-
nen, vier Tonnen rosagefärbtes Glas, das Wasser in einer
mächtigen Fontäne in die Höhe schleuderte, beschattet
von drei alten Ulmen. Spatzen lärmten in ihren Kronen.
Auf das Abschießen der Vögel hatte man des Glasdachs
wegen verzichtet.

Ada war froh um Annabellas Arm. Ihr wurde beinahe
schwindlig. Befand man sich nun in einem Innenraum,
der sich der Außenwelt bemächtigt hatte, oder war die
Außenwelt nach innen gestülpt, umfangen von einer gläsernen Hülle?

Man schlenderte durch die Hallen, bestaunte dies
und das, ein flüchtiger erster Eindruck. William und Ada
hatten Saisonkarten für 3 Guineas erstanden, sie würde
also noch genug Gelegenheit haben, sich alles genau anzuschauen. Es würde Tage, ja Wochen dauern, bis man alles gesehen hatte.

Außerdem stand noch ein aufregender Abend bevor.

Im Anschluß an den königlichen Empfang würden sie
zusammen mit Hunderten anderer Paare zu einer eigens
für den Anlaß komponierten Musik die Great Exhibition
Quadrille tanzen und dann bis zum Morgengrauen ausgelassen feiern.

Ada in ihrer lila Robe, das Brillantendiadem im Haar.
William in der Uniform eines Oberstleutnants von Surrey.

Es kam anders.

Mitten im Galopp, wirbelnde Seide, losgelöste Zapfenlocken, ein Auf und Ab, ein Hin und Her, Knicksen
hier und Verbeugen dort, fliegende Paarwechsel, rote

Wangen und lachende Gesichter, ein Rausch an Farben und Rhythmus und Tönen, mitten im Galopp wurde ihr schwarz vor den Augen. Die Beine versagten, sie klappte zusammen und wäre gefallen, hätte William sie nicht aufgefangen. Er schleifte sie ein paar Schritte über das Parkett, das Paar hinter ihnen rempelte sie in vollem Lauf an, die Frau stolperte ihrerseits über ihren Rock, es gab ein kleines Durcheinander. William trug Ada in einen Nebenraum und legte sie auf eine Chaiselongue, keine leichte Sache, der sperrige Reifrock, Massen von knisterndem Taft. Ein hilfsbereiter Lakai brachte Wasser, nur kein Aufsehen, ruhigstellen, ein Riechfläschchen, das Kleid lokkern, kaltes Wasser auf Stirn und Handgelenke.

Ada kam bald wieder zu sich. Sie war sehr blaß.

– Bitte, William, bring mich nach Hause, flüsterte sie.

Eilends ließ er eine Kutsche rufen. In einer Viertelstunde waren sie zu Hause.

Miss Wilson half Ada beim Auskleiden, brachte ihr den Morgenrock und half ihr auf einen Stuhl.

– Sie haben geblutet, Ma'am, sagte sie.

– Geblutet? Sagen Sie Martin, er soll heißes Wasser für die Badewanne bringen. Und rufen Sie meinen Mann.

Es sei bestimmt nichts Schlimmes, sagte Ada, als William, besorgt und aufgeregt, in ihr Zimmer kam. Aber vielleicht wäre es doch besser, wenn er morgen nach Dr. Locock schicken würde.

Dieser beruhigte Ada und riet ihr vorerst zu Ruhe und lauwarmen Bädern. Es handle sich um eine gutartige Entzündung der Gebärmutter, die man mit den zur Verfügung stehenden Mitteln – Aderlaß, Einnahme von Chinin und Silbernitrat, Entschlackung und Abführen – in den Griff bekommen werde. Die Therapie bezwecke eine Verschorfung des betroffenen Gewebes.

Ada vertraute ihm blind. Schließlich war er Hofarzt und hatte allen sieben Kindern der Königin auf die Welt geholfen.

Es waren bestimmt wieder einmal die erbärmlichen Ostwinde, die ihr zusetzten, und dieser starke Druck wegen des Alters, der Zeit und des Zustands der Gesellschaft allgemein.

## 7

Mitte Mai fühlte sie sich wieder soweit hergestellt, daß sie einen Besuch der Ausstellung in Betracht ziehen konnte.

William war in der Ziegelbrennerei in Horsley mit seinen Versuchen für eine neue Methode zur Herstellung von Backsteinen beschäftigt. Babbages Angebot, sie zu begleiten, kam ihr mehr als gelegen.

Die Ausstellung war mittlerweile für die ganze Welt zu einem Anziehungspunkt geworden. Zweimal täglich brachten Spezialzüge der South Eastern Line Tausende von Touristen für 11 Schilling von Dover nach London. Ein wöchentlicher Transatlantikkurs bediente die Ostküste Amerikas mit einer Flotte von neun Dampfschiffen. Aus ganz England strömten die Leute in Zügen, Kutschen oder flaggen- und blumengeschmückten Fuhrwerken in die Stadt. Die 84jährige Fischersfrau Margarete Weston legte die Strecke von Penzance im äußersten Zipfel Cornwalls nach London in fünf Wochen zu Fuß zurück, weil sie das Fahrgeld für den Zug nicht aufbringen konnte.

Babbage holte Ada am Great Cumberland Place ab. Sie gingen die kurze Strecke durch den Hyde Park zu Fuß.

Die Wege waren gesäumt von Kopien antiker Kunstwerke, Blumenbeeten und eigens für die Ausstellung angepflanzten exotischen Pflanzen. Lebensechte Repliken von zähnefletschenden Dinosauriern bäumten sich aus den Wiesen auf. In einer nachgebauten Bleimine arbeiteten Schwarze, schürften die Erde auf, schoben Wägelchen auf schmalen Schienen hin und her.

Vor den Toren warteten schon Hunderte von Besuchern. Der Eintritt kostete jetzt 1 Schilling. Kaum öffneten sich um neun Uhr die Eisengitter, waren die Hallen von einem Summen und Raunen erfüllt.

Babbage war, fasziniert von der Anlage des Gebäudes, schon wiederholte Male in der Ausstellung gewesen. Die Konstruktion in einer Hauptachse und davon im rechten Winkel abgehenden Nebentrakten hatten ihn auf eine Idee gebracht, die er für den Aufbau einer neuen, noch funktionsfähigeren Analytischen Maschine verwerten würde.

Ada wollte als erstes Indien aufsuchen. Anhand von Zeitungsartikeln hatte man sich schon im voraus ein Bild über die einzelnen Länderpavillons machen können. Im *Morning Chronicle* erschienen täglich Berichte über die Ausstellung auf englisch, französisch und deutsch. Der Pavillon der indischen Kronkolonie war als Hauptattraktion beschrieben worden.

Sie spazierten die Längshalle hinab, wo eine unüberschaubare Menge an Objekten versammelt war. Reiterstatuen und Fontänen. Draperien aus Seide und Samt, Brokat und Baumwollstoff in allen Farben und Texturen. Eingetopfte Palmen und Vasen mit künstlichen Blumen. Teppiche, Tierfelle und Spiegel. Skulpturengruppen aus Ton, Gips und Bronze. Amazonen, Pferde und Drachen. Der steinerne Löwe von Hallwich stieß mit der Mähne beinahe an die Galerie im ersten Geschoß der deutschen Sektion.

Das tausendfache Summen wurde plötzlich von einem zweiten Geräusch übertönt.

Ein feines Prasseln auf dem Glasdach erst, das allmählich in ein regelmäßiges Trommeln überging. Die Leute blieben stehen, schauten sich um.

– Es regnet! rief jemand.

Man legte den Kopf in den Nacken, lauschte einen Augenblick auf das wunderliche Geräusch, gefangen in einer Zeitblase, man lachte und ging vergnügt weiter.

Bei der mit *Frankreich* überschriebenen Abteilung drängten sich besonders viele Besucher. Die Franzosen, es hatte sich schon längst herumgesprochen, waren wieder einmal zu weit gegangen. Den Männern wurde geraten, ihre Ehefrauen und Töchter schnell vorbeizuschleusen. Der Stein des Anstoßes, auch das war längst kein Geheimnis mehr, war eine riesige splitternackte Bacchantin aus Marmor, die sich in der Mitte des Pavillons auf einem Bett aus Weinblättern räkelte.

Die Zeitungen hatten nicht übertrieben. Im indischen Pavillon entfalteten sich Wunderwerke ungeahnten Reichtums und betörender Farbenpracht. Waffen, Geschmeide, Stoffe, Juwelen. Ein ausgestopfter Elefant, Elfenbein, Silberschmuck. Pfeffer, Moschus und Muskat. Ein Panoptikum des alltäglichen Lebens, dargestellt in Hunderten von kleinen, einige Inches hohen, bunt bemalten Tonfiguren.

Herzstück des Pavillons aber, ja eigentlich der ganzen Weltausstellung, war Koh-i-Noor, Inbegriff und Symbol für die Großartigkeit und Überlegenheit des Britischen Imperiums. Der Diamant war in einem auf drei goldenen Füßen stehenden Untersatz aus Gußeisen ausgestellt und von einer zweifachen Gitterkonstruktion geschützt. Jeden Abend nach der Schließung der Tore wurde die ganze Koje im Boden versenkt.

Eine Schrifttafel erläuterte seine Bedeutung.

Dieser älteste existierende, 186karätige Diamant wurde schon vor über 5000 Jahren in einem Sanskrittext (Sprache der altindischen Literatur) erwähnt. Er war Mitte des vergangenen Jahrhunderts im Besitz des Schahs von Persien. Nach dessen gewaltsamen Tod gelangte der Diamant 1747 in die Schatzkammer des Herrschers von Punjab. Als der Staat 1849 in Britisch-Indien integriert wurde, ging der Diamant als Entschädigung für die Sikh-Kriege in den Besitz der Britischen Ostindien-Kompanie über. 1850 wurde er Königin Victoria zum 250. Gründungsjubiläum der Britischen Ostindien-Kompanie überreicht, die sich damit alle Rechte über den Handel mit Indien und den Gewürzinseln sicherte.

In einer Schlange zogen die Zuschauer an dem Kleinod vorbei, steckten die Köpfe zusammen, tuschelten leise und bewunderten das regenbogenfarbene Spiel des gebrochenen Lichts.

Den ganzen Vormittag streiften Ada und Babbage durch die Hallen. Um die Mittagszeit stiegen sie, ausgerüstet mit Sandwiches und Getränken von einem der vielen Erfrischungsbuffets, auf eine der Galerien, von wo aus man hinuntersah und den flanierenden Leuten zuschauen konnte. Spitzenbesetzte Häubchen, Hüte mit flatternden Bändeln und Zylinder schwebten vorbei, es wogten und wippten die Röcke, ein buntes Blumenmeer, raschelnd schleiften die Säume über den Boden. In der Ferne glitzerte Schweppes Fontäne mit ihren glockenförmigen Wasservorhängen, ein Geschenk des königlichen Hoflieferanten an die Königin zum Dank dafür, daß J. Schweppe & Co. für die Weltausstellung das Monopol für den Verkauf von Sodawasser und Limonaden erhalten hatte.

Ada war erschöpft. Sie streckte die Beine von sich,

zog den Hut ab und fächerte sich mit dem Handschuh
Luft zu.

– Und, fragte Babbage. Was hat Ihnen bis jetzt am besten gefallen?

– Ich weiß nicht, Mr. Babbage, ehrlich gesagt. Mir
dreht sich der Kopf. Das automatische Bett bei den Deutschen ist originell. Wer nicht aufwacht, wenn er in ein
Becken mit kaltem Wasser geschoben wird, dem ist ja
wirklich nicht zu helfen. Plouquets ausgestopfte Tiere bei
den Franzosen? Niedlich. Die Stereo-Daguerreotypien.
Ich glaube, ich werde auch eines dieser Guckkästchen
kaufen. Und wie es bei den Schweizern nach Schokolade
duftet! Himmlisch! Ihr Taschenmesser mit den achtzig
Klingen fand ich hingegen reichlich übertrieben.

– Ja, sagte Babbage, bestechend, ein schönes Stück
solides Handwerk, aber völlig nutzlos. Wer braucht schon
so viele Klingen! Vermutlich ist es so schwer, daß ein
Mann allein es nicht halten kann.

Ada brach in Gelächter aus.

– Bestechend und nutzlos! Gut gesagt, Babbage, gut
gesagt!

Sie konnte gar nicht mehr aufhören mit Lachen. Einige Leute drehten den Kopf, schauten zu ihnen hinauf.

Babbage war es etwas peinlich.

– Wie fanden Sie die Griechische Sklavin von Powers
bei den Amerikanern? fragte er, um das Gespräch wieder
auf die Ausstellung zu lenken. Angekettet und entblößt
und allen Blicken ausgesetzt. Man kommt sich schäbig
vor beim Betrachten. Ein Meisterwerk.

– Der Künstler hat einen Fehler gemacht, sagte Ada.
Ihr Standbein ist das linke Bein, sie neigt sich nach links,
stützt sich aber mit der rechten Hand auf den Baumstrunk. Das ist naturwidrig.

– Das habe ich nicht bemerkt, sagte Babbage und schaute sie kopfschüttelnd von der Seite an.

Er kannte keine andere Frau wie sie. Trotz ihrer labilen Gesundheit war ihr scharfer Intellekt nicht zu bändigen.

– Liebe Lady Ada. Wo geht's als nächstes hin?

– Die Maschinenhalle?

Hier war ein unglaubliches Gedränge. Die Menschen schoben sich zwischen den Maschinen und Apparaten aneinander vorbei und bestaunten die neuesten Erfindungen der modernen Technik. Spektakulärstes Objekt war ein mit Dampf betriebener Mähdrescher aus den USA.

– Ist es nicht erstaunlich, sagte Babbage, als sie die Halle nach anderthalb Stunden verließen. Angesichts all dieser Errungenschaften kann die Zukunft des Menschen gar nicht anders als rosig sein.

Der sarkastische Unterton war nicht zu überhören.

– Ja, in der Tat. Nur etwas fehlt, finden Sie nicht auch, Mr. Babbage?

– Reden wir nicht davon, sagte er, Zorn in der Stimme. Nicht genug, daß man sich um meine Erfindungen foutiert. Man hat es auch nicht für nötig befunden, mich in das Organisationskomitee für die Ausstellung einzuladen. Aber lassen wir das, sonst überkommt mich noch Schwermut. Die Zeit wird die Ungerechtigkeit vergelten. Was ich noch fragen wollte: Haben Sie die Zahlen für das Derby vom kommenden Sonntag weitergegeben?

Ada nickte. – Nightingale, Fleming und Malcolm sind einverstanden. Crosse findet allerdings, mein Einsatz sei riskant. Sie machte eine wegwerfende Handbewegung. Aber keine Sorge. Ich habe alles im Griff.

Ada und Crosse hatten sich bei den Pferdewetten auf ein System geeinigt, das Babbage in einem Artikel mit dem Titel *Eine Untersuchung einiger Fragen im Zusammenhang mit dem Glücksspiel* beschrieben hatte. Babbage schlug darin eine Methode vor, die *Martingal* genannt wurde, ein stochastischer Prozeß, in dem der Erwartungswert einer Beobachtung dem Wert der vorherigen Beobachtung entsprach. Man mußte demnach bei den Wetten den Einsatz verdoppeln, sobald ein Verlust auftrat. Sobald man gewann, waren alle Verluste getilgt. Gewann man nur in einem Drittel der Fälle, mußte der Einsatz verdreifacht werden. Ein Problem der Wahrscheinlichkeitsrechnung.

Die Methode setzte voraus, daß die wettende Person ein unbegrenztes Kapital zur Verfügung hatte und mit dem Wetten aufhören konnte, wann immer es ihr beliebte.

Ada hatte eine Gruppe von Männern um sich geschart, die die Finanzierung ihrer Wettgeschäfte sichern sollten. Malcolm war ihr Mann. Er vertrat sie auf den Rennplätzen und nahm für sie die Wetteinsätze des Konsortiums entgegen, die er wiederum bei den professionellen Buchmachern der Firma Tattersall einsetzte.

Sie genoß Williams volles Vertrauen. Ohne das Papier mit seiner schriftlichen Einwilligung für ihre Beteiligung am Wettgeschäft wäre es Ada nicht möglich gewesen, auch nur ein Pfund zu investieren.

Der Testlauf für die ausgeklügelte Methode nahm am Derby vom Mai in York seinen Anfang.

Am 17. Mai setzte Ada, wie immer, alles auf ihren Favoriten.

Voltigeur ging als dritter über die Ziellinie.

Für das Derby vom 21. Mai in Epsom verdoppelte sie

ihre Einsätze, obwohl ein Tipgeber ihr abgeraten hatte, nochmals auf das gleiche Pferd zu setzen.

Zu Recht, wie sich alsbald herausstellte.

Am 22. Mai traf sich Ada in London mit ihren Buchmachern.

Es war der Tag des Jüngsten Gerichtes. Ihre Verluste beliefen sich insgesamt auf schwindelerregende 5000 Pfund, einschließlich der 1800 Pfund, die Malcolm selbst verloren hatte.

Ford, Crosse und Fleming liehen ihr Geld zur Begleichung ihrer eigenen Schulden.

Malcolm jedoch drohte ihr, an die Öffentlichkeit zu gehen, falls sie nicht bis Ende Juni zahlen würde.

So schwer es ihr auch fiel, sie sah keinen anderen Ausweg. Sie mußte William über ihre Schulden ins Bild setzen.

## 8

In der Nacht vom 24. Mai schlief Ada schlecht. Mehrere Male stand sie auf, ging im Zimmer umher. Trank zwei Gläser Claret. Legte sich wieder zu Bett.

Die Stimmen von späten Heimkehrern verloren sich in den Straßen. Das Licht der Gaslaterne warf ein Kreuzmuster an die Decke. Eine Halle faltet sich vor ihren Augen auf. Gotische Spitzbogen zu beiden Seiten, die sich in der Höhe aufzulösen scheinen. Die Halle ist vollgestellt mit Apparaten, Maschine reiht sich an Maschine. Kolben stampfen auf und nieder. Keilriemen sausen über Rollen, Weberschiffchen flitzen hin und her. In regelmäßigen Abständen entlassen Dutzende von Kupferrohren weiße Dampfwolken. Turbinen rotieren. Zahnrädern greifen rhythmisch ineinander. Eine Morsemaschine spuckt Streifen von gestanztem Papier aus. Spulen drehen sich um die eigene Achse. Alles spielt sich in gespenstischer und vollkommener Lautlosigkeit ab. Am Ende der Halle ist ein helles Licht. Ada läuft darauf zu. Auf einem erhöhten Podest steht die Analytische Maschine, groß wie ein Zimmer. Stangen, Zahnräder und Walzen leuchten golden. Aus dem Drucker quillt ein hellgrünes Papierband, endlos ergießt es sich in die Halle, windet sich in Wellen und Schlaufen. Ada reißt ein Stück davon weg. Zeichen sind darauf gedruckt, o und 1 in unregelmäßiger, scheinbar zufälliger Abfolge, Tausende von Zeilen mit lauter Nullen und Einsen. Höher und höher bäumt sich das Band auf, ein wogendes grünes Meer. Menschen laufen zusammen, es sind viele,

Männer, Frauen, Kinder, sie stürzen sich auf das Papier, sie fangen an, es zu zerreißen, blindwütig stopfen sie sich kleine Fetzen davon in den Mund und verschlingen sie, Verzückung auf den Gesichtern. Auf dem Podest steht Babbage. Er hält einen Trichter vor dem Mund. Mit der anderen Hand gibt er den Takt an wie ein Dirigent. Freßt nur! schreit er in den Trichter, freßt, soviel ihr wollt, in hundert Jahren seid ihr doch alle tot! Ein Mann und ein Bär gehen nebeneinander über eine Lichtung, hüpfend und vergnügt wie kleine Kinder. Der Mann hinkt kaum merklich. Kennen Sie den? fragt der Bär. Welchen meinen Sie? sagt der Mann. Die Dichtung ist die Lava der Phantasie, deren Ausbruch ein Erdbeben verhindert, sagt der Bär. Beide brechen in unbändiges Gelächter aus. Vortrefflich! ruft der Mann, etwas vom Besten, das mir je zu Ohren gekommen ist. Muß ich sofort aufschreiben. Scharen von aufgebrachten schwarzgekleideten Männern kommen ihnen entgegen. Blasphemie! rufen sie und schütteln die erhobenen Fäuste. Inzest! Sodomie! In die Strafkolonie mit euch, nach Van Diemens Land! Der Mann und der Bär entfernen sich kichernd. Ada geht durch einen Flur. Ein dunkler Boden, quadratische Steinplatten. Mit jedem Schritt dringt Blut aus den Fugen, kleine Rinnsale erst, es wird mehr und mehr, das Blut quillt hervor und ergießt sich über die Platten, fängt an zu sprudeln. Ein junger Mann in Pagenuniform kniet am Boden und wischt mit einem weißen Tuch auf. Sehen Sie, sagt er und hebt den Kopf, es ist eine Frau mit dunklem Haar, sie lächelt, sehen Sie, die Fülle und die Leere, alles umsonst, sie streckt Ada mit nach oben gekehrten Handflächen die Arme entgegen.

Schweißgebadet erwachte Ada, klebrige Wärme zwischen den Beinen. Mit zitternden Händen zündete sie die Kerze auf dem Nachttisch an.

Ihr Nachthemd, die Bettdecke waren voll Blut, das Leintuch, die Hände, Blut überall.

Dieses Mal kam Dr. Locock nicht umhin, Dr. Lee und Sir James Clark beizuziehen, zwei der angesehensten Gynäkologen in London. Aufgrund der ihm von Dr. Locock beschriebenen Symptome stellte Dr. Lee eine niederschmetternde Diagnose.

Er setzte William umgehend in Kenntnis.

– Lord Lovelace, sagte er. Ihre Frau hat Gebärmutterkrebs im fortgeschrittenen Stadium.

William war bestürzt und außer sich. Was man dagegen tun könne und weshalb man das erst jetzt herausgefunden habe.

– Man kann nichts dagegen tun, sagte der Arzt. Und hätte man es vorher gewußt, es hätte auch nichts genützt. Es gibt keine Therapie gegen diese Krankheit. Es tut mir leid, Ihnen das sagen zu müssen. Und es wäre wohl besser, den Befund Ihrer Frau zu verschweigen.

Es war nicht die einzige Hiobsbotschaft, die William erfahren sollte.

Am Abend des 2. Juni bat Ada William um eine Unterredung.

Er war auf alles gefaßt, nur nicht auf das.

5000 Pfund? Ob er recht gehört habe!?

Er ließ Mr. Malcolm umgehend einen Wechsel zukommen, der dessen Schulden abdeckte. Für die restlichen 3200 Pfund aber fehlte es ihm an Flüssigem. Ein Großteil seines Geldes war in Bauvorhaben gebunden.

Eine leise Panik machte sich breit. Zum ersten Mal in seinem Leben verlor Lord Lovelace die Nerven.

Er traf eine schwerwiegende Entscheidung.

Am Abend des 20. Juni kaufte er im Bahnhof Paddington ein Zugticket 1. Klasse, stieg in Reading um und fuhr nach Leamington, wo er kurz nach 22 Uhr ankam.

*Willkommen im Königlichen Solebad Leamington Spa!* verkündete das goldbeschriftete Schild beim Bahnhofsausgang.

William begab sich unverzüglich ins Victoria Park Hotel und fragte nach Lady Byron.

Sie sei in ihrem Zimmer, gab ihm der Mann an der Rezeption mit einem Blick auf das Schlüsselbrett Auskunft.

– Welche Nummer?

– Um diese Zeit, Sir, ich denke nicht …

William hob die Stimme um eine Tonlage.

– Melden Sie ihr unverzüglich, ihr Schwiegersohn sei hier, er habe ihr Wichtiges betreffend ihrer Tochter mitzuteilen. Ich warte.

Der Mann entfernte sich in den Nebenraum. William hörte ein Klingeln und Stimmengemurmel. Nach einer Weile kam ein Zimmermädchen, knickste und bat ihn, ihr zu folgen. Sie führte ihn in das zweite Geschoß zu Zimmer Nr. 18.

Eine brennende Petrollampe. Ein kaum wahrnehmbarer Geruch nach Schwefel.

Lady Byron saß mit geöffnetem Haar im Morgenrock in einem Fauteuil. Die Bänder der offenbar hastig übergezogenen Haube hingen lose herunter.

Sie schickte das Zimmermädchen mit einer Handbewegung weg und wies auf einen Stuhl.

Lady Byron war aufgebracht. Es sei, sagte sie, beinahe elf Uhr, und was er sich eigentlich erlaube, unangemeldet bei ihr aufzutauchen. Sie habe sich eben schlafen legen wollen.

– Du wirst die Dringlichkeit meines Kommens verstehen, wenn ich dir den Sachverhalt dargelegt habe, liebe Mama.

Er händigte ihr einen Brief von Dr. Locock aus, in welchem die Diagnose in medizinisch verkürztem Jargon dargestellt war.

Lady Byron las den Brief mit versteinerter Miene.

– Und? sagte sie. Das kann ja nicht der Grund für dein Kommen sein.

In knappen Sätzen schilderte er die Geschehnisse der letzten Wochen.

Lady Byrons Verdikt hätte nicht vernichtender ausfallen können. Ihre ganze Wut und Verbitterung entluden sich auf William.

Sie verhöhnte ihn. Er hätte seiner Frau nicht vertrauen dürfen, beschützen hätte er sie müssen, beschützen und lenken.

– Das ist es, was sie braucht und schon immer brauchte. Sie ist ein Genie, das der sanften, aber bestimmten Führung bedarf. Sie hat ein hochmütiges Vertrauen in ihre eigenen Fähigkeiten, das solltest du doch wissen. Mein Gott, du hättest sie nicht allein nach Doncaster fahren lassen dürfen. Weißt du denn nicht, daß sie dort das gesamte Geld verspielt hat, das ich ihr für die Reise gegeben habe?

William war bleich geworden. Er ging mit großen Schritten im Zimmer hin und her.

– Nein, Mama, das wußte ich nicht.

– Du bist blind, blind und schwach! Nur mit Mühe unterdrückte sie ihre Wut. Du bist schuld an dem Desaster, ich, ich hätte es zu verhindern gewußt, ich habe sie unter meinen Fittichen geborgen.

– Ja, geduckt hat sie sich darunter, ihr Leben lang!

Williams Beherrschung fiel in sich zusammen. Er schrie.

– Ich habe ihr blind vertraut, es stimmt, ich habe ihr vertraut, weil ich sie liebe! Ich liebe sie, versteht du?!

Lady Byron hatte sich an den Sekretär gesetzt. Zornentbrannt kritzelte sie etwas auf ein Papier und erhob sich wieder.

– Hier, sie wedelte mit dem Wisch vor Williams Gesicht, hier, ich werde Nightingale und Ford einen Wechsel zukommen lassen. Selbstverständlich werde ich bezahlen, selbstverständlich, so wie ich es schon immer getan habe. Nur kein Skandal, nur das nicht.

William hatte sich wieder hingesetzt, knetete die Hände, bis die Knöchel knackten.

– Mama, du weißt, daß ich dir immer verbunden und zu Dank verpflichtet war, ich weiß, wie sehr wir in deiner Schuld stehen …

Sie unterbrach ihn.

– Es geht nicht nur darum. Diese Lebensführung ist gefährlich und riskant. Genügt es denn noch nicht, daß ganz London über euch redet?

– Wie meinst du das?

– Hast du denn keine Augen, um zu sehen, keine Ohren, um zu hören? Crosse, der ständig um sie herumscharwenzelt. Fleming, Ford und wie sie alle heißen, diese Wucherer, diese … diese zwielichtigen Gestalten. Und neulich ist sie mit diesem Subjekt gesehen worden, Prandi, ein Spion und Freund von Mazzini, dieser …, sie rang nach Worten, dieser Revolutionär.

– Ich weiß, es ist mir auch zu Ohren gekommen, sie hat sich nach dem Konzert von Jenny Lind mit ihm unterhalten. Ich bitte dich, mach keine Staatsaffäre daraus. Und Crosse ist einer aus ihrem Wettkonsortium. Ich verstehe dich nicht, liebe Mama. Ich bin einverstanden, daß der Spielleidenschaft von Ada Einhalt geboten werden muß. Kategorisch und sofort. Aber weshalb diese Vorwürfe an mich? Ada ist ein erwachsener Mensch, kein Kind. War ich dir gegenüber nicht immer loyal? Habe ich nicht für dich die Schule in Ockham gebaut?

– Ja, ja, William, und hast du nicht immer dankbar mein Geld angenommen, ohne zu fragen?

William kämpfte mit sich. Er preßte die Knie zusammen. Sein Kaumuskel arbeitete unentwegt.

Dann brach es aus ihm heraus. Er wußte, es würde das Ende sein. Aber die Katastrophe war nicht mehr aufzuhalten. Sie rutschten auf einer Düne aus Treibsand dem Abgrund entgegen.

– Du und dein Geld! Alle hast du gekauft! Deine Freunde, deine sogenannten Freundinnen, diesen Reverend Robertson, der dir zu Kreuze kriecht, deine Anwälte, Medora, alle! Nur bei Lord Byron ist es dir nicht geglückt.

Selbst im müden Licht der Lampe war Lady Byrons jähe Blässe nicht zu übersehen.

– Geh, Unwürdiger, sagte sie mit tonloser Stimme. Geh, und sorge dafür, daß deine Frau wieder zu Sinnen kommt.

William verbrachte die Nacht im Wartesaal des Bahnhofs. Er saß auf einer Bank in die Ecke geduckt, den Kopf in die Hände gestützt, und weinte. Es war nicht die erlittene Demütigung, die ihn fassungslos machte.

Lady Byron hatte nicht ein einziges Wort gesagt zum Brief von Dr. Locock. Nicht ein Wort.

– Allmächtiger, flüsterte er ein ums andere Mal, laß sie nicht sterben. Bitte, mach, daß sie wieder gesund wird.

Es dämmerte schon, als er den ersten Zug nach London bestieg. Über den Feldern lagen flache Nebelbänke.

## 9

Lady Byron machte sich sehr wohl Sorgen um die Gesundheit ihrer Tochter. Die eine Woche später von ihr erbetene Aussprache mit Ada wußte William jedoch zu verhindern. Ada sei momentan einer solchen Unterredung nicht gewachsen.

Selbst als Lady Byron sich in der Nähe von Horsley Towers aufhielt, durfte sie ihre Tochter nicht besuchen.

Ada schickte sich widerspruchslos darein.

Entgegen ihren Hoffnungen zeigte sich im Krankheitsverlauf keine Besserung. Die Blutungen traten jetzt in Abständen von fünf Tagen auf und waren mit starken Schmerzen verbunden. Mitte August setzte Dr. Locock sie endlich ins Bild über ihren Zustand. Aber, sagte er, mit der von ihm angeordneten Therapie sei man auf gutem Wege. Der Grund für die Blutungen sei das Abstoßen von verschorftem Gewebe. Was die Schmerzen betreffe, so handle es sich um eine Begleiterscheinung des Heilungsprozesses, der ein Zusammenziehen der Gefäße mit sich bringe. Bei deren Auftreten empfahl er ihr, die doppelte Dosierung Laudanum zu sich zu nehmen. Im übrigen solle sie einstweilen in London bleiben, strenge Ruhe einhalten sowie jegliche geistige Arbeit und Aufregung vermeiden, was angesichts der eintreffenden Nachrichten ein gutgemeinter, aber nicht leicht zu beherzigender Rat war.

Die Neuigkeiten aus Übersee waren alarmierend. Byron teilte in einem vor zwei Monaten von Valparaiso abgeschickten Brief mit, er sei nach einer Havarie der Swift auf einem neuen Schiff angeheuert worden. Die *HMS Daphne* mache sich jetzt auf den Weg nach Norden. Panama, San Francisco. Er danke seiner Schwester für die Briefe, in denen sie ihre Eindrücke der Weltausstellung schilderte. Er fühle sich schlecht, und der Steward sei nach 12 Stunden krampfartiger Anfälle gestorben. Er fürchte sich vor den Hurrikanen im Pazifik. Mühsal und Krankheit seien seine ständigen Begleiter.

Ada war außer sich. Weshalb Panama?, es war nie von Panama die Rede gewesen. Und welcher Krankheit war der Steward erlegen?

Eine Zeitungsnotiz, Augusta Leigh sei am 12. Oktober im Alter von 68 Jahren vor ihren Schöpfer getreten, wühlte Ada abermals auf. Die Nachricht an sich ließ sie unberührt. Aber Augusta war von Byron geliebt worden. Angesichts der Todesanzeige bemächtigte sich Ada eine nagende, verzehrende Eifersucht, die nur durch die Aussicht, ihm wenigstens im Tod nahe zu sein, besänftigt werden konnte.

Noch immer war kein weiterer Brief von Byron eingetroffen. Ada schrieb ihm deshalb am 15. Oktober nach Panama.

> Lieber Byron,
> heute geht unsere grandiose nationale Ausstellung zu Ende. Es war ein glorreiches und in der Geschichte der Menschheit einzigartiges Ereignis. 6900 heimische Aussteller und nochmals so viele aus 25 Ländern und 15 Kronkolonien haben über 100 000 Exponate präsentiert. Dein Vater hat von der Jury eine Auszeichnung bekommen für seine neu

entwickelte Methode in der Backsteinherstellung. –
Wie wir einem Zeitungsbericht entnehmen konnten,
ist die Daphne jetzt in San Francisco gelandet. Aber
wir haben von dort keine Nachricht erhalten. Wir
haben Dir jeden Monat geschrieben. Bitte schreib
uns bald, auch ob Du Pläne hast, nach Hause zu
kommen. Wir haben Dir und Admiral Moresby geschrieben, daß Du nach Deinem besten Wissen und
Gewissen entscheiden sollst. – Ich habe sonst keine
großen Neuigkeiten. Alles läuft wie immer. – Ralph
gefällt sich in der Rolle eines roten heißblütigen Re-
publikaners und bemitleidet Dich, daß auf Deiner
Mütze eine Krone ist. – Von heimgekommenen Offi-
zieren der Champion haben wir vernommen, daß Du
Dich sehr gut anstellst. Sie sagten, Du seist ein gebo-
rener Seemann. Mach weiter so mit Deiner himmli-
schen Karriere.

> Mit lieben Grüßen
> Deine A. A. Lovelace.

Mitte Oktober schloß die Mutter aller Ausstellungen ihre
Tore.

Es war an der Zeit. Die Glasdächer leckten, da und
dort bildeten sich bei Regenwetter Pfützen. Monsieur
Suchards von der Jury in der Sektion Nahrungsmittel aus-
gezeichnete Schokolade war fleckig geworden. Die an
langen, mit der rot-weiß-grünen Trikolore geschmückten
Holzstangen aufgehängten Tagliatelle und Strozzapreti
bröckelten, die Felle von Monsieur Plouqets Tieren zeigten räudige Stellen, und im Modellhafen von Liverpool
hingen die Segel Hunderter von Schaluppen, Karavellen
und Schoner schlaff.

Die Draperien vergilbt, die Marmorstatuen und künstlichen Blumen verstaubt, die Spiegel erblindet.

Die noch im Frühjahr aufgekeimten Befürchtungen waren hingegen nicht eingetreten. Weder war der Hyde Park zu einem Biwak für Obdachlose verkommen, noch hatten ausländische Sozialisten die Königin ermordet, und das Gebäude war nicht eingestürzt.

Alle waren sich einig: Man war Zeuge eines epochalen Ereignisses geworden. Eine Zeitverschiebung. Ein Quantensprung in den Köpfen der Menschen. Eine geologische Verwerfung, die die Vergangenheit und eine verheißungsvolle Zukunft in noch nie dagewesener Art und Weise zusammenbrachte. Über sechs Millionen Menschen hatten daran teilhaben dürfen.

Erschöpft vom Feiern, beglückt und gesättigt vom Glauben an eine bessere Welt wandte sich die Londoner Bevölkerung wieder dem Alltag zu. Scheibe für Scheibe wurde der Kristallpalast abgetragen. Klirrend wirbelte dürres Laub durch die leeren Hallen.

## 10

– Ma'am, sagte Miss Wilson. Ein unangemeldeter Besuch.

   – Wer ist es?

   – Mr. Crosse, Ma'am.

   – Schicken Sie ihn herein.

Ada saß auf dem Sofa, als Crosse ins Zimmer trat.

Wie bleich sie war, durchsichtig beinahe das Gesicht über dem lodernden Rot ihres Hauskleides.

   – Ada. Wie geht es dir?

Er küßte die Hand, die sie ihm entgegenstreckte.

   – Wie soll es mir gehen, John. Es ist nicht schön, die Welt wie ein Hund verlassen zu müssen.

   – Was redest du. Bestimmt wird alles gut.

Ada lachte.

   – O ja. Am Ende wird immer alles gut. Machen wir uns nichts vor. John, du mußt mir helfen. Du weißt, ich vertraue dir. Ich habe wieder Schulden.

   – Wieviel?

   – 400 Pfund.

   – Verdammt noch mal, entfuhr es ihm.

Sie reichte ihm den Samtbeutel, der neben ihr auf dem Sofa lag.

   – Und? sagte er.

   – Öffne ihn.

Crosse wickelte die Schnur auf, zog den Beutel auseinander und schaute hinein. Er hob fragend die Augenbrauen.

– Du sollst es für mich zu Vaugham bringen. Sag ihm, er solle Duplikate aus Glas anfertigen, möglichst farbentreue. Es darf aber nicht mehr als 100 Pfund kosten. Ich werde ihm dafür einen Wechsel ausstellen, sobald die Arbeit fertig ist. Sag ihm, es eile.

– Ist das dein Ernst? Crosse war schockiert. Du willst das doch nicht etwa verpfänden?

– Ja. Für das Collier und das Diadem sollte man mindestens sechshundert Pfund lösen können. Zusammen mit den Perlen und der Brosche müßten acht- oder neunhundert Pfund rausspringen. Ich möchte, daß du die Originale zum gegebenen Termin bei Vaugham abholst und ins Pfandhaus bringst. Anonym, versteht sich. Die Duplikate bringst du mir. Würdest du das für mich tun, John?

Es klang flehentlich.

– Ada. Du weißt, ich schlage dir keinen Wunsch aus. Aber hast du dir das wirklich gut überlegt?

– Ja, ja. Es ist der einzige Ausweg. Ich kann nicht mehr auf Williams Nachsicht zählen. Er glaubt, ich hätte mit dem Spielen aufgehört.

– Wann kommt er?

– In drei Tagen. Er holt Annabella ab, die in Berkshire bei den Wilkinsons ist.

– Und deine Mutter?

Ada schüttelte den Kopf. – Ich habe sie seit Wochen nicht gesehen.

Crosse neigte sich nach vorn.

– Weiß William davon? fragte er.

Er setzte sich zu Ada auf das Sofa, legte den Arm um ihre Schulter und zog sie zu sich heran. Sein Zeigefinger strich das Schlüsselbein entlang, die Haut über der Halsgrube war durchscheinend und spannte wie Pergament.

– Davon …, sie lächelte. Was immer du meinst, er weiß von gar nichts.

John Crosse erledigte den Auftrag zu Adas größter Zufriedenheit. Schon zwei Wochen später händigte er ihr einen Wechsel über 800 Pfund sowie ein Kästchen mit den Schmuckstücken aus wertlosem Glas aus, die sich kaum von den Originalen unterschieden.

Im Verlauf des Winters hatte sich Adas Welt auf einen Kreis reduziert, dessen Radius mit einem Rollstuhl zurückgelegt werden konnte. Die längste Distanz war der Spaziergang vom Great Cumberland Place zum Hyde Park, rund um die Serpentine und wieder nach Hause. Das war Martins Aufgabe.

Der kürzeste Weg war derjenige vom Bett in den Salon, den Ada mit Hilfe von Miss Wilson bewältigte. Lautlos und federnd, die Radnaben des hochmodernen Gefährts waren mit Kautschuk bezogen.

Sie hatte ihren Arbeitsplatz auf dem Sofa eingerichtet. Dort las sie und erledigte ihre Korrespondenz. Ihr Bett war in den Empfangsraum im ersten Stock gebracht worden, weil sie so in der Nähe des Salons war und besser hören konnte, wenn Mrs. Sartoris, vom Klavier begleitet, für sie sang.

Eben war ein Brief von Mary Somerville aus Florenz gekommen. Es gehe ihr gut, schrieb sie. Sie werde im Sommer einige Tage in London verbringen, wo sie als Ehrenmitglied der Königlichen Astronomischen Gesellschaft einige Leute treffen wolle, und natürlich hoffe sie, Ada bei der Gelegenheit zu sehen.

Die Berichte aus Übersee nährten Adas Besorgnisse aufs neue. In einem Brief, abgestempelt in Vancouver, berichtete Byron von einer bewaffneten Auseinandersetzung mit Eingeborenen, in die die Besatzung geraten war, sie hätten dreihundert Indianer getötet und deren Dörfer angezündet, und er werde ein paar Skalpe nach Hause bringen. Ada war außer sich.

– Byron ist doch ein Kind, kein Soldat! Sie schluchzte und drückte den Brief an ihre Brust, als könne sie damit etwas gutmachen.

Dr. Locock schaute fast täglich vorbei. Er beruhigte sie, was ihren Zustand betraf, und riet ihr, viel an die frische Luft zu gehen. Seine Therapie schloß nun auch das Einatmen von Chloroformdämpfen ein.

William kam alle paar Tage nach London, verbrachte den Abend in seinem Club und fuhr morgens wieder aufs Land. Auch Annabella war in Horsley Towers, nahm die Aufgaben einer Hausherrin wahr, begleitete den Vater an ihrer Mutter Statt an Bälle und hielt sich einen kleinen Zoo – Schildkröten, Katzen, Meerschweinchen, Kaninchen und eine Anzahl Sittiche, die hin und wieder aus der Voliere entwichen und von den Gärtnern mit Netzen wieder eingefangen werden mußten.

Besuche waren selten geworden.

Babbage kam hin und wieder, brachte Kleinigkeiten mit, ein Sträußchen, das er bei einem Blumenmädchen gekauft hatte, oder ein Buch. Sie unterhielten sich über wissenschaftliche und philosophische Themen. Über die Analytische Maschine wurde schon lange nicht mehr gesprochen, als wolle man es vermeiden, sich über einen Verstorbenen zu unterhalten.

Er hatte sich längst anderen Projekten zugewandt.

Die Differenzmaschine Nr. 2, größer, komplexer und leistungsfähiger als ihre Vorgängerin. Rotierende Lichtquellen für Leuchttürme. Unterwassernavigation.

Einmal übergab er ihr die neueste Publikation von

Charles Darwin, *Lebende Cirripedia, eine Monographie über die Sub-Klasse Cirripedia, Vol. 1.* Dem umfangreichen Text waren 10 Tafeln mit Reproduktionen von Bleistiftzeichnungen angefügt, die die verschiedenen Gattungen der Rankenfüßer darstellten. Ada staunte ob der merkwürdigen Formen dieser Wasserbewohner mit ihren wundersamen Federchen und Schuppen, Hörnchen und pinselartigen Auswüchsen, man hätte sie viel eher dem Reich der Pflanzen zuweisen wollen.

Die tägliche Zeitungslektüre verband Ada mit der Welt. Eines Morgens las sie einen Artikel, der sie in Aufregung versetzte. Am Weimarer Hoftheater war unter der Leitung von Franz Liszt im Juni 1852 eine Aufführung von *Manfred* über die Bühne gegangen, ein dramatisches Gedicht mit Musik für Sprechstimmen, Soli, Chor und Orchester von Robert Schumann. *Manfred,* hieß es, das 1817 von Lord Byron verfaßte Poem, zeige den Dichter als *Sacred Monster,* als Inbegriff der romantischen Selbstaufgabe, der Menschen und Gott herausfordere und von Schuldgefühlen zerfressen allein in der Vereinigung mit seiner geliebten Schwester Astarte Erfüllung finde.

Byrons Werk stand in der Bibliothek in Ockham. Ada schrieb umgehend einen Brief an William, er möge ihr den Band mit *Manfred* bringen, wenn er das nächste Mal nach London komme. Sie wollte eben Miss Wilson rufen, um ihr den Brief zu übergeben, als diese wieder einen Besuch anmeldete.

Es war Dr. Lushington, Lady Byrons Anwalt.

Er kam im Auftrag seiner Mandantin. Sie verlange eine Liste aller angehäuften Schulden, er redete lange um den Brei herum, endlich gab er Ada zu verstehen, daß die Mutter dringend bitten ließ, ihre Tochter wiedersehen zu dürfen.

Ada war sich nicht sicher. Dr. Locock hatte sie vor jeglicher Aufregung gewarnt.

Sie habe, schrieb sie ihrer Mutter, den Wunsch, sie zu sehen, gleichzeitig aber auch große Angst davor.

Die Entscheidung wurde ihr abgenommen an einem Vormittag im Juli, als Lady Byron überraschend das Haus am Great Cumberland Place aufsuchte und sich auch von Miss Wilson nicht abwimmeln ließ.

Sie verschaffte sich Einlaß zu dem Zimmer der Kranken und verließ es nicht, ehe sie von Ada die Zusicherung erhalten hatte, sie nach einem festen Stundenplan besuchen zu können, selbstredend dann, wenn William nicht zugegen war.

Innerhalb kurzer Zeit hatte die Mutter den Londoner Haushalt fest im Griff.

Adas vollumfängliches Geständnis über die Höhe der Schulden war eine Angelegenheit von wenigen Minuten. Lady Byron veranlaßte umgehend die Auslösung des verpfändeten Schmucks.

Die Therapie für Ada wurde in ihrem Sinne neu definiert. Sie mißbilligte den Gebrauch von Betäubungsmitteln aufs entschiedenste. Statt dessen kam jetzt der Mesmerismus zum Zuge.

Als nächstes kündigte die Mutter Annabellas Gouvernante, der sie einen schlechten Einfluß auf ihren Schützling nachsagte.

Mary Wilson beobachtete die Geschehnisse im Haus mit wachsender Empörung. Sie, die durch eine Laune des Schicksals diesem fremden Sterben beiwohnen mußte, würde auch bald dran sein, soviel war klar. Sie war in dem Haushalt, der sich in einer allgemeinen Erschöpfung allmählich aufzulösen schien, nur mehr eine überflüssige und lästige Nummer. Ärzte und Krankenpflegerinnen, die sich die Klinke in die Hand gaben. Lord Lovelace, ausgelaugt von seiner aus Verzweiflung genährten Unrast. Und mit der baldigen Ankunft der beiden Jungen würde sich alles noch einmal dramatisch zuspitzen. Auf Lady Adas Wunsch hatte man über die Admiralität die Heimreise von Byron beordert, und Ralph hatte man nach Hofwyl geschrieben, wo er, wie jedes Jahr, den Sommer verbrachte.

Das schlimmste war die eigene Hilflosigkeit. Noch im Frühjahr hatte Mary sich wenigstens nützlich machen können, hatte der Kranken beim Ankleiden geholfen, ihr Haar gekämmt und hochgesteckt, dünn war es geworden, hatte sie in den Salon gefahren, ihr Bücher gebracht, die Zeitung, das Wasser, den lauwarmen Wein. Hatte hin und wieder Botengänge gemacht, was die Pferdewetten betraf. Jetzt lag die Lady oft ganze Tage nur im Bett, nahm kaum wahr, was um sie herum geschah. Manchmal redete sie wirr, als unterhalte sie sich mit jemandem, sagte Kinderreime auf und kicherte vor sich hin. Dann wieder war sie hellwach, wollte zum Piano gefahren werden, um ein paar Takte zu spielen, oder kritzelte Botschaften auf kleine Zettel, die sie neben das Bett fallen ließ und die von anderen wieder aufgehoben wurden.

Mary war von allen Bediensteten die einzige, die uneingeschränkten Zutritt zu ihrem Zimmer hatte. Aber seit Lady Byron den Haushalt unter ihre Kontrolle gebracht hatte, war alles schlimmer geworden. Täglich kreuzten Mesmeristen am Krankenbett auf, Mr. Symes und Mrs. Cooper, eine dürre alte Jungfer mit Oberlippenbart, sie machte sich an Lady Ada zu schaffen, preßte während einer Viertelstunde ihren Zeigefinger in den Schädel der Patientin und drückte mit der anderen Hand deren Daumen zusammen. Oder sie strich ihr mit merkwürdigen Instrumenten über den Oberkörper, indem sie die arme Kranke aufforderte, ihr fest in die Augen zu schauen. Die Behandlung hatte den Zweck, die Patientin in Trance zu versetzen, löste aber statt dessen einen Anfall aus, dann fuhr die Kranke schreiend aus dem Kissen hoch und bat nach Atem ringend um ein Glas Wasser.

Mary war Dr. Locock unendlich dankbar, als er Lady Byron entschieden und beharrlich davon überzeugte, daß die Betäubungsmittel die einzige Methode seien, um die Schmerzen zu lindern. Nichts blieb unversucht. Auf der Kommode im Krankenzimmer standen verschiedene mit Etiketten versehene Dosen, Fläschchen und Phiolen, die Tabletten oder Flüssigkeiten enthielten. ›Morphium‹, ›Tinct. Opii‹, ›Tinct. Cannabis‹, ›Sol. Arg. nitr.‹ und ›Chloroformium‹, das neue Wundermittel, dank dessen die Chirurgen, so hieß es, ihren Patienten Glieder amputieren oder den Körper aufschneiden konnten, ohne sie zu knebeln und an den Operationstisch zu fesseln. Die farblose Flüssigkeit wurde auf ein Tüchlein geträufelt, das der Kranken unter die Nase gehalten wurde, sie schnüffelte daran mit geschlossenen Augen, im Zimmer breitete sich ein süßlicher strenger Geruch aus.

Auf einem Tischchen neben der Kommode stand eine geschwungene Schale aus Messing, Tücher und Schwämmchen lagen bereit.

Lord Lovelace wurde auf Distanz gehalten. Lady Byron behandelte ihn wie Luft, sie redete kein Wort mit ihm, und die Kranke schien seine Anwesenheit in Aufregung zu versetzen. Auch die ohnehin immer seltener gewordenen Besuche waren auf Lady Byrons Veranlassung auf ein Minimum beschränkt worden. Mr. Babbage erschien nur noch sporadisch. Einmal kam Mr. Dickens. Lady Ada bat ihn, ihr aus *Dombey und Sohn*, ihrem Lieblingsbuch, vorzulesen, die Stelle im Kapitel »Was die Wellen schon immer sagten«, wo das Leben des kleinen Paul dahinschwand wie das Wasser, das sich aus einem Fluß ins Meer ergoß.

Mr. Dickens blieb fast eine Stunde. Mary sah, daß er Tränen in den Augen hatte, als er das Haus verließ.

Mr. Crosse hingegen wußte seine Besuche so zu richten, daß niemand zugegen war. Er saß bei der Kranken, hielt ihre Hand, strich ihr über die Wangen, sie sprachen miteinander in einer Intimität und stillen Vertrautheit, die jeden Uneingeweihten mit Staunen erfüllt hätte. Aber Mary wunderte sich über nichts mehr. Ihr war schon längst klargeworden, daß Mr. Crosse und Lady Ada mehr als Wettleidenschaft verband.

Vor seinem letzten Besuch hatte die Lady ihr den Schlüssel zum Sekretär anvertraut und sie gebeten, ihr die beiden Andenken an ihren Vater zu bringen, die sie in der mittleren linken Schublade aufbewahrte, ein Medaillon mit einer Haarlocke darin und einen Ring. Offenbar übergab sie die Gegenstände Mr. Crosse, denn nach seinem Besuch blieben sie verschwunden.

Ein Geheimnis mehr, das Mary mit ihrer Mistress teilte. Ein anderes war der Umstand, daß die Lady mit Mr. Crosses Hilfe die Juwelen ein zweites Mal hatte verpfänden lassen. Es war nur eine Frage der Zeit, bis Lady Byron den abermaligen Schwindel bemerken würde.

Hin und wieder stahl sich Annabella ins Krankenzimmer, dann saß sie am Bett und sprach leise auf ihre Mutter ein, las ihr vor, aus einem Buch oder das Gedicht vom Regenbogen, das Lady Lovelace selbst geschrieben hatte.

Ohne daß die Kranke darum bitten mußte, brachte Annabella ihr zu trinken, näßte ihr mit einem Schwämmchen die Lippen, die Schläfen, die Hände.

Sie schien genau zu wisssen, was sie brauchte. Wie tapfer und demütig das Mädchen war.

Mitte Juli wurde Mary ein Schreiben von Lady Byron ausgehändigt, in welchem die Kündigung auf Ende des Monats ausgesprochen wurde. Das Abschiednehmen wurde von Lady Byron verhindert mit der Begründung, ihre Tochter sei nicht in der Lage, jemanden zu empfangen. Als Mary weinend das Haus verließ, kam ihr auf der Treppe eben Miss Margot entgegen, die neu eingestellte Krankenschwester.

## II

Ada konnte man nichts vormachen. Außer dem Morphium half nichts gegen die Schmerzen. Alles war nur gut gemeint und ein Vorwand, ihrem Leiden nicht untätig zuzusehen. Der Lebens Zauberkelch schäumte oben nur am Rand, wer ihn einst schlürfte, fand nur Wermut als Bodensatz, wo hatte sie nur diese Zeile gelesen?

Der Alltag war nur mehr durch Rituale bestimmt, die Zeit segmentiert.

Das Aufziehen der Vorhänge. Das Hochschütteln der Bettdecke. Das Einlöffeln von Bouillon oder Eierlikör. Der mühselige Gang zum Stuhl mit dem Nachttopf, gestützt von Schwester Margot und einer Hilfe. Dr. Lococks Besuch, die Verabreichung der Medikamente.

Sie schluckte jetzt in regelmäßigen Abständen hohe Dosen Morphium, lag in den Kissen und dämmerte dahin.

Dann schlich sich Lili unbemerkt zu ihr ins Zimmer.

Zusammen rennen sie durch das große Haus in Kirkby Mallory. Ada und Lili, die Freundin.

Sie klettern auf den Kaminsims. Lili reißt das Tuch von der Wand und schleudert es weg, es segelt durch den Raum, fällt wirbelnd zu Boden. Ada kreischt. Lili dreht das Bild um und hängt es wieder hin.

Dein Vater! schreit Lili, der Wüstling!

Mein Vater! ruft Ada. Lord Byron. Ein Genie!

Komm! ruft Lili, wir spielen Kleider-Zerschneiden.

Sie holen eine Schere und zerschnipseln die Kleider

der Mutter. Die Hauben, Unterröcke und Blusen. Sie werfen die Stoffetzen ins Feuer und schauen zu, wie die verkohlten Flocken im Schwarz des Kamins entschwinden.

Laß uns Würmer kaputtmachen, sagt Lili.

Mit einem Schmetterlingsnetz fischen sie die Blutegel aus der Wanne, werfen sie auf den Kies und treten mit den Schuhen darauf herum. Die Egel zerspritzen, Blut quillt hervor und grüner Schleim. Das Blut der Mutter.

Ei ei ei, manchmal kann Lili ganz schön fies sein.

Ada und Lili verkleiden sich als Pagen. Sie tragen schmucke dunkelrote Samtjäckchen mit Goldknöpfen. Kichernd rennen sie treppauf treppab, durch dunkle Flure mit Rüstungen und Waffen an den Wänden. Nebeneinander liegen sie auf dem goldenen Himmelbett, zählen die roten Kordeln und singen ein Lied.

Auf dem Weg nach St. Ives traf ich einen Mann, der hatte sieben Frauen.

Jede der sieben Frauen hatte sieben Säcke.

Jeder der sieben Säcke hatte sieben Katzen.

Jede der sieben Katzen hatte sieben Kätzchen.

Kätzchen. Katzen. Säcke. Frauen.

Und wo sie in St. Ives angekommen waren, da warfen die Frauen die Säcke von einem Felsen ins Meer! ruft Lili. Und der Mann hat die Frauen hinterhergestoßen, alle sieben, und keine konnte schwimmen!

Was müssen die beiden lachen!

Wenn Ada ihrer überdrüssig ist, schickt sie Lili weg und besteigt ein großes Schiff. Es heißt Florida. Gebraus von Wasser wogt um sie her, und der Wind erhebt darüber mächtig sein Lied. Die Florida legt in Häfen an mit wundersam klingenden Namen.

Pisa. Genua. Venedig.

Ada geht über weitläufige Plätze, tritt durch Tore,

schreitet Treppen hinauf und durch Raumfluchten mit Gemälden an den Wänden. Sie sitzt an einer langen Tafel. Am anderen Ende sitzt Lord Byron. Ada trägt ein scharlachrotes Kleid aus Brokat mit goldenen Blumen und gestreiften Bordüren, ähnlich einer griechischen Tracht. Ein kleiner Affe turnt über Stühle und Kommoden, Ada füttert ihn mit Apfelsinen und Nußkernen. Diener tragen in silbernen Schalen die köstlichsten Speisen auf, sie verneigen sich, per la bella signorina.

Das ist Ada, einzige Tochter für mein Herz und Haus, sagt Lord Byron.

Ada liegt am Boden auf einem Brett, die Hände in schwarze Säckchen gebunden.

Lili liegt neben ihr.

Nur ja keine Bewegung, sagt Lili. Stilliegen und folgsam sein. Das nützt gegen die Schmerzen.

Aber nicht lange, Ada taucht auf aus nachtschwarzen Abgründen, der Schmerz flutet in Wellen heran, er wühlt in ihrem Unterleib, hallt im Kopf wider, ein anhaltender schriller Ton, er zerstückelt die Gedanken in scharfkantige Splitter mit phosphoreszierenden Rändern, die sich in die Augenhöhlen bohren.

Spült Asche in den Mund, läßt die in sich zusammensackende Dämmerung pulsieren, ein unaufhörliches An- und Abschwellen.

Dort, wo früher der Körper war, ist eine Ausstülpung, ein Sack, angefüllt mit Schmerz.

Wegschneiden. Absägen. Versengen. Auslöschen.

Wie lustig, was sind denn das für Gestalten im Baum vor dem Fenster?

Ein ausgestopfter Elefant. Schwarzgekleidete Frauen, wie Krähen hocken sie auf den Ästen, die Umhänge vor das Gesicht gezogen. Worauf warten sie? Auch Lili ist dort, sie winkt und lacht und macht obszöne Gebärden.

Einmal trat Ralph an das Bett der Mutter.

– Mein Junge, mein Kleiner, flüsterte sie. Wann bist du gekommen?

– Gestern, Mama.

– Komm, gib mir deine Hand. Bist du gut gereist? War es schön in Hofwyl?

Zögernd legte er die Hand auf die Bettdecke.

– Ja, Mama. Es war wie jedes Jahr.

Es war wie jedes Jahr, wollte er sagen, und wie jedes Jahr war es schlimmer als im Jahr zuvor. Wie jedes Jahr habe ich versucht, nicht zu weinen vor dem Einschlafen. Wie jedes Jahr saß ich stumm am Tisch und habe das Essen heruntergewürgt.

Er schwieg und schluckte.

Die Stimme der Frau, die im Bett lag, kannte er. Aber das zerbrechliche durchsichtige Gesicht, die trüb verschleierten Augen hatten nicht im entferntesten mit seiner Mutter zu tun.

Er ekelte sich, der strenge Geruch im Zimmer erinnerte an die halbverweste Ratte, die er an einem Nachmittag unter seinen Kleidern gefunden hatte, drüben am See, und an das Gekicher der Knaben, als er schrie und das Tier am Schwanz wegschleuderte, es klatschte mit einem dumpfen Schlag auf die Wasseroberfläche.

Auch Byron war nach einer strapaziösen Reise endlich aus Übersee eingetroffen.

Ada lebte auf. Welch ein schöner junger Mann er geworden war! Er würde einen stattlichen Commander abgeben.

## 12

Lady Byron hatte nicht nur die sich abermals angehäuften Schulden ihrer Tochter über 2800 Pfund beglichen, sondern auch die Juwelen nach einem unter Drohungen entlockten Geständnis ein zweites Mal zurückgekauft und Dr. Lushington in Gewahrsam übergeben. Außerdem hatten die Bediensteten von Lady Byron die Anweisung erhalten, keine Besucher mehr vorzulassen. Allen voran durfte John Crosse, dieser Betrüger und Rohling, keinen Fuß mehr über die Schwelle setzen.

Aber wenn schon nicht über ihr Sterben, so wollte Ada doch wenigstens über die Zeit danach verfügen. Die lichten Momente nutzte sie, um in kleinen, auf Papierfetzen hingekritzelten Notizen festzuhalten, was ihr wichtig schien.

Byron müsse unter allen Umständen bei der Marine bleiben.

Man möge sie, um Gottes willen, nicht lebendig begraben.

Die Großmutter solle die Aufsicht sowohl über Annabella als auch Ralph wahrnehmen.

Der Kontakt zu den Verwandten väterlicherseits müsse den Kindern untersagt werden.

Ihre schwarze Schreibmappe samt Inhalt solle an John Crosse übergeben werden.

So weit, so gut, mit dem meisten konnte Lady Byron sich einverstanden erklären, wenn auch der letzte Punkt zu denken gab, aber er wäre ja ohne weiteres zu umgehen.

Doch was folgte, versetzte sie in Aufruhr.

Ada verfügte, daß sie in Hucknall in der Byronschen Familiengruft bestattet werden wollte, neben ihrem Vater, und zwar so, daß die beiden Särge sich berührten.

William ebenso wie Colonel Wildman seien darüber in Kenntnis gesetzt.

Wildman habe ihr versprochen, alle nötigen Vorkehrungen zu treffen. Dies solle die Inschrift auf dem Gedenkstein sein: Ihr habt den Gerechten verurteilt und getötet, und er hat euch nicht widerstanden (Jak. 5, Vers 6).

Lady Byron war außer sich. Damit hatte sie nicht gerechnet.

In den frühen Morgenstunden des 29. August erlitt Ada einen Anfall und fiel ins Koma. Die Familie versammelte sich. Der Arzt konnte jedoch einen schwachen Puls ertasten, und das vor den Mund gehaltene Spiegelchen beschlug vom Atem.

Man wartete, hoffte insgeheim, das Leiden möge endlich ein Ende haben.

Wider Erwarten kam Ada wieder zu sich, sie begann mit ihrem Taschentuch zu spielen, zupfte die Ecken zurecht, faltete es zusammen und wieder auseinander, spannte es, als wollte sie es mit den Augen ausmessen.

William war neben dem Bett eingenickt. Die anderen hatten sich erschöpft und übernächtigt zurückgezogen, um sich hinzulegen.

Er nahm sie in seine Arme.

– Ada, mein Liebes, ich bin hier. Kannst du mich hören?

Sie nickte, schlang ihre Arme um seinen Hals.

– Wirst du mir vergeben, William, flüsterte sie, bitte sag, daß du mir vergeben wirst.

– Was soll ich dir vergeben?

– Es ist ... flüsterte sie, ein Röcheln, er konnte sie kaum verstehen, hielt sein Ohr an ihren Mund, hörte angestrengt zu.

– Was ..., stammelte er, das kann nicht sein! Er schrie ihr ins Gesicht. Was sagst du da, möge Gott deiner Seele gnädig sein!

Er sprang hoch, rannte hinaus, im Flur kam ihm Annabella entgegen, – Um Gottes willen, Papa, was ist geschehen?! Sie hörte die Tür zu seinem Zimmer zuschlagen.

William schloß sich ein. Er weigerte sich über Stunden, herauszukommen. Um die Mittagszeit bestellte er eine Flasche Claret und ein Glas, nahm beides wortlos und mit rotgeränderten Augen unter der Tür entgegen und drehte wieder den Schlüssel im Schloß.

Wäre sie doch gestern gestorben. Hätte sie den Verrat doch nur mit ins Grab genommen. Jetzt war seine Ehe auf alle Zeit besudelt, seine Redlichkeit in den Dreck gezogen.

Was war er doch für ein Dummkopf gewesen, blind und vertrauensvoll. Noch vergangene Woche hatte Woronzow Greig auf einem Spaziergang in Horsley beiläufig die Frau und zwei Kinder von John Crosse erwähnt. William war aus allen Wolken gefallen. Er hatte immer geglaubt, John Crosse sei Junggeselle.

Anderntags stellte er Crosse in London zur Rede. Warum er seine Familie verheimlicht, sich als Junggeselle ausgegeben habe? Der scharfe Wortwechsel trug nicht zur Klärung bei, Crosse verlor sich in widersprüchlichen Ausflüchten, es handle sich um die Mätresse eines Onkels, nein, es sei seine Cousine, und ja, die Kinder seien von ihm, William drohte ihm mit Hausverbot, etwas Schändliches mußte hinter der Geheimnistuerei stecken.

Jetzt war ihm die Schande durch die letzten Worte, die Ada an ihn gerichtet hatte, in ihrem ganzen Umfang zu Ohren gekommen.

Ich habe ihn geliebt, seit langem. Er war mein Geliebter.

Die Worte hämmerten in Williams Kopf, er zermarterte sich das Gehirn.

Crosse. Crosse. Crosse.

Alles zeigte sich ihm jetzt in einem neuen Licht.

Ihre wiederholten Aufenthalte in Brighton. Ihre Weigerung, ihn nach Ashley Combe zu begleiten, mit der Ausrede, die Reise ermüde sie allzusehr.

Der Verrat hatte sich vor seinen Augen abgespielt.

William versagte von Stund an der Sterbenden seine Hilfe und seinen Trost. Kampflos überließ er die Belagerungsfront um die Rettung von Adas Seele seiner Schwiegermutter.

## 13

Ada gehörte jetzt wieder ganz und gar Lady Byron.

Die Mutter saß in einem Fauteuil, das Doppelkinn über den Haubenbändeln gefaltet, ein formloser Körper, der sich ruckartig bewegte, Töne von sich gab, schnaufte, hustete, hadernd und über der Zukunft brütend, sie würde mit William, diesem Schwächling, diesem Versager, soviel war sicher, nie mehr auch nur ein einziges Wort wechseln, sie würde dem Begräbnis ihrer Tochter fernbleiben, schon nur der Gedanke an Hucknall ließ sie erschaudern, nicht einen Fuß würde sie in Feindesland setzen. Sie würde die Zügel in der Erziehung ihres Lieblingsenkels streng und unerbittlich in den Händen behalten. Es durfte nicht noch einmal das Gleiche passieren.

Sie überwachte das Verabreichen der Medizin. Entlockte Ada in luziden Momenten Schuldeingeständnisse und Besserungsgelübde.

Und Ada gestand.

Ja, ich habe mich falsch verhalten. Ja, ich habe Dinge ausprobiert, anstatt auf deinen Rat zu hören. Ich habe mit dem Geschenk des Lebens experimentiert. Ich habe mich von den Götzendienern Byrons einfangen lassen. Ich habe mich verführen lassen, in ihm nicht nur meinen Vater und den Dichter, sondern auch den Mann zu vergöttern.

Ja. Ja. Ja.

Es tut mir leid.

Je mehr Ada beichtete, desto angemessener schien der Mutter das Ausmaß der Sühne, die diesem zerquälten, sich schnell verflüchtigenden Leben abgerungen wurde.

Unter dem Einfluß des Morphiums dümpelte Ada dahin, versunken im Schmerz, sah den Zahlenreihen zu, die vor ihr aufmarschierten, eine jede Ziffer von einer farbigen Aura umgeben, grün die Nullen, blau die Einsen, rot die Sieben, sie formten sich zu Paaren, bildeten Formeln und infinite Zahlenreihen und stellten sich zur Quadrille auf, funkelnde Irrlichter, die herabschwebten, sich drehten und wieder davonflogen, spektralfarbene Tropfen lösten sich von der Zimmerdecke, zerplatzten lautlos oder bildeten Kristalle, die über die Bettdecke krabbelten, sich wieder zusammenfügten und als verwehte Algorithmen vor den Augen tanzten, Wasserfälle stürzten von Felswänden, stäubende Gischt füllte das Zimmer.

Das Zeitempfinden hatte sich davongestohlen. Das Einfallen der Nacht, das trübe Grau der Morgendämmerung, das Stakkato geflüsterter Worte, ein Scharren auf dem Flur, Schritte, die sich näherten, verschwommene Gesichter, die sich über sie beugten, mehr nahm sie nicht wahr, sie betrachtete die wirbelnden Partikel in den vom Staub gesättigten Lichtbahnen, die durch das Zimmer wanderten, sah sich selbst, ein verglimmendes Irrlicht, ein Komet, unterwegs, um im All zu verglühen, zu Staub zu zerfallen.

Doch wer war dieser Schatten, der seit einiger Zeit am Bett saß, zu ihrer Linken, durchscheinend und vollkommen stumm?

Auch den jungen Mann, der an einem Morgen unter der Tür stand, kannte sie nicht. Byron war gegen seinen Willen zurück zur See geschickt worden und war gekommen, um sich von ihr zu verabschieden. Teilnahmslos betrachtete er die Mutter eine Weile, dann ging er die Treppe hinunter, sein Bündel über die Schulter gehängt, und verschwand spurlos. Einige Tage später wurde dem Vater in einer Reisetasche Byrons Fähnrichsuniform zugeschickt. In der *Times* wurde eine Vermißtenanzeige aufgegeben.

> Ein 17jähriger Junge, 1,67 Meter groß, breitschultrig, von drahtiger kräftiger Gestalt mit einem schlurfenden Seemannsgang, sonnenverbranntem Gesicht, dunklen ausdrucksvollen Augen, dichtem schwarzem welligem Haar, feingliedrigen Händen mit einer leichten Tätowierung – ein rotes Kreuz und kleine schwarze Zeichen –, zerkauten Nägeln, einer tiefen Stimme.

Er wurde in einem Pub in Liverpool aufgespürt, wo er sich gerade nach Amerika einschiffen wollte. Der Vater beorderte ihn sofort zurück nach London, und keine vier Tage später wurde der Junge über eine Vertrauensperson aus der Admiralität auf ein Schiff der Marine gebracht, wo er umgehend seine Funktion als Oberfähnrich wieder einzunehmen hatte.

Die Nachricht vom Tod des Duke of Wellington, die Ada in einem luziden Moment erreichte, weckte in ihr verschwommene Erinnerungen an höfische Prachtentfaltung und weißen Satin, Windböen peitschten ohne Unterlaß den Regen gegen das Fenster, London versank in der Novemberflut. Welkes Laub schaukelte vorbei, die schwarzen Frauen auf den Bäumen waren verschwunden. Dafür war der Schatten neben dem Bett jetzt fast immer gegenwärtig.

Seit einiger Zeit unterhielt Ada sich mit ihm in einer Sprache, die keiner lauten Worte bedurfte.

– Wir sind fast gleich alt, nicht wahr, sagte Ada an einem Abend.

Er lachte.

– Was sagst du da, mein Kind. Du hast doch eben erst deinen achten Geburtstag gefeiert.

– Meinen achten Geburtstag … Ja! Ich erinnere mich. Madame Puff hat mir neue Slippers geschenkt. Hast du das Buch dabei?

– Ich brauche es nicht. Ich weiß auch so, was du hören willst. *Childe Harolds Pilgerfahrt*, dritter Canto. Doch wenn sie starren Haß als Pflicht dich lehren, du wirst mich lieben! Wenn sie auch von dir wie einen Fluch selbst meinen Namen wehren, wie ein verwirktes Anrecht, würden wir auch durch das Grab getrennt, du bliebest mir …

Die Stimme wurde zu einem hallenden Flüstern, wollte ersterben.

– Weiter, befahl Ada. Hundertachtzehn.

Er hob wieder an. – Das Kind der Lieb und doch in Sturm gesäugt und Bitterkeit. Das war der Lebenssaft, der deinen Vater und auch dich gezeugt und noch dich nährt.

An dieser Stelle schaute er hoch und lächelte.

Nach einer Pause fuhr er fort. – Doch deine Leidenschaft wird reiner glühn und milder deine Kraft. Sanft sei dein Wiegenschlummer. Aber komm jetzt endlich, sagte er ungeduldig. Wir müssen gehen.

– Ich bin ja schon da, flüsterte Ada.

– Hast du etwas gesagt?

Lady Byron schreckte hoch. Sie stemmte sich aus dem Stuhl, neigte sich über die Sterbende.

Es kam nichts als ein leises Gurgeln, das sich anhörte wie Flüssigkeit, die mit einer Pipette aus einer Flasche gesaugt wird.

– Ada? Mein Vögelchen?

Sie nahm Adas Hand, fühlte den Puls. Nicht das leiseste Flattern war zu erspüren.

Ein Klopfen schreckte sie auf.

Sie ging zur Tür und öffnete einen Spalt weit.

Draußen stand Schwester Margot.

– Lady Byron. Mr. Finley ist hier.

– Mr. Finley?

– Der Kutscher, er ist aus Horsley gekommen, um sich bei der Lady zu bedanken.

– Wofür will er sich bedanken?

– Weil er … weil sie ihm doch Nelson und Sprite überlassen will, die beiden Hunde.

– Gehen Sie, Schwester Margot, gehen Sie und bestellen Mr. Finley, es gebe nichts mehr zu danken. Und schikken Sie nach Dr. Locock, er soll unverzüglich herkommen.

Lady Byron schloß die Tür. Schwankenden Schrittes ging sie zur Kommode, klammerte sich an die Kante, diese plötzliche Schwäche, aber was tat dieser Zettel hier, Adas Handschrift, mit zitternden Händen nahm sie ihn und las im ermattenden Tageslicht.

An meine Mutter. Malgré tout. (Psalm 17, Vers 8)

Lady Byron kannte den Vers auswendig, sie murmelte die Worte vor sich hin, behüte mich wie einen Augapfel im Auge, beschirme mich unter dem Schatten deiner Flügel, und ein bitteres Lächeln stahl sich auf ihre Lippen.

# Nachbemerkung

Ada starb am 27. November 1852, kurz vor ihrem 37. Geburtstag. Ihr Leichnam wurde mit der Midland-Eisenbahn nach Hucknall gebracht, wo er in der Byronschen Familiengruft in St. Mary Magdalene Church bestattet wurde. Der von William gestiftete Gedenkstein mit dem Familienwappen und dem heraldisch gefaßten Motto *Labor ipse voluptas* enthält die folgenden Zeilen:

> *In the Byron vault below lie the remains of Augusta Ada,*
> *only daughter of George Gordon Noël, 6. Lord Byron, and*
> *wife of William, Earl of Lovelace.*
> *Born 10th Dec. 1815, died 27th Nov. 1852. R.I.P*

Lady Byron blieb dem Begräbnis ihrer Tochter fern. Bis ans Ende ihrer Tage wechselte sie kein Wort mehr mit William. Sie starb 1859 im Alter von 67 Jahren.

William beschäftigte sich weiterhin mit dem Ausbau und der Renovierungen seiner Güter, die sich um den Besitz *Hautboy* in Ockham erweitert hatten. 1865 heiratete er ein zweites Mal. Die Ehe blieb kinderlos. Er starb hochbetagt 1893.

Byron, der ältere Sohn, desertierte abermals. Auf einem kleinen Handelsschiff kehrte er vom Schwarzen Meer nach England zurück, wo er Zuflucht bei Freunden seiner Großmutter fand. Lady Byron unterstellte ihn der Aufsicht von Lieutenant Arnold, Sohn des autoritären Direktors der Rugby School. Byron floh wieder, nahm den Namen Jack Okey an und arbeitete in einer Zeche in Sunderland, später auf einer Schiffswerft auf der Isle of Dogs. 1860 wurde er, gegen seinen Willen, zum 12. Baron of Wentworth geadelt. Er starb 26jährig an Tuberkulose. Der Titel ging an seinen jüngeren Bruder über.

Annabella bereiste mit ihrem Vater wiederholte Male den Kontinent. Sie sprach fließend fünf Fremdsprachen. 1869 heiratete sie Wilfrid Scawen Blunt, Poet und Schriftsteller. Zusammen bereisten die beiden Spanien, Algerien, den Mittleren Osten und Ägypten, später Syrien und, Annabella als erste Europäerin, die Arabische Halbinsel. 1873 kam die Tochter Judith zur Welt. Annabella und Wilfrid Scawen Blunt bewirtschafteten das ihnen durch Erbschaft zugefallene Anwesen in Crabbet, Sussex, und bauten die äußerst erfolgreiche Pferdezucht *Crabbet Park Arabian Stud* für Vollblut-Araber auf. 1882 erwarben sie in Sheykh Obeyd in der Nähe von Kairo ein Haus, wo Annabella, mittlerweile getrennt von ihrem Mann, 1917 starb.

Ralph, der jüngste, blieb unverheiratet. Er kam in den Genuß des Hauptteils des Vermögens von Lady Byron und setzte sich sein Leben lang für die Rehabilitation und Rechtfertigung seiner Großmutter ein, was er in dem kurz vor seinem Tod 1906 publizierten Buch *Astarte* niederlegte.

Das große, von Margaret Carpenter gemalte Porträt von Ada Lovelace ist im Besitz der *United Kingdom Art Collection* und hängt in London in der Downing Street Nr. 10.

Charles Babbage, der Erfinder der digitalen Rechenmaschine, widmete die restlichen Jahre seines Lebens, neben dem Kampf gegen Straßenmusiker und gegen die

Fuchsjagd, unermüdlich seinen weiteren Projekten. Auf der Weltausstellung 1855 in Paris wurde eine aufgrund seiner Unterlagen vom schwedischen Techniker George Scheutz in Teilen gebaute Differenzmaschine Nr. 2 ausgestellt. Später arbeitete Babbage an dem Projekt einer neuen Analytischen Maschine, die auf grundsätzlich anderen Prinzipien als die erste beruhte, was die Verbindung der Säulen mit den Ziffernscheiben untereinander betraf. 1864 veröffentlichte er seine Biographie *Passages from the Life of a Philosopher.*

Charles Babbage starb 1871 kurz vor seinem 80. Geburtstag. Er hinterließ neben einem umfangreichen Archiv mit Plänen und Skizzen für seine Rechenmaschinen sechs Monographien und rund 90 Artikel zu wissenschaftlichen und gesellschaftspolitischen Fragen. Er hatte nicht nur das Lebensversicherungsgeschäft mit Hilfe von Sterbetabellen auf eine statistische Grundlage gestellt, sondern auch die Abhängigkeit des Wachstums der Baumringe vom Klima erkannt und, unter anderem, das Ophthalmoskop erfunden.

Keine seiner entworfenen Rechenmaschinen war je in Gänze realisiert worden. Der Grund dafür war, neben mangelnden Geldern, vor allem die Grenzen der technischen Machbarkeit in der Herstellung der Tausenden von präzisen Bestandteilen.

Adas Arbeit über die Analytische Maschine hatte keinen direkten Einfluß auf die Entwicklung der ersten Computer im 20. Jahrhundert. Der Stellenwert ihrer *Notes* ist umstritten. Einige sehen in Ada Lovelace lediglich eine mittelmäßige Mathematikerin, die von Charles Babbage als sein Aushängeschild mißbraucht wurde. Andere anerkennen ihren visionären Ansatz und nennen sie »die erste Programmiererin«: Hundert Jahre bevor der erste elektronische Rechner gebaut wurde, hatte sie das verwirklicht, was später als Computerprogrammierung bekannt wurde.

Mitte der 1970er Jahre entwickelte ein Mitarbeiter der Firma Honeywell Bull auf Anregung des Pentagons eine neue Programmiersprache. Es war die erste standardisierte Hochsprache für Computer. Der Erfinder nannte die Sprache *Ada*, im Gedenken an Ada Lovelace. Am 10. Dezember 1980, ihrem 165. Geburtstag, wurde die Standardsprache implementiert. Sie erhielt die Bezeichnung MIL-STD 1815, das Geburtsjahr von Ada.

Eine neue Version wurde unter dem Namen *Ada 2005* entwickelt. Aufgrund der hohen Anforderungen an die Sprache hat sie sich vor allem in sicherheitskritischen Bereichen durchgesetzt, etwa in der Flugsicherung, in Sicherheitseinrichtungen der Eisenbahn, in Waffensystemen, der Raumfahrt, der Medizin oder der Steuerung von Kernkraftwerken.

1985 wurden die Pläne für die von Babbage 1847–1849 konzipierte Differenzmaschine Nr. 2, der Nachfolgerin der im Roman beschriebenen Differenzmaschine, vom australischen Computerwissenschaftler Allan Bromley wiederentdeckt. In Zusammenarbeit mit dem Wissenschaftler Doron Swade vom Science Museum in London wurden die Unterlagen geordnet und ergänzt und der Nachbau der Maschine in Angriff genommen. 1989–1991 entstand die Maschine in der Werkstatt des Science Museum aus 4000 speziell angefertigten beweglichen Bestandteilen aus Eisen, Stahl und Bronze mit insgesamt 9920 eingravierten Ziffern unter den Augen der Besucher.

Am 27. Juni 1991, dem 200. Geburtstag von Babbage, wurde die einzige und erste je in ganzem Umfang gebaute Babbage-Maschine, die weltweit größte mechanische Rechenmaschine, in Betrieb genommen. Sie funktionierte einwandfrei und fehlerlos. Bei jeder vierten Drehung des Hebels, das heißt etwa alle 6 Sekunden, kann die Maschine Resultate bis zu 31 Stellen berechnen. Im Jahr 2000 wurde der von Babbage konzipierte Drucker beigefügt. – Eine weitere identische Differenzmaschine Nr. 2 wurde für ein Museum in Amerika gebaut, eine dritte ist zur Zeit im Science Museum in London im Entstehen begriffen.

Auf der schweizerischen Landesausstellung Expo.02 wurde der vom Institut für Neuroinformatik (Universität Zürich und der ETH) realisierte Pavillon *Der intelligente Raum* auf der Arteplage in Neuchâtel im Gedenken an die Pionierin *Ada* genannt.